괜찮아,
엄마여기있을게

괜찮아,
엄마 여기 있을게

임명옥 지음

1판 1쇄 발행 | 2019. 7. 15

발행처 | **Human & Books**
발행인 | 하응백
출판등록 | 2002년 6월 5일 제2002-113호
서울특별시 종로구 삼일대로 457 1009호(경운동, 수운회관)
기획 홍보부 | 02-6327-3535, 편집부 | 02-6327-3537, 팩시밀리 | 02-6327-5353
이메일 | hbooks@empas.com

ISBN 978-89-6078-706-3 03800

아픈 아이를 둔 세상의 모든 부모에게 보내는 위로의 메시지

괜찮아, 엄마 여기 있을게

임명옥

Human & Books

차례

3부 마음의 눈을 얻고

망막모세포종. 악성종양.

샛별 빈이가 생후 17개월에 진단받은 병명이다.

소아암…. 눈앞이 캄캄했다. 아무것도 생각나지 않았다. 도대체 무얼 해야 하나. 우리 빈이가 무얼 잘못했길래, 내가 무얼 잘못했길래, 이 어린 아이가 암이라니. 혹 이 어린 것이 내 품을 떠나가는 것은 아닐까. 혹 영영 눈을 못 보게 되는 것은 아닐까. 아닐 거야. 오진일 거야. 오만 생각이 순식간에 머릿속을 스쳐갔다. 제발, 빈아.

두려움이었다. 천길 절벽으로 떨어지는 공포였다. 하지만 냉정해져야 했다. 빈이를 살려야 하는 엄마였기 때문이다. 빈이의 치료 방법을 선택해야 하는 갈래에 놓였다. 밤을 새는 고민 끝에 치료 방향을 결정하고 나니, 그에 따르는 작은 선택들이 훨씬 많이 남아 있었다. 이런 상황을 받아들이기엔 빈이는 너무 어렸고, 아이가 어린 만큼 내가 감당해야 할 무게는 너무도 컸다.

　일상이 무너지는 것. 그것 또한 공포였다. 아이의 질병으로 인해 우리 가족의 일상은 순식간에 무너졌다. 매일 아침 눈을 뜨고 하루를 시작하는 일과가 우리집 침실이 아닌 병원 침상으로 바뀌었고, 꽃남매들을 학교와 유치원에 보내야 하는 시간에 엑스레이를 찍으러 다녀와야 했다. 집밥 대신 병원 밥을 먹어야 했고, 아이들은 엄마 아빠랑 보내던 시간을 이모네와 할머니 댁에서 보내야 했다. 그런 시간들이 점점 더 길어졌다. 모든 것이 녹아내리듯 무질서해졌다. 그래도 버텨내야 했다. 아이가 괜찮아질 수만 있다면, 아이가 살 수 있다면 모든 것을 감당할 수 있었다. 끝을 기약할 수 없는 긴 터널 같았던, 아픈 아이, 샛별 빈이와 함께 보내야 했던 시간. 그리고 다시 일상으로 돌아와 하루하루 소중한 시간을 보내고 있는 이야기. 이 책은 그런 시간들을 썼다.

　어린 빈이의 동의 없이 이런 일련의 기록을 세상에 내어 놓는 것에 대해 수백 번 망설였다. 아직 자신의 다름을 인지하지도 못한 빈이를 뒤로 하고, '우리 빈이는 장애아입니다.'라고 세상에 공표하는 것만 같아서 죄책감마저 들었다. 빈이 스스로 자신의 다름을 말할 수 있을 때까지 그대로 기다려주는 것이 빈이를 존중하는 것은 아닐까라는 생각도 들었다. 자신의 목소리를 낼 만큼 커진 사춘기 즈음 왜 엄마는 내 이야기를 책으로 썼느냐고 물었을 때, 내가 무슨 말을 해주어야 할지 고민되었다. 혹여 친구들로부터 놀림거리가 되거나 따돌림 받지는 않을까 두려웠다.

그러나 빈이의 장애는 부끄러운 일이 아니다. 감춰야 되는 일은 더더욱 아니다. 빈이의 생명을 내어주는 대신 아팠던 한쪽 눈을 내려놓은 것은 큰 결단이었다. 그런 내려놓음이 없었다면 빈이는 지금 우리 곁에 있지 못했을지도 모른다. 빈이가 우리 곁에 있다는 사실 하나만으로도 모든 것이 괜찮았다. 도리어 감사할 일이다.

아이 입장에서보다는 엄마의 입장에서, 소아암과 함께한 시간에 대해 이야기하고 싶었다. 빈이가 진단을 받은 후 수많은 자료를 찾고 검색을 해 보았다. 부모가 해줄 수 있는 것은 어떤 것이 있으며, 우리가 알고 있어야 할 것들은 무엇이 있는지 절실했지만 자료와 사례는 생각보다 많지 않았다. 논문과 같은 의학지식은 제쳐두고서라도 망막모세포종을 앓고 이겨낸 사례를 찾는 게 쉽지 않았다. 그리고 그런 아이를 지켜보는 엄마의 입장에서 쓴 글은 더더욱 없었다.

그래서 결심했다. 분명 나와 똑같은 혼란을 겪으며 지푸라기 같은 희망을 부여잡고 싶은 엄마가 어딘가에 꼭 있을 것이라고 생각했다. 그 단 한 명. 나 같은 그 엄마를 위해서 썼다. 괜찮다고, 이겨낼 수 있다고, 나와 빈이가 이겨냈으니 당신도 당신의 아이와 함께 이겨낼 수 있다고 말해 주고 싶었다. 치료받는 동안의 크고 작은 선택 속에서 당신이 한 결정이 최선이었고, 가장 잘한 일이었다고. 나와 내 가족이 겪은 이 이야기를 통해서 토닥이고 안아주고 싶었다.

SNS에 올린 지난 2년간의 기록들을 살펴보며 다시 그때로 돌아간 것만 같아서 마음이 무거웠다. 특히 아이가 긴 항암 치료 끝에 수술을 할 수밖에 없던 그 날의 기록은 다시 읽고 싶지 않을 만큼 몸서리가 쳐졌다. 다시 그때의 기억으로 돌아가려니 힘겨웠지만 어느새 평범한 일상으로 돌아왔다는 사실이 실감나고 고마웠다.

부디 이 책이 아픈 아이를 둔 부모들을 위해 작지만 의미 있는 버팀목이 되길 진심으로 바란다. 이 책을 모든 아픈 아이를 둔 부모에게 바친다.

왜 하필 내 아이 눈을

2015년 12월 – 2016년 2월

발견 – 항암의 시작

안과에 가다

토요일 아침이다.

"엄마, 인나여. 인나"

생후 17개월에 접어드는 막내가 아침 일찍 일어나 혼자 놀다 지쳐서 엄마를 깨운다. 누워있는 내 머리맡에 다가온 아들은 내 머리를 양손으로 힘껏 들어 올려 나를 깨워보려고 애쓴다. 지난밤에도 깊은 잠을 못 자 아침잠이 꿀 같다. 특히나 주말 아침이면 더욱 늘어지고 싶은 마음이 굴뚝같은데 자꾸만 엄마 얼굴에 바짝 다가와 눈이며, 코, 입을 조물딱거린다. 침으로 가득한 척척한 입술로 사랑 표현을 하며 온 얼굴에 세수까지 시켜주는 친절함. 빈이는 그렇게 살가운 아이다. 빈이가 내 귀에 다시 속삭인다.

"엄마, 아~~치임. 인나."

알았다는 대답을 잠결에 여러 번 하며, 조금씩 물러나는 잠을 꾸역꾸역 붙잡아 이불을 뒤집어썼다. 그러길 몇 분 뒤, "으앙~" 하고 터트린 막내의 울음소리에 벌떡 일어났다. 회전책장에 꽂힌 책 모서리에 오른쪽 눈 밑을 긁혀서 피가 맺혔다. 눈 밑 상처가 보기만 해도 쓰렸다. 집에 있는 구급상자를 꺼내 소독을 했다. 반들반들한 얼굴에 혹여 흉이라도 질까 걱정이 되었다. 제일 도움이 될 만한 연고를 짜서 정성껏 발라주었다.

옷을 주섬주섬 입으며 생각했다.
'어차피 12월은 우리 가족 안과 검진하는 달이야. 그러니 겸사겸사 다녀오지 뭐.'
꽃남매들 셋을 데리고 안과를 향했다. 토요일이라서 인산인해인 안과의 로비를 보자마자 한숨부터 나왔다. 없던 눈병도 옮아올까 걱정이 돼서 막내를 더욱 꼭 끌어안았다. 꽃남매들에게 내 옆자리를 떠나지 말 것을 신신당부했다. 이기적인 마음이 고스란히 드러난 내 행동을 모성 본능이라는 핑계를 대며 애써 외면했다.

오랜 기다림 끝에 진료실로 들어섰다. 책 모서리에 긁힌 자국을 의사선생님께 보여드리며 눈에 영향을 주진 않는지, 시력은 괜찮은지 연거푸 물었다. 양쪽 눈에 번갈아 레이저를 비춰대며 진료를 하시던 의사선생님의 얼굴이 굳어졌다.
"어머니, 막내가 오른쪽 눈이 초점이 잘 맞지 않아요. 알고 계시죠? 따로 검사받으신 적 있으세요?"
"정기검진을 받긴 했지만 별다른 말씀은 없으셨고, 어린이집 선생님과 원장님도 지난 10월부터 간혹 빈이가 초점이 안 맞는다는 말씀을 하셔서 검진을 받아봐야겠다고는 생각했어요."
의사선생님은 아무 말씀이 없었다. 그 침묵을 내가 먼저 질문으로 깼다.

"그럼 오늘 검사받고 갈 수 있을까요?"

내내 아이의 양쪽 눈을 말없이 바라보던 의사선생님의 눈이 빈이의 오른쪽 눈에 한참 머물렀다. 앙 다문 입술을 연 의사선생님은 소아백내장[1]으로 의심이 되니 대학병원에서 진료를 받을 수 있도록 소견서를 써 주겠다고 하셨다. 즉시 근처 대학병원에 예약했다. 예약일은 일주일 남짓 남았다. 의사선생님은 쉴 새 없이 흔들리는 내 동공을 감지했는지 괜찮을 거라 위로해주셨다. 진료실을 나와서 어떻게 진료를 받아야 하는지 듣기 위해 간호사와 얼굴을 마주하는데 참았던 눈물이 쏟아졌다. 간호사는 그런 나를 안아주며 안심시켰다. 안과 문을 나서자 격양된 마음이 수그러지는 느낌이었다. 하지만 이미 불안으로 요동치는 마음을 추스르기는 쉽지 않았다. 아무 일도 없던 것처럼 일상으로 돌아가려고 했다. 그러나 가슴속 저 밑에서 미세하게 떨려오는 두려움 앞에 외면은 단순히 상황 회피일 뿐 아무런 도움이 되지 못했다.

무심한 듯 태연한 척 3일 정도의 시간이 지나고, 그제야 소아백내장이라는 질병이 궁금해졌다. 인터넷 검색을 시작했다. 생각보다 치료 기간이 길었지만 아이만 괜찮다면 나 역시도 괜찮았다. 어차피 소아백내장이라면 두 번 이상의 검사를 중복해서 할 필요 없이 서울에 있는 큰 대학병원으로 가는 것이 맞겠다 싶었다. 그 분

---

1 수정체가 딱딱하게 변성되어 혼탁해지고 투명성을 잃는 질환으로, 선천성인 경우 대부분 원인 불명이나, 염색체이상, 대사질환, 전신질환과 관계된 경우도 있다. (출처: 세브란스 안이비인후과 병원 건강/질환 정보)

야의 권위 있는 의사가 누군지 검색했다. 즉시 예약하려고 하니 3개월은 족히 기다려야 하는 일정이었다. 이 분이 명의는 맞는가보다 하고는 마음이 급해졌다. 혹시라도 예약 자리가 생길까 해서 저녁 내내 인터넷을 드나들며 체크했다. 몇 시간을 드나들며 예의주시하니 일주일 뒤에 자리가 하나 생겼다. 일단 예약을 했다. 기적이라면 기적 같은 시작이 나쁘지 않았다. 저명한 의사에게 보이기로 했으니 치료만 잘 받으면 잘 회복할 수 있을 것만 같아서 안심이 되었다. 그러나 마음 한쪽에서 파르르 떨리는 두려움이 새소리만큼 가냘프면서도 어쩐지 크게 느껴졌다. 그 두려움을 애써 눌러 무시해버렸다.

시간은 내가 생각한 것보다 더디게 지나갔다. 일주일 후 신랑과 함께 셋이서 아침 일찍 서울로 향했다. 서울로 향하는 차 안에서 흘러나오는 라디오 음악소리는 그저 평범한 누군가의 상쾌한 아침을 깨우듯 신나고 경쾌했다. 그런데도 왠지 모를 불안감에 우리는 누구도 먼저 말을 꺼내지 못했다. 그 정적을 깨고, 내가 신랑에게 말했다.

"자기야, 우리한테 왜 이런 일이 일어났을까? 내가 가만히 생각해보니까, 우리가 내년에 결혼 10주년이잖아? 남들은 10주년 정도 되면 권태기도 온다고 하는데, 아무래도 우리가 그런 권태기가 올까 봐 하늘이 미리 이런 큰일을 벌여 놓으셨나 봐. 둘이 사이좋게 똘똘 뭉쳐서 헤쳐 나가라고 말야. 어때? 그런 생각 안 들어?"

나는 애써 분위기 쇄신을 위해 농담을 섞어가며 목소리 톤을 높였다. 그런 내가 안쓰러웠는지 신랑은 룸미러로 나를 바라보며 어색한 미소를 지었다.

병원은 아침 일찍인데도 인산인해다. 우리 차례가 과연 올지 의심될 정도로 많은 사람들이 북적였다. 그들이 가진 눈에 대한 사연이 궁금해질 만큼 시간이 흘렀다.

안과진료 전에 안저검사[2]를 했다. 17개월 아이가 하기에는 수면이 아니고는 힘든 검사였다. 울고불고 난리다. 겨우 우리 부부가 잡고, 간호사가 붙잡아서 검사를 마쳤다. 내가 슬쩍 본 초음파 영상은 양쪽 눈이 달랐다. 아픈 눈이 흑백 텔레비전의 지직임같이 뿌옇다. 초음파를 모르는 내가 보아도 아이의 눈은 문제가 심각해 보였다.

초음파 검사결과를 본 의사선생님의 지시였는지 응급으로 MRI와 CT를 하라 했다. 진료 병동의 MRI와 CT를 사용하기에는 시간이 오래 걸린다며 병원 응급실로 내려 보냈다. 빈이는 검사를 위해서 혈관에 수액을 맞아야 했다. 나는 17개월 아이를 세워놓고 양쪽 어깨를 붙잡고는 설명했다. 주사를 맞을 건데 좀 아플 수도 있지만 엄마가 꼭 옆에 있겠다고, 꼭 안아주겠다고 그러니 안심하라고 했다. 빈이는 고개를 끄덕였다. 다행스럽게도 초음파를 힘들게 찍었

---

2 검안경이나 세극 등을 이용하여 동공을 통해 안구 내부의 뒤쪽에 있는 망막을 보는 검사. 망막, 망막혈관, 시신경 등을 관찰하여 망막변성, 녹내장, 종양 여부 등을 알아보는 검사. (출처: 세브란스병원 건강/질환 정보)

던 빈이는 링거 바늘을 꽂는 동안은 태연했다. 잠깐 아프다는 말을 하고는 잘도 참아냈다. 간호사가 수면제를 투여한 후 아이를 검사실에 들여보냈다.

나는 기다리는 동안 스마트폰으로 검색을 시작했다.

'도대체 내 아이의 병명이 뭐길래 계속 늘어나는 검사를 줄줄이 받아야 하는 거지? 소아백내장이 아닌 건가?'

눈과 관련된 심각한 질환들을 내내 찾아보는데 소아백내장이 아닌, 망막모세포종[3]이라는 단어를 본 순간 그 병명이 빈이의 병명이 될 수도 있겠다는 생각이 들었다. 떨리는 손으로 조용히 스마트폰의 전원을 껐다. 신랑에게 혹시 우리 빈이가 이런 병이면 어쩌냐고 말하고 싶었다. 하지만 나는 더 이상 입을 열 수 없었다. 그 병명을 이야기하는 순간 내 아이는 그 병일 것만 같았다. 그냥 거리로 뛰쳐나가고 싶었다. 검사실에 있는 아이를 데리고 어디든 사라지고 싶었다.

검사는 끝났다. 시간은 잘도 지나갔다. 이미 저녁때를 향하고 있었다. 우리 셋 다 지칠 즈음 주변을 바라볼 눈이 생겼다. 진료대기실을 둘러보니 사람들이 몇 명 없었다. 우리만 남았다고 해도 과언이 아닐 만큼 그 넓은 진료대기실은 하루 장사가 끝난 시장 골목처

---

3 망막모세포종은 망막의 시신경 세포에서 발생하는 원발성 악성 종양으로 대부분 5세 이하의 소아에서 주로 발견된다. 신생아 2만 명당 1명에서 발생되며 국내에서는 매년 25~30명 정도 발생한다. (출처: 세브란스병원 건강/질환 정보. 국가암정보센터 암정보)

럼 조용했다. 간호사가 아이의 이름을 호명했다. 진료실에 들어서서도 한참을 기다리니 의사선생님이 들어오셨다. 그리고 낮은 목소리로 말씀하셨다. 그 병명이 의사선생님의 입에서 흘러나오기 전에 입을 틀어막고 싶었다. 그러나 나의 바람과는 상관없이 너무도 담담하게, 내가 그토록 두렵게 바라보았던 스마트폰 속 그 단어, 망막모세포종이라는 진단을 내리는 의사선생님.

의사선생님의 진단은 사형선고와 마찬가지였다. 금방이라도 온몸이 한여름 아이스크림처럼 녹아내리듯, 끝없는 땅속으로 꺼져 내려갈 것 같았다. 정신이 혼미했다. 우리 부부 중 누구 하나 제정신이라고 할 수 없었다. 신랑은 벌써 눈시울이 빨개져 있었다. 나는 울지 않으리라! 실핏줄이 터져 빨개진 눈을 떴다 감았다를 반복하면서 궁금한 것들을 하나씩 물었다. 병명에 대한 다양한 상태와 치료 방법, 치료 후의 상황 등 갑자기 몰아쳐 온 궁금증들이 나를 재촉했다. 의사선생님은 내 질문들에 여전히 남의 일처럼 담담하게 정확한 발음으로 대답하셨다. 이미 너무 많은 케이스를 마주했을 법한 나이 지긋한 할아버지 의사선생님은 현실을 직시할 수 있도록 돕는 것처럼 태연하고 차갑기만 했다.

의사선생님은 3가지 치료 방법을 간단하게 설명해 주셨다. 잠시 선택할 시간을 주겠다고 했다. 병명조차도 생소한데, 이 질병의 치료 방법을 빠른 시간 안에 선택해야 했다. 우리는 선택의 공을 그냥 받아 안았지만, 그 공을 받아낼 때의 충격으로 너무 아파서 울고 있는 어린아이 같았다. 열흘간의 시간을 주겠노라고 남의 일처럼 이야기하는 매정하리만치 담담한 의사선생님을 이해하고 배려할 만한 마음의 여유는 없었다. 따뜻한 말 한 마디 없는 의사선생님이 그렇게 야속할 수가 없었다.

내려오는 차 안, 무심한 듯 흘러나오는 라디오의 음악소리며, 달려대는 차창 밖 도로 위 차들의 웅웅대는 소리가 온 지면으로 나를 눌러내리는 듯 했다. 우리 부부 누구도 먼저 말을 할 수가 없었다. 얼마간의 정적이 있는 동안 나는 참았던 눈물을 한여름 폭염처럼 뜨겁게 쏟아냈다. 감당할 수 없어서 응어리진 아픔이 너무 뜨거워서 어떤 방법으로든 쏟아내지 않으면 죽을 것만 같았다. 그렇게 꺼이꺼이 나도 울고, 애 아빠도 울었다. 세상 속에서 소외된 우리들만이 서러움을 토해내고 있었다. 품안에서 잠든 아이의 오른쪽 눈을 볼 때마다 앞으로 벌어질 일들이 두렵고 두려워서 더 절규할 수밖에 없었다.

인생에서 겪어보지 못한 일들은 교통사고처럼 순식간에 온다. 살면서 여러 가지 상황과 사건을 마주한 나인데, 우리에게 닥친 이 일은 너무 크고 낯설었다. 그동안 열심히 살아 온 내 삶의 결과치가 이 정도밖에 안 되는 것인지 억울한 생각마저 들었다. 왜 내 인생에 이런 사건이 나타난 것인지 내 행동, 말, 마음자세 등을 되돌아보았다. 아이의 병에 대한 원인을 내 자신에게서 찾아내면서 그렇게 애쓰고 있었다.

아이 치료기간 동안 신랑과 같은 공간 안에서 그렇게 같이 오열하기는 그날 병원에서 돌아오던 차 안이 처음이었다. 엄마 아빠라는 이름, 부모라는 이름이 이렇게 무거운지도 그날 처음 알았다. 부모로서 해줄 수 있는 것이 잠든 아이를 부둥켜안고 오열하는 일밖에 없다는 사실이 올가미처럼 옥죄어 왔다. 그런 우리의 심정을 세상은 알고나 있는지 창밖으로 쌩쌩 달려가는 차와 창밖 풍경, 반짝거리는 거리의 불빛들도 그저 웃고 있는 것만 같았다. 우리만 멈춰버린 시간 속에서 악을 쓰고 있었다. 끝을 알 수 없는 롤러코스터의 가장 앞자리에 탄 느낌이었다. 롤러코스터는 앞도 보이지 않는 암흑 속으로 빠져 들어가며 속도만 높아졌다.

어떻게 치료해야 되지?

　살아가면서 어떤 어려움이 닥쳐왔을 때, 나는 "왜?"라는 질문을 스스로에게 가장 먼저 했다. 왜 이런 일이 일어난 것인지, 늘 문제의 원인을 나에게서 찾고 괴로워했다. 빈이의 진단 앞에서도 마찬가지여서, 결과가 이미 나왔는데 애써 원인을 찾는 아무 의미 없는 짓을 하고 있었다. 그렇게 3일간 몸져누웠다. 울다 지쳐서 잠이 들었다가도 악몽에 시달려 소스라치게 놀라서 깨길 연거푸 했다. 눈알들이 가득 깔려 있는 넓은 공간에 혼자 서서 울고 있는 무서운 꿈도 꾸었다. 크고 작은 눈알들이 나에게 돌팔매질을 하기도 했다. 그렇게 지옥 같은 블랙홀 안으로 꺼지고 있을 때, 내내 아무 말 없던 신랑이 내게 입을 열었다.

　"당신은 막내 빈이 엄마만 되는 것이 아니라, 서영이 엄마도, 민준이 엄마도 돼. 그러니깐 그만 털고 일어나. 서영이와 민준이도 우리 새끼야. 얼른 애들 밥부터 챙겨줘. 그리고 자기도 뭐 좀 먹자!"

　그랬다. 나는 빈이 엄마만 되는 게 아니었다. 서영이도 민준이도 내 새끼였다. 몽롱하고 까마득하던 정신이 번쩍 들었다. 그동안 "왜?"라는 수렁에서 신랑의 말 한마디로 구출되는 듯했다. 신랑 입으로 흘러나온 아이들의 이름이 끝없이 빨려 들어가던 나를 잡아 끌어 준 느낌이었다.

이제 "왜?"라는 늪에서 빠져나오고 나니, "어떻게!"라는 단어가 떠올랐다. 생각의 전환이 필요했다. 이미 빈이의 진단은 내려졌다는 게 결론이었다. 그 현실 앞에 내가 할 수 있는 일, 앞으로 어떻게 헤쳐 나가야 할지 방법을 찾아내는 것이 내가 할 수 있는 유일한 몸부림이라는 생각이 들었다. 그러고 나니 조금 더 단순해졌다. 내가 해야 할 일들이 눈에 보였다. 하염없던 눈물도 조금은 잦아들었다. 당장 삼시세끼를 꼬박 챙겨 먹여야 하는 아이가 셋이나 있는 현실을 보게 되었다.

절망 속에 있는 인간에게 가장 어려운 일은 가장 원초적인 먹고, 싸고, 입고, 자는 일을 지켜내는 일이다. 이런 상황에 대해 아무것도 모르는 꽃남매들의 기본적인 것부터 챙기기로 했다. 늘 하던 대로 일상을 살아내니 지극히 요동치던 마음이 차츰 평행선을 그리기 시작했다.

모든 사람이 각자 자신의 위치와 상황에서 감당해야 할 분량이 있다. 지금 상황에서 생각해보아야 할 내 분량과 역할은 어떤 것일까? 곰곰이 생각해 보았다.

처음 진료를 받으러 대학병원에 갔을 때, 진료 대기를 하면서 우리를 상담해 준 수간호사가 있었다. 일면식도 없는 간호사에게 나는 어떻게 하면 좋겠느냐고 울먹이며 재차 물었다. 그때 그녀는 나에게 이런 말을 해 주었다.

"저도 아이를 키우는 입장에서 빈이가 너무 안됐네요. 저는 빈이 엄마 같은 일은 겪어보지 못했지만 오랜 시간 동안 병원에서 수많은 환자와 보호자를 보면서 느낀 것을 말씀드린다면 딱 한 가지예요. 의료진이 해야 할 일이 있고, 부모가 해야 할 일이 있어요. 의료진은 빈이가 치료받는 전반적인 모든 것에 최선을 다할 거예요. 엄마가 할 수 있는 것은 의료진이 할 수 없는 것을 하는 것이죠. 아이에 대한 무한한 사랑과 칭찬과 지지, 안정감, 편안함, 이런 모든 긍정의 에너지들은 의료진이 할 수 없는 것들이에요. 오로지 빈이 엄마만 할 수 있는 거예요. 그러니 빈이 엄마가 할 수 있는 것을 하세요."

내가 아이를 위해서 유일하게 해줄 수 있는 것을 찾게 되자 힘이 나기 시작했다. 내가 할 수 있는 것을 더욱 잘 해낼 수 있도록 체력을 아껴야 했고, 힘을 길러야 했다. 조금이라도 빈이의 치료에 방해가 되는 것은 하나씩 정리하기로 했다.

안다. 이렇게 수십 번 다짐하면서도 또 다시 언제 무너져 어디서 미친 듯이 오열하고 있을지 모른다는 것을. 그렇지만 미약하게나마 조금씩 힘을 내어 볼 생각이었다. 눈물도 한 방울씩 줄여서 웃을 것이고, 밥도 한 숟가락씩 더 먹을 거고, 잠도 한 시간씩 더 자두겠다고 다짐했다. 전쟁을 준비하는 병사와 같이 예민하고 불안하지만 만반의 준비를 다 해두어야 했다. 만약을 위해서 말이다.

이제 일주일 안에 빈이가 받아야 하는 치료 방법을 선택해야 했다. 우리의 선택이 돌이킬 수 없는 결과를 낳을 수도 있으므로 최대한 많은 자료와 객관적인 조언을 들어야 했다. 진단 후 아직 달라진 건 아무것도 없었다.

너도 오른쪽 눈이 아프구나!

주말을 지나 월요일 아침이 되었다. 딸내미는 이미 등교했고, 빈이도 일찍 어린이집에 보냈다. 그리고 유치원에 가야 하는 5살 쭌군만 남았다. 집안 정리를 하는 엄마가 유치원에 데려다 주기를 기다리는 동안 언제나처럼 인형놀이 삼매경이다. 아빠가 며칠 전 퇴근길에 뽑아다 준 미니언즈 인형을 그리 애지중지하는 쭌군이다. 조용한 집안에 쭌군이 인형이랑 대화하는 소리가 소곤소곤 정겹게 들린다.

"밥[4]!, 내 동생 빈이가 아프대. 그것도 오른쪽 눈이 아파서 엄마, 아빠가 걱정이 많으셔. 나도 걱정이 좀 되거든. 어? 그런데 너? 너도 오른쪽 눈이 아프구나! 에구… 내가 잘 치료해줄게. 여기 누워. 내가 이불 덮어줄게."

아픈 눈에 '호~오' 하고 입김을 불어 주더니 노란 담요를 덮어주는 아들이다. 정신없이 집안을 정리하는 동안 쭌군의 속삭임에 나도 모르게 귀를 기울이고 있었다.

더 지체하다가는 지각을 할 것만 같아서 정리하던 것을 멈추고 유치원에 데려다 주었다. 언제나 맑은 눈빛을 가진 쭌꾼을 보면,

---

4. 미니언즈 캐릭터 중에 치명적인 귀여움을 소유한 녀석.

나도 모르게 미소가 지어졌다. 오늘따라 더 반짝이는 눈빛을 한 아들을 보니 잠시라도 웃음 짓게 하는 아들이 있어서 다행이라고 생각했다. 그런 쭌군이 있어서 참 든든했다.

여느 날과 다를 바 없는 일상은 느린 열차처럼 지나가고 있었다. 반복되는 개운하지 못한 아침을 맞이하고, 아린 마음을 추슬러 아이들의 등원을 마무리하는 것이 내가 아침나절 할 일이었다.

둘째 쭌군을 유치원에 데려다 주고 집으로 들어왔다. 오늘 하루 빈집에서 내가 할 수 있는 일이 무엇일까 생각하니 멍해졌다. 주방의 식기들이 어질러져 있지만 그런 것들을 무시하고 침실로 들어와 눕기로 했다. 현관을 지나쳐 오면서 거울을 보니 며칠 동안 먹지도, 잠을 이루지도 못해 얼굴이 누렇게 떴다. 이미 내가 아니었다. 자식을 건강하게 낳아주지 못한 못난 어미라는 생각이 스쳤다. 거울 속 나를 무시한 채 침실로 들어가 노란 이불을 덮고 천장을 바라보는 미니언즈 인형, 밥 옆에 몸을 뉘었다.

매일 아침 등원 전에 인형놀이를 하다가 등원할 시간이 되면 마무리로 꼭 침대에 인형을 곱게 눕혀놓고 가는 쭌군의 모습이 떠올랐다. 그런 귀여운 짓을 한 쭌군을 생각하며 누워있는 밥을 보고 있자니 모든 상황이 물밀듯이 밀려와 눈물이 쏟아졌다.

"너도 오른쪽 눈이 아프구나, 내 동생도 오른쪽 눈이 아프대…." 라던 쭌군의 혼잣말이 생각나서 나도 밥의 오른쪽 눈을 보았다. 밥의 플라스틱 오른쪽 눈이 절반 정도 지워져 있었다. 아이가 아프기 전에는 몰랐던 사실, 보이지 않던 세상이 이렇게 사소한 미니언즈 인형, 밥에게서조차 보이기 시작했다. 나는 빈이의 진단으로 인해 이미 세상을 바라보는 시선이 달라진 사람이 되어 있었다.

　빈이를 끌어안는 듯 밥을 끌어안았다.

　"너도 오른쪽 눈이 아프구나! 우리 샛별 빈이도 아파. 너처럼…."

　그렇게 울다 지쳐 잠이 들었다. 얼마나 잤을까? 둘째 쭌군의 우렁찬 하원인사에 잠에서 깼다. 쭌군이 손을 씻고 나오자마자 내가 누워 있는 침대로 다가왔다. 나는 일어나기도 버거웠다. 물기가 채 마르지 않은 손을 내게 내밀며 다가온 아들의 맑은 눈을 쳐다보면서 얘기했다.

　"민준아, 밥을 침대에 눕혀놓고 갔더라. 그래서 엄마도 밥 옆에서 그냥 잠들었어."

　"네, 제가 유치원 다녀오는 동안 푹 쉬라고 했어요. 빈이처럼 밥도 오른쪽 눈이 아프더라구요. 아프면 푹 쉬는 게 제일이잖아요? 엄마도 좀 쉬셨어요? 괜찮으세요? 빈이는 치료받으면 곧 괜찮아질 거예요. 너무 걱정하지 마세요. 제가 엄마 옆에 있잖아요."

　"그렇지, 푹 쉬는 게 제일이지. 민준아… 사랑해."

　"엄마, 저도 엄마 사랑해요."

　내 품에 안긴 5살 쭌군의 작은 어깨가 나를 폭 감싸듯 안아주는 것 같았다. 그렇게 쭌군은 엄마를 위로할 줄 아는 어른 같은 아이가 되어가고 있었고, 나는 고작 다섯 해를 맞은 엄마로 자라나고 있었다.

　가족 중에 누군가 아프면 가족들은 각자 감수해야 하는 몫들이
생긴다. 우리집도 별반 다르지 않았다. 9살 첫째와 5살 둘째는 점
점 또래아이들보다 더 빠르게 이해하고 배려하며 양보하고 보듬을
줄 알게 되었다. 아이들이 나이에 맞지 않게 성숙해지는 과정을 원
치 않는데도 바라봐야 했다. 꽃남매에게는 더없이 미안한 일이지
만, 다 저마다의 몫이니 잘 견뎌주길 기도할 뿐이다.

고양이 눈

샛별 빈이가 진단받은 병명은 망막모세포종이다. 이 병의 증세 중에 가장 흔한 증상은 백색동공[5]이다. 고양이 눈처럼 흰빛을 반짝이므로 일명 고양이 눈이라는 별명이 붙기도 했다. 어두운 곳에서 플래시를 터뜨려 사진을 찍어서 보면 더욱 확연하게 나타난다. 적목 현상이 나타나야 하는 사람의 눈이 백색동공으로 반짝인다. 그러나 빈이에게서 백색동공은 나타나지 않았다. 진단 후 집으로 돌아와 어둠 속에 빈이를 앉혀두고 카메라 플래시를 터트려 찍었던 사진 속에도 백색동공은 없었다. 빈이는 백색동공이 없었으므로 발견하기가 더 어려웠는지도 모른다. 수없이 사진을 찍어대면서 백색동공을 찾아보려고 애썼던 이유는 빈이가 고양이 눈이 아니니 의사선생님의 진단이 오진이길 바랐던 마음 때문이었다. 기적이 일어나길 바라고 또 바랐다.

사진 찍는 걸 유난히 좋아하는 나는 아이들이 태어나면서부터 하루도 빼놓지 않고 사진을 찍었고, 육아일기를 썼다. 그렇게 많은 사진 속에 아이들이 있었고, 빈이도 있었지만 그런 증세는 전혀 없

5 망막 종양에 의해 외부의 빛이 반사되어 동공이 하얗게 보이는 현상. 잘 알려진 증상이지만 망막모세포종의 50% 내외에서만 발견된다. 기타 안과적 질환인 일차성 혈관 증식증, 코츠병 등을 감별해야 한다. (출처: 세브란스 안이비인후과병원 건강정보, A stepwise approach to leukocoria, EyeNet Magazine, 미국안과학회 July 2016)

었다. 빈이는 정말 작정하고 검사해보지 않으면 발견하기 힘든 케이스였다.

초점이 잘 맞지 않는 사시가 빈이에게 나타났던 유일한 증상이었다. 사시는 어린아이들에게 흔하게 나타나는 증상이니 빈이는 그저 그런 사시가 있다고만 생각했었다. 내가 무지해서인지 몰라도 내 눈엔 사시 같아 보이지도 않았다. 그러나 어린이집 원장님과 선생님들은 아이들과 마주할 일이 많으니 발견이 쉬웠나 보다. 어느 날 내게 빈이가 주시장애가 있으니 사시검사를 해보라고 조언해 주셨다. 큰 문제는 아니라고 생각했다. 사시 정도야 뭐 교정하면 그만이지라고 쉽게 생각했다. 이때 조언을 귀담아 듣고 바로 병원에 갔더라면 괜찮았을까? 진단받기 두 달 전에 병원을 찾았더라면 병증이 더 깊지 않은 상태로 치료받을 수 있지 않았을까? 별의별 이유를 대 가면서 엄마인 나의 부주의는 아니었던가 하는 생각에 빠져들었다.

처음 입원한 날, 소아혈액종양과 의사선생님은 빈이를 보더니 망막모세포종으로 불릴 만큼 어떤 증상이 보이지 않는다고 의아해 하셨다. 어떻게 발견하게 되었느냐고 도리어 물어볼 정도였다. 어쩌면 책모서리에 긁혀 눈 밑에 상처가 났던 그날 아침은 하늘이 우리에게 특별한 은혜를 내려 주었다고 해도 과언이 아니었다. 빈이를 처음 본 의사선생님의 놀란 눈이 아직도 잊히지 않는다. 정말 천운이었다고···. 발견이 천운이었다고 하는 의사선생님의 말씀처럼 치료도 천운이길 바랐다.

　나는 약간 완벽주의자 경향이 있는 엄마였다. 아이들을 비롯한
주변인들에게 정말 달갑지 않는 스타일의 엄마다. 엄마들은 대개
자녀들에게 최선을 다하고 싶어 한다. 나 역시도 최선을 다하고 싶
었고, 해줄 수 있는 건 다 해주고 싶었다. 특히나 세 아이의 건강은
내가 가장 심혈을 기울인 부분이다. 치과와 안과의 검진은 간단하
지만 정기적으로 가기엔 귀찮은 곳이다. 하지만 나는 아이들을 데
리고 6개월, 혹은 1년에 한 번씩 빼놓지 않고 정기검진을 다녔다.
치과의 경우 지속적으로 관리하지 않으면 치료하는 데 들어가는
비용이 상당하기 때문이다. 안과의 경우 눈은 대체불가 영역이라
생각해서 데려갔다. 한번 나빠진 눈을 되돌리기란 쉬운 일이 아니
기 때문이다. 물론 안과에서는 시력이나 사시 여부만 가려준다. 산
동검사[6]나 안저검사같이 더 깊은 부분은 나도 잘 모르던 검사였으
니 더 검진 받아볼 생각까지는 못했다. 아마 알고 있었더라면 그것
까지도 했을 터였다.
　병동에서 생활하다보면 같은 병명의 또래 아이들과 엄마들을 자
주 만난다. 빈이가 눈이 아픈 아이다 보니 병동에서 치료받는 아이
들을 처음 마주할 때 눈을 가장 먼저 보게 된다. 다른 엄마들의 시
선도 같은 방향으로 향한다. 엄마들과 말문을 트고 나면 서로의 병

---

6 산동제를 점안하여 동공을 확대시키는 검사 또는 그 상태. 산동은 망막을 포함한 안부를 관
찰하기 위해 부교감신경차단제 성분의 산동제를 점안하여 동공괄약근을 마비시킴으로써 동공
을 확장시키는 검사 또는 동공이 확대된 상태 자체를 의미한다. 안저검사 외에도 망막이나 백
내장 수술을 하기 전, 수술 전 처치로도 산동을 한다. (출처: 서울대학교병원 의학정보)

중 발견과 더불어서 유전적인 것, 현재 상태, 치료 방법 등을 서로 이야기했다. 대부분 백색동공, 고양이 눈 증세로 조기 발견된 케이스가 대부분이었다. 모두 빈이가 백혈병인 줄 알았다고 했다. 그만큼 빈이는 망막모세포종에 대한 특이 증상이 없었다. 빈이의 병증이 이처럼 남들과 달라서 다행이다 싶다가도 어느새 불안해지는 일이 수십 차례나 되풀이되었다. 치료받고 있는 동안에도 혹여나 백색동공이 보이면 어쩌나 염려되었다.

매일 전쟁 같은 날을 맞이하다

2016년 1월 4일. 빈이가 드디어 입원했다. 2박 3일 동안 검사만 해야 하는 시간을 시작으로 병원 생활은 시작되었다. 시작이라는 것이 이렇게 두렵기도 처음이지 싶었다.

입원하던 첫날, 저녁 6시에 병원에서의 첫 끼가 나왔다. 갈치튀김, 흰밥, 미역국, 깻잎무침, 나박김치. 빈이는 밥을 한 사발 퍽퍽 퍼먹고, 분유를 한 통 먹었다. 밥 잘 먹어서 예쁘고 고마웠다. 갈치튀김을 보니 여동생네 맡기고 온 꽃남매들이 생각이 났다. 우리 꽃남매들 생선이라면 사족을 못 쓰는데, 게다가 갈치라면 정말 환장을 하는 애들인데, 빈이 밥을 먹이다 아이들 생각에 울컥했다. 같이 있을 때는 몰랐던 소중한 순간들이 하나씩 떠올랐다. 평범한 저녁식사 시간에 대한 감사가 저절로 나왔다.

빈이는 저녁 7시부터 잠들었다. 오느라 피곤했는지 집이 아닌데도 숙면이었다. 신랑이 회사일 때문에 내가 혼자 병원 가는 게 못내 맘에 걸린다고 동행해주신 시어머님은 병실에서 지내시느라 고문을 당하셨다. 그래도 어떤 상황에서든 웃음을 잃지 않으시는 어머님 때문에 한 번 더 웃게 됐다. 병원만 와도 없던 병 생기겠다고 하시는 어머님이신데, 어린 손자 녀석 때문에 내내 고생하셨다. 어머님이 같이 안 오셨으면 어쩔 뻔 했을까? 내내 혼자 눈물콧물 닦으며 빈이와 시름했을 터였다. 어머님이 계시니 입원 당일에 처리해야 할 일처리가 가능했다. 밥도 앉아서 먹을 수 있고, 화장실도 갈 수 있었다. 며칠 뒤 어머님이 가신다는데 벌써부터 걱정이 되었다. 빈이가 깨어있을 땐 어머님이랑 나랑 둘이서도 빈이를 따라 다니느라 힘에 부치는데, 빈이가 자니깐 세상에 이런 천국이 없었다. 오늘 밤 12시부터 금식이고, 내일 아침 7시 40분에 내려가 전신마취를 한다. 검사 다할 때까지 내 새끼 배고플 텐데, 내 휴식보다 아이의 걱정이 앞서는 밤이었다.

새벽 3시 반까지 잘 자다가 시트가 젖었길래 보니 손등에 꽂아둔 수액에 문제가 생겼다. 간호사실에 빈이를 데리고 가서 확인해보니 혈관이 막혔단다. 아닌 게 아니라 어제 찌르는데 걱정이 되더니만…. 결국 담당 간호사가 바들바들 떨면서 두 번 시도하다가 다른 간호사가 와서 또 한 번 시도했는데도 실패다. 스트레스를 받은 빈이는 울음을 터트리고 말았다. 주사바늘이 무서울 나이임에도 일단 내 품에 폭 안겨있다. 내가 빈이 귀에 대고 '괜찮아, 엄마가 꼭 안고 있을게.'라고 속삭여주었다. 그럼 빈이는 아직 17개월 아가의 말로 줄여서 '엄마랑 같이'라고 말해준다. 품에 안겨서 몇 번의 주사바늘도 씩씩하게 이겨낸다. 주사를 다 맞고는 안겨서 우는 아이를 보니 나도 모르게 눈시울이 붉어졌다. 더 꼭 안아주었다. 곧 진정이 되었는지 눈물 맺힌 눈으로 나를 쳐다보면서 웃는다.

그 후로 깨서 내내 안 자고 놀더니 아침 6시가 되자 졸린지 자려고 한다. 걱정이 되었다. 6시부터 20분 간격으로 5번, 7시 40분이 될 때까지 안저검사를 위한 동공확장안약(산동제)을 넣어야 하기 때문이다. 진정될 만하면 안약을 넣어 빈이를 힘들게 했다. 아침 7시 40분. 오늘 검사받는 아이 중 가장 어린 빈이는 가장 이른 시간에 안내검사를 위해 안과병원 내 수술실로 이동했다. 들어가기도 전에 얼른 끝났으면 하는 마음만 가득했다. 아이가 너무 어린 경우 아이의 정서안정을 위해서 보호자는 수술실까지 동행하여 전신마취가 된 후 퇴장한다. 수술실에 들어서자 나도 바짝 긴장이 되었다. 그렇지만 빈이를 위해서는 애써 태연해야 했다. 여러 가지 점검을 한 후 마취를 위한 혈관 확보 확인 차 어젯밤에 꽂은 링거 바늘을 조절했다. 그런데 작은 손에 꽂은 링거 바늘은 그렇게 움직이지 않게 칭칭 감아두었음에도 혈관을 벗어나 있었다. 감아둔 손의 테이프를 뜯어내자 퉁퉁 부어서는 인형 손 같아진 빈이 손이 안쓰러웠다. 그것도 모르고 칭칭 감아두기만 했다. 더 잘 보살피지 못한 것에 대한 자책과 미안한 마음이 들었다. 잘 놀다가도 가끔씩 손이 아프다던 빈이가 한 말이 주사를 맞을 때 아팠다는 것인 줄만 알고, 괜찮다고 "호~" 입김을 불어주는 시늉만 했었다. 그런데 퉁퉁 부은 손을 보니 내내 아팠던 거였다. 좀 더 아이의 말에 집중해야겠다고 다짐했다. '미안해. 너의 말을 귀담아 듣는 엄마가 될게. 빈아!'

수술대에서 가스마취를 할 때 버둥대는 빈이를 뒤로하고 나오는데 눈물이 왈칵 쏟아졌다. 이러지 말자 하는데도 수술실에서 혼자 걸어 나오다 자꾸 뒤를 돌아보았다. 빈이가 나를 부르면서 쫓아 나올 것만 같았다. 빈이를 혼자 두고 나오는데, 자식 버리고 나오는 엄마처럼 마음이 아팠다. 어른이라면, 아니 조금 더 큰 아이라면 저렇게 수술실에서 마취가스까지 마시게 하며 해야 하는 검사는 아니었다. 그런데 빈이는 어리니 어쩔 수 없이 그런 검사를 받아야 했다. 모든 상황에 안쓰럽고 측은하기만 했다.

빈이 눈은 검사하기 전에 우느라 붓고, 검사가 길어져서 붓다 못해 멍까지 들었다. 안약 때문에 초점도 잘 안 맞고, 잘 보이지도 않는다고 했다. 그것은 시간이 지나면 괜찮은 거니까 시간이 가길 기다리면 되었다. 마취에서 깨어난 빈이는 엄마가 옆에 없다는 사실에 깜짝 놀랐는지 회복실로 들어선 나를 보자마자 폭 안겨서 엉엉 울어댔다. 내 품에 안긴 빈이를 토닥이면서 귓가에 속삭여 주었다. '괜찮아, 엄마 여기 있을게.' 자꾸자꾸 주문을 외우듯 귓가에 속삭여주고, 볼에 뽀뽀를 해주었다. 그런 나를 따라서 빈이도 '엄마랑 같이'를 연거푸 중얼댄다. 간절함이 섞인 '같이', '함께'의 주문이 맞아떨어졌는지 빈이는 금방 안정을 찾았다.

이동 간호사가 밀어주는 휠체어를 타고 다시 병동으로 돌아왔다. 병동으로 돌아오는 길이 멀게만 느껴졌다. 휠체어에 둘이 꼭 끌어안고 앉아서 주변을 둘러보았다. 빠르게 밀리는 휠체어 위에 타고 있으니 살랑한 바람이 귓불을 스치는데 기분이 나쁘지 않았다. 병원 여행 같았다. 빈이는 내 품에 안겼다가 수술 모자에 수술복을 입은 내가 어색한지 자기 머리의 수술 모자를 벗고는 내 수술 모자도 벗겨내 주었다.

무사히 병동으로 돌아온 빈이는 15시간의 공복을 바나나와 물로 달래고, 과자도 몇 개 먹었다. 저녁 밥차를 보고는 식욕이 생기는지 밥 달라고 했다. '그래, 밥 먹자. 밥심이지….'

병원 생활 사흘째. 병원 지리와 환자식과 침상도 익숙해졌다. 익숙함은 늘 안정감을 준다. 빈이는 자기 유모차는 두고, 병동에 있는 휠체어 타는 맛을 알아서 내내 휠체어를 타고 병동 곳곳을 누비느라 신이 났다. 이렇게 잘 적응하고 있는 빈이에게 한결같이 고마운 마음뿐이다. 모든 것에 익숙해지고 있었다. 그런데 가장 중요한 내 몸은 익숙해지지 않았는지 삼 일 만에 몸살이 났다. 병원 밖 길 건너 약국에 가서 상비약을 사다가 털어 넣고, 잠깐 잤더니 좀 나았다.

빈이는 우리 병동, 옆 병동까지 합해서 15층에서는 제일 어린 환자라 지나다니는 환자며, 보호자, 의료진들까지 모두의 관심과 예쁨을 받았다. 그도 그럴 것이 여긴 폐질환과 소화기 관련 병동이라 모두 어느 정도 연세 드신 분들이 대부분이다. 어느 곳에 있든지 사랑받는다는 것은 행복한 일이다. 빈이도 그런 걸 아는지 인사성 바르고, 방실방실 웃는 얼굴이 더 해맑다.

빈이는 어제 다섯 번의 링거 바늘의 공포에도 피검사를 잘 해냈다. 하지만 하나씩 진행되는 모든 검사에 적응이 힘들고, 스트레스를 받는지 돌덩이 같은 변을 5번이나 힘들게 보았다. 변비가 왔다. 변비의 원인이 마취가스 때문일 수도 있겠지만 스트레스가 주된 원인 같아 보였다. 어쩐지 변이 신통하지 않으니 앞으로의 스케줄에 지장이 될까 봐 걱정부터 앞선다. 연 이틀 동안 변이 돌덩이길래 프로바이오틱스를 먹었다. 사흘 정도 지나자 좀 더 부드럽고 착한 변으로 바뀌었다. 다행이었다. 아이의 바나나똥이 이렇게 반갑고 고맙다니 나는 참 꽃남매들을 쉽게 키웠다는 생각이 든다.

오후에 안과에서 소아과로 전과가 이루어졌다. 그럼에도 불구하고 어린이병원에 자리가 쉽게 나지 않아서 내내 병실에서 대기 중이었다. 대기 시간이 길어지니 얼른 병실을 이동했으면 좋겠다는 생각이 들었다. 2인실은 너무 비쌌다. 아직도 일주일 이상은 입원을 해야 해서 더욱 부담이 되었다.

옆 침대는 퇴원을 했고, 또 다른 환자가 들어왔다. 위중한 병중임에도 불구하고 중년 부부가 상당히 긍정적이고 밝았다. 남편분이 식도암이라는데 정말 의연하게 받아들이고 치료하는 게 중요하다며 웃으신다. 본받을 만한 마음가짐이다. 모든 병의 치료는 마음에서부터 시작해서 마음으로 종결된다. 두 내외분이 긍정적이고 밝으시긴 하지만 내일 검사와 수술을 위해 오늘밤 12시부터 금식해야 하는 빈이의 칭얼대는 성화를 받아내실 수 있을지는 의문이다. 밤새 주무시기 힘드실 것을 생각하니 벌써부터 미안한 마음이다. 그래도 그건 그거고 지금은 내 자식만 생각하고 검사와 치료에 집중하기로 마음을 잡았다. 다행히 빈이는 밤새 평안한 밤을 보냈고 조마조마하던 내 마음은 아침이 되니 편안해졌다.

병원 입원 나흘째. 오늘 드디어 이사(?)를 했다. 병원에서의 병실 이동, 침상 이동도 장기 환자에게는 이사일 수밖에 없다는 걸 단 나흘만의 병원 생활을 해보고 알게 되었다. 우리 같은 단기 환자는 정말 이사 축에도 못 낀다. 오죽하면 침상 이동을 돕는 간호사만 따로 있겠는가? 암튼 빈이가 수술방에 들어가 있는 동안 우리는 폐병동에서 암병동으로 이사를 했다. 폐병동에서 나오면서, 며칠 동안 정든 간호사들과 환자와 보호자들이랑 인사하는데 코끝이 시큰해졌다. 자식이 아프고 나니 이런 작은 일에도 눈물이 난다.

암 병동으로 이사를 오니 오만 가지 생각이 들면서 더 겸손해진다. 병원 생활을 나흘쯤 해보니 환자와 의료진, 정성으로 간호하는 보호자들에게 절로 존경의 마음을 품게 된다. 특히 아픈 아이들을 돌보는 엄마들에게는 더욱 그러했다.

오후 2시 27분. 병원 생활 나흘 만에 빈이 덕에 수술방만 2번을 들어갔다. 빈이는 아기라서 마취 전까지 엄마와 함께 대기한다. 화요일에 전신마취를 한 번, 목요일인 오늘 전신마취를 두 번이나 하고, 사흘 동안 금식을 각각 15시간, 17시간, 15시간을 했다. 모두 빈이에게 극심한 스트레스를 유발하는 상황이지만 빈이는 할머니

랑 엄마랑 시트콤 같은 일상을 찍으며 잘 지낸다. 매일 전쟁 같은
병원 생활 속에 다행이라면 이만한 다행이 따로 없다.

케모포트 시술을 받다

진단받은 병원에서 치료받을 병원으로 옮기고 나서 첫 입원기간 동안 수많은 검사를 했다. 꼼꼼하고 친절한 의료진들 덕에 어떤 검사든 검사 전에 상세한 설명을 들을 수 있었다.

우리는 빈이가 완치하는 데 있어서 안구 보전을 전제로 하고, 혹여 모를 암세포들의 확산을 걱정하여 항암을 선택했다. 빈이의 완치를 미리 확신했는지도 모른다. 빈이가 완치된 다음 겪을 또래집단에서의 생활, 사회생활에서 영향을 덜 받는 쪽으로 더 먼 미래를 생각하지 않을 수 없었다. 암 조직이 보이는 눈을 적출하는 방법이 최선일 수도 있겠지만 적출이라는 말은 우리가 받아들이기엔 너무 끔찍했다. 의료진들은 암을 제거하고 깔끔하게 완치하는 것을 우선시하지만, 우리는 의료진이 아닌 부모였다. 이왕이면 시력은 어찌하든지 간에 빈이 본연의 눈을 살려보고 싶었다.

우리의 치료 방향이 어느 정도 정해지자 치료를 위해서 우선적으로 해야 할 것들이 무엇인지 궁금해졌다. 의료진에게 물어도 보고, 먼저 입원해서 치료받는 엄마들의 조언도 들어보았다. 인터넷 검색도 놓치지 않았다. 항암을 하는 데 뭐가 필요한지, 다음엔 의료진들이 어떤 이야기를 할지, 항암 전에 해야 할 시술에는 어떤 것이 있는지 검색했다. 중심정맥관삽입술[7]이 필요하다는 조언을 들었기에 검색해 보았다. '케모포트 시술'과 '중심정맥삽관(히크만)'이 눈에 들어왔다. 케모포트 시술은 중심정맥관삽입술 중에 하나다. 케모포트 시술은 항암제 같은 강한 약물을 투여할 때 말초정맥보다 중심정맥인 쇄골하정맥으로 투여하는 것이 훨씬 안전하고 정확하기 때문에 항암을 하는 환자에게는 유용한 시술이다. 그러므로 항암을 하는 데 있어서 케모포트 시술은 필수라고 해도 과언이 아니다. 그에 비해 히크만은 이식이 필요한 뇌종양이나 백혈병 환자들에게 필요한 시술이다.

빈이는 이식은 안하니까 케모포트가 필요하다고 생각했다. 케모포트라는 단어를 발견하자마자 저녁 회진에 의사선생님께 여쭤보았다. 당연히 해야 한다고 하셨다. 그럼 하루라도 빨리 시술을 받고 싶다고 했다. 어차피 할 것이라면 미룰 이유가 전혀 없었다. 바로 시술 일정을 잡아주었다. 마침 척수검사를 해야 했기에 한 번의 전신마취로 케모포트 시술도 해달라고 부탁했다. 시술 일정은 바로 잡혀서 입원 나흘 만에 받을 수 있었다. 빈이는 어려서 그런지 케모포트 시술과 척수검사는 병원의 가장 큰 수술실인 중앙수술실에서 진행되었다. 어마어마하게 큰 중앙수술실의 분위기에 압도당했는지 나도 모르게 다리가 후들거렸다.

---

7 중심정맥이란 팔이나 다리, 목에서 몸통으로 연결되어 심장으로 들어가는 굵은 정맥이다. 손이나 발등과 같은 말초 정맥으로 투여되기 어렵거나 해서는 안 될 약물을 사용해야 하거나, 장기간 빈번하게 말초 정맥을 써야 할 때, 퇴원 후 집에서 수액이나 약물 요법이 필요한 경우 등에 정맥관삽입술을 진행한다. 매립형으로는 케모포트가 있고, 터널형으로는 브로비악, 히크만카테터 또는 말초삽입형 중심정맥카테터 등이 있다. 교육을 받으면 보호자들도 안전하게 관리할 수 있으나 감염, 혈전, 출혈 등 합병증에 유의해야 한다. (출처: 세브란스병원 환자교육자료)

1시간 10분간의 케모포트 시술과 척수검사가 끝나고, 회복실에서 1시간을 보낸 후 오후 5시가 되어 병동 침상으로 옮겨졌다. 회복실을 나오는 빈이는 커다란 이동 침대에 비해 너무도 작게 보였다. 그 작은 모습이 안쓰러웠다. 마취가 덜 깨어 찡그린 얼굴이 도리어 대견하게 느껴졌다.

척수검사를 했으니 이제 빈이는 꼬박 4시간을 바르게 누워 있어야 했다. 그런데 마취에서 깨어야 하니 잠들면 안 된다기에 어머님과 나는 빈이 앞에서 어릿광대가 될 수밖에 없었다. 일부러 빈이를 울려가면서 어떻게든 4시간을 버텨냈고, 빈이도 2시간 이후부터는 말하지 않아도 스스로 깨어있어 주었다. 저녁 8시가 되어 우리 셋은 하이파이브를 했다. 시끌벅적하게 오늘을 자축했다.

어머님은 병원에 하루만 같이 계시겠다고 하시고는 빈이가 눈에 밟혀 사흘을 주무시고 가셨다. 어머님은 허리와 무릎이 안 좋으셔서 잠자리가 바뀌면 힘들어 하셨고, 무리하면 안 되는 몸이었다. 그런데도 손주 녀석 때문에 사흘이나 불편한 보호자 침상에서 쪽잠을 주무시며 함께 해 주셨다. 덕분에 나는 때맞춰 밥을 먹을 수 있었고, 씻을 수 있었고, 잘 수 있었고, 시시때때로 배꼽 잡고 크게 웃을 수도 있었다. 내일부터는 온전히 나와 빈이 둘이 보내야 한다. 이제 항암치료부터 하나씩 차근히 치료만 잘 받으면 되는데 내일 집에 가시는 어머님의 빈자리가 벌써부터 느껴져 덜컥 겁이 났다.

내일은 펫시티 검사[8]가 우리 빈이를 기다리고 있다. 다행히 금식

8 PET(Positron Emission Tomography, 양전자방출단층촬영)-CT: 악성종양조직이 다른 조직에 비해 포도당을 월등히 많이 소모하는 특징을 활용하여 전신을 검사함으로써 수술 후 잔존 암,

은 내일 오전 7시부터 7시간만 하면 된다. 이제 7시간 정도 금식은 잘해낸다. 어머님은 그런 긴 금식 시간을 마주할 때마다 애를 배 곯려 죽이겠다며 걱정이 한가득이셨다. 진정한 할머니의 마음이다.

나는 단 일주일도 안 되는 시간을 보내면서 생소한 의료 용어와 약 이름을 하나씩 외우게 되었다. 급하니까 알게 되고 절박하니까 외워졌다. 병원에 오기 전엔 막연하고 두렵기만 했는데 다양한 병원 사람들 속에서 지내면서 빈이의 병이 이만하길 다행이고, 이 정도인 것에 점점 더 감사하게 되었다. 그렇게 익숙해지다 보니 더 강하고 성숙한 엄마가 되어 빈이의 작은 움직임과 미소 하나에도 웃게 되었다.

재발, 다른 장기로의 전이 여부를 보다 효과적으로 진단할 수 있는 검사. 다른 검사인 CT, MRI로 발견된 암의 추가적인 정보를 획득하거나, 원발 부위 영상 검사에서 발견하지 못한 다른 부위의 이상을 보다 쉽게 발견하는 데 유용하다.

항암을 시작하다

병원 생활 닷새째. 우리 방은 5인실인데 아침부터 3명이 퇴원하고 3명이 입원했다. 우리 병동은 126병동 소아암 전용 병동이다. 126병동에 빈 침상은 단 하나도 없다. 그만큼 많은 아이들이 크고 작은 암으로 치료 중이다. 빈이의 병명은 망막모세포종으로 악성 종양이지만, 다른 암에 비해 예후가 좋아서 완치율이 95% 이상 되는, 의사선생님의 말을 빌리자면 좋은 암에 속한다. 암이면 암이지 좋은 암도 있을까 걱정하던 내가 126병동에 들어와 보니 우리 빈이는 정말 제일 작은 암으로 좋은 암이라는 말을 실감했다. 더욱이 오른쪽 눈에만 있기 때문에 항암치료가 가능한 상태다!

빈이는 새벽 5시 25분에 기상하여, 분유 한 통을 먹고 9시간의 금식 후 오후 2시 30분에 펫시티 검사를 했다. 암은 진단 후 전이 여부가 중요하기 때문에 전이 여부를 알기 위한 검사를 사소한 피검사를 비롯하여 6가지 정도 했다. 다행히 빈이에게 전이의 모습은 보이지 않았다.

빈이가 금식하는 9시간 동안 약 10번에 가까운 항암 치료에 들어가기 앞서 간호사로부터 교육을 받았다. 빈이가 오전 낮잠을 자는 동안 먹은 아침 겸 점심이 소화가 안 되어 두통이 찾아 왔다. 항암치료 전 사전교육을 듣는데 집중하기가 쉽지 않았다.

오후 3시. 펫시티 검사 완료 후 빈이가 수면제로 인해 잠들었길 래 케모포트에 바늘을 꽂아 달라고 했다. 예정대로라면 오후 4시 에 시작하지만 빈이가 덜 아프게 하는 게 좋겠다는 내 나름의 판단 으로 그리했다. 가끔은 의료진들의 촉보다 엄마의 촉이 빠르게 작 용하는 때가 있다. 케모포트는 인턴들이 꽂는데 안 되면 몇 번이고 되풀이한다길래 인턴에게 잘생겼다는 둥, 손이 예쁘다는 둥 립서 비스를 했다. 다행히 인턴의 사기를 북돋워 단 한 번에 성공! 처음 꽂는 케모포트 바늘.

오후 4시. 드디어 항암 1차를 시작했다. 빈이는 1가지 주사제와 2가지 링거제, 총 3가지의 항암제와 부작용 예방 링거 24시간용 1 가지, 먹는 약 3가지를 처방받았다. 항암제는 정확한 속도로 약물 을 주입하기 위한 장치인 수액펌프기(인퓨전펌프)[9]로 넣어주는 것 이기 때문에 시간의 오차 없이 끝이 났다. 기계를 콘센트에 꽂아둔 거라 움직일 수가 없었다. 또한 항암제가 유리병이라 깨지기 쉽고, 깨지면 소실량을 정확히 체크할 수 없어 항암 치료를 못 받을 수도 있기 때문에 조심해야 한다.

나는 6시간 동안 화장실도 못 가고, 빈이 옆에 꼭 붙어 있었다. 화장실 때문에 문제가 될까 봐 아침부터 물도 조금씩 마셨다. 다행 히 빈이는 나랑 그림도 그리고 공놀이도 하고, 책도 읽고, 인형놀

---

9 정확한 속도로 약물을 주입하기 위한 장치.

이도 하고, 밥과 간식도 먹고, 노래도 부르고, 춤도 추면서 1~2평 남짓한 침상에서 5시간을 보냈고, 저녁 9시가 좀 넘으니 잠들었다. 항암을 하는 동안에 들어가는 수액의 양이 많기 때문에 투여되는 양과 비교해서 소변량 체크도 중요하다. 항암 하는 동안엔 모든 걸 기록해야 하고, 무엇 하나 만졌다 하면 손 씻고, 소독하는 게 일이다. 공기 중의 세균까지 걱정이 되어 스프레이로 된 소독제를 수시로 뿌렸다. 그나마 빈이는 간단한 항암이라 이 정도라지만 더 위중한 병과 싸우는 환아는 링거 병이 훨씬 더 많다. 다시 한 번 아픈 아이들과 보호자에게 존경심을 느꼈다.

항암은 부작용이 만만찮게 나타나는데 그중 가장 심한 게 오심과 구토이다. 다행히도 빈이는 그런 부작용은 보이지 않았다. 빈이는 저녁 9시가 넘어 잠이 들었다. 밀린 설거지와 소독, 정리가 남았다. 빈이가 항암을 하는 동안 나도 침대에 꼼짝없이 잡혀 있다 보니 사용한 기저귀와 환자복, 시트가 바닥에 가득 널브러져 있었다. 기록할 것도 한두 가지가 아니었다. 그 모든 것을 정리하니 밤 10시다. 오늘의 항암도 무사히 끝이 났다. 신랑은 퇴근하자마자 나를 위한 천군만마가 되어 기차를 타고 왔다. 빈이의 항암은 1회 차에 2박 3일이 소요된다. 이제 내일만 하면 항암은 끝이 나고, 일요일 오후가 되면 드디어 퇴원이다.

항암 1회 차 두 번째 날이다. 오후 1시부터 시작해서 오후 7시에 끝나는 일정이다. 빈이는 처음 2시간을 즐겁게 지내다 오후 2시 반쯤 낮잠을 자기 시작했다. 차라리 잠들어 다행이었다. 연일 이뇨제와 많은 수액으로 인해 기저귀가 부족했다. 신랑을 마트에 보낸 시각은 오후 3시 20분이었다. 갑자기 빈이가 온몸이 땀투성이가 된 채로 깨서는 찡얼대는가 싶더니 급기야 몇 분 되지도 않아서 통곡을 했다. 염려했던 근육통과 관절통이 왔다. 진통제 투여 30분이 넘도록 힘들어해서 아기 띠로 안았다. 괜찮은가 싶더니 구토를 했다. 이뇨제의 작용으로 기저귀에서 소변이 조절이 되지 않고 줄줄 흘러넘친다. 흡수력이 좋다는 기저귀라지만 어느 것 하나 빈이의 많은 소변량을 받아내지 못해 불량스럽게 느껴졌다. 결국 소변량 기록 불가! 다량소실이라 적었다. 나도 젖고, 애도 젖고, 온 병실이 난리가 났다. 간호사들도 뛰어 오고 애는 울고 정신이 하나도 없었다. 그 정신없는 중에도 기도가 막힐까 봐 내내 고개를 돌려 끌어안고는 우리 둘 다 땀투성이다. 1시간이 넘게 그 난리를 하고는 씻겨서 정리했다. 관절통은 진통제의 영향인지 안정되었고, 빈이는 정리된 침대에 힘없이 누워 있었다. 나도 아이 옆에 땀이며 오줌으로 뒤섞인 채 진이 빠져서 멍하니 앉아 있으니 신랑이 기저귀를 사 가지고 들어온다. 기저귀 사러 가지 말았어야 했는데…. 이미 상황은 종료. 빈이는 그 후로 좀 자는가 싶더니 구토와 설사가 지속적으로 나고 난리였다. 항문 발진도 시작됐다. 저녁을 고단백쉐이크로 해결하고 나서야 8시부터 잠들었다. 하루 종일 항암제에 시달린 빈이를 보니 안쓰럽다. 이 싸움의 앞날이 뿌연 안개처럼 가늠

되지 않았다. 시작부터 이런 고통이라니 잘 할 수 있을까 걱정부터 앞섰다.

하루 종일 시달린 빈이는 잠을 자면서도 수액을 맞는다. 밤새 맞아야 하는 수액을 4개나 달았다. 간호사는 수시로 와서 셀 수 없이 많은 주사기로 주사액을 주입해주고 갔다. 나도 더불어 수시로 기저귀를 갈아주었다. 혹여 발진이 커질까 봐 잠도 안 온다.

쉽지 않은 일

예정대로라면 오늘 퇴원이다. 그러나 첫 항암부터 그 난리통을 겪었으니 의사선생님은 하루 더 있다가 경과를 보고 퇴원을 하라고 하셨다. 보통 항암 후 일주일에서 열흘 사이가 면역력이 가장 많이 약할 때이기는 하지만 처음 항암을 받는 이 연령의 아가들은 열이 나거나 구토와 설사로 인한 탈진 상태가 지속적으로 나타날 수 있으므로 항암 3일 전후로도 잘 봐야 한다. 물론 증상이 심할 경우는 주저 없이 응급실로 가야 한다.

신랑이 어제 와서 오늘 같이 퇴원을 하기로 했는데, 회사 출근 때문에 먼저 KTX를 타고 집으로 가야 했다. 아빠를 잘 따르는 빈이가 하루 종일 아빠를 찾아대는 통에 난감했다. 달래느라 상당한 시간이 걸렸다. 그래도 저녁이 되니 진정이 되었는지 일찍 잠들었다.

빈이 입안에 구내염이 생겼다. 약 처방을 받았다. 오늘은 밥보다는 분유를 주식으로 먹였다. 진단받던 17~18개월에 이미 엄마젖도 끊은 상태였는데, 뭐라도 먹여야 했기에 분유를 먹이기 시작했다. 어쩔 수 없는 퇴보였다. 아무튼 항암으로 먹지 못하는 빈이에게 분유는 그나마 먹는 것들 중에 많은 부분을 차지했다. 아직 음식 냄새가 나면 속이 불편한지 약간 힘들어하긴 하지만 흰밥은 한 젓가락씩 집어서 주면 먹는다. 항암 할 때 아무것도 못 먹는 다른 아이들에 비하면 일단 뭐든 먹는다는 것은 정말 다행스러운 일이었다. 엉덩이 발진은 어젠 좀 심하더니 오늘은 확연히 좋아졌다. 엉덩이 발진 때문에 기저귀 교체하는 것을 싫어했는데 오늘은 기저귀도 스스로 가져와서 갈아달라고 한다.

드디어 내일이면 퇴원. 한고비 넘겼다. 뭔가 큰 것을 이루어 낸 느낌이다. 시작이 반이라고 하지 않던가! 1차 항암치료를 받고 오니 얼른 완치가 되었으면 하는 마음이 점점 더 간절해진다. 퇴원하면 3주 뒤에 2차 치료를 위해 입원하러 온다. 2차 치료는 안동맥항암[10]이라서 동맥 출혈 합병증의 위험 때문에 12시간 이상 바르게 누워 있어야 한다는 설명을 들었다. 그때까지 준비를 잘해서 아픈 데가 없어야 치료가 가능하다고 했다. 3주 동안 어떤 것을 해줘야 할까 벌써 머릿속이 복잡했다.

퇴원하는 날. 아침에 소아치과 검진을 받았다. 구내염인줄 알았던 입안은 깨끗했고, 퇴원 직전에서야 중이염인 듯 보여서 진료 의뢰를 했다. 협진하려면 2박 3일은 걸린다고 했다. 잘 놀다가도 양볼과 양귀를 붙잡고 막 우는 걸 보니 안쓰럽다. 나도 같이 꼭 끌어

---

10 항암제를 안동맥으로 주입하여 치료하는 방법. 과거에는 전신항암약물치료나 방사선치료의 방법이 사용되었으나, 중재시술의 방법으로 대퇴 동맥 등의 굵은 동맥을 통해 카테터를 진입시켜 카테터 끝을 안동맥 기시부에 거치시킨 후 항암약물을 직접 주입함으로써 혈관으로부터 혈액을 공급받는 안구 종양에 항암제를 선택적으로 도달시킬 수 있다. (출처: JAMA. 2011;305(22):2276-2278.)

안아 주었다. 퇴원약 보따리가 거짓말 조금 보태어 빈이보다 더 크다. 깜짝 놀라는 내게 간호사가 다른 아기는 한 상자를 가져갔다는 얘길 해준다.

열은 나지 않으니 다시 입원하라는 말은 없다. 입원을 하라고 해도 문제다. 분유도 다 떨어지고, 짐도 지하주차장 차 안에 다 넣어 둔지라 빈이를 데리고 나 혼자서 그 짐들을 다시 나르기엔 엄두가 안 났다. 무엇보다 중이염이라고 하면 얼른 항생제와 진통제를 먹여야 하는데, 큰 병원은 이럴 때 정말 절차가 복잡하고 더디다. 집 근처 소아과라도 달려가서 약을 받아야 하나, 오만가지 생각이 머릿속을 맴돌았다. 일단 퇴원약 중에서 항생제, 진통해열제, 감기약을 먹였다. 진통은 덜한지 걸어는 다닌다.

오전 11시면 퇴원해야 하는데, 이래저래 기다리고 또 기다리다가 의사선생님의 퇴원 허락에 오후 5시에 퇴원했다. 아침 7시 30분에 밥 먹고, 퇴원 처리 상태라 밥은 안 나오니 내내 쫄쫄 굶었다. 저녁 늦게야 집에 도착해서 김치 하나에 밥을 먹는데 꿀맛도 그런 꿀맛이 없었다. 빈이도 하루 종일 지쳤는지 집에 왔는데도 신통치 않았다. 먹는 약, 넣는 약, 가글까지 셀 수 없는 약의 행렬이 나도 빈이도 아직 익숙하지 않았다. 집에 오니 약이 더 많은 느낌이었다.

밤새 잘 잤으면 좋겠는데, 역시 잘 자다가도 깨서는 볼을 부여잡고 자지러지게 울었다. 한참 울다 진정되면 자고, 결국 우리 둘 다 잠은커녕 밤을 꼬박 샜다. 다크서클이 지난밤을 증명해주었다.

아침 7시 30분. 둘째를 유치원에 데려다 주었다. 유치원 문은 아직 열지도 않았다. 8시까지 기다렸다가 둘째 준군을 들여보내고 소아과를 가니 그 이른 시간에도 대기자만 32명이다. 우리 차례까지 올지도 의문이었다. 면역력이 떨어진 빈이가 혹여 다른 질병에 노출될까 봐 마스크를 다시 한 번 고쳐 씌우고, 내 옆에 앉혔다가 가슴팍에 안았다가 좌불안석이었다. 그렇게 긴 대기시간을 거쳐서 진료를 보았다. 양볼에 구내염이란다. 구내염이 심해서 귀며, 볼, 턱밑까지 아픈 거였다. 분명 어제 퇴원하기 전에 치과진료에서도 구내염은 아니라고 했는데 이게 무슨 일인지 어안이 벙벙했다. 면역력이 서서히 떨어져 가는 빈이의 몸 상태를 말해주고 있었다. 입안에 뿌리는 비급여 스프레이를 처방 받자마자 계산도 마치기 전에 빈이 입에 뿌려주었다. 일시적으로 마취가 된다고 하니 안심했다. 빈이는 근육통도 심해지는지 걸을 때 부들부들거렸다. 그래도 걷겠다는 빈이를 설득해서 안았다. 가뿐해도 너무 가뿐한 것이 솜털 같다. 가슴이 순식간에 무너져 내려 눈이 뿌옇게 흐려져서 계단도 잘 안 보였다. 울지 않으려고 했는데 자꾸만 다시 눈물이 난다. 애 앞에서는 더 안 울려고 했는데 내 품에 안겨서도 부들부들 떨고 있는 작은 아기새 같은 빈이가 결국 내 마음을 뒤흔들어놓았다.

집으로 돌아오는 길에 카시트에 앉아 있는 빈이가 창밖을 보며 노래를 불렀다. 좀 나은가 보다. 손으로 율동을 하면서 부르는 빈이의 노래는 참 맑다. 기분이 좋아보이길래 어린이집에 가겠느냐고 물으니 가겠다고 했다. 입원기간 내내 그렇게 좋아하는 친구들도 못 보고 놀지도 못 했던 게 생각이 났는지 금세 얼굴이 환해지면서 좋아한다. 한두 시간이라도 빈이가 즐겁다면 기꺼이 그래야겠다고 생각했다. 면역력이 점점 떨어지면 며칠간은 더 못 갈 어린이집이었다. 그렇게 두어 시간을 어린이집에서 보내고 온 빈이는 다행히 친구들과 잘 놀았다고 했다.

밤이 되니 빈이는 컨디션이 점점 안 좋은지 자꾸 누우려고 하고 내 품에만 파고든다. 어린이집에서 와서 밤 10시가 되도록 아무것도 안 먹겠다고 하더니 하얗게 끓인 흰죽을 좀 식혀서 주니 먹는다. 뭐든 먹기만 해도 감사할 지경이다.

구내염이 며칠째 연속이다. 시간이 지나 면역력이 떨어지면서 구내염이 더 심해졌다. 잠을 사흘째 못 자고, 먹는 것도 못 먹으니 걱정이 태산이다. 앞으로 2주 뒤면 또 2차 입원이 기다리고 있는데, 이런 컨디션이면 모든 걸 정상적으로 진행하기 어렵다. 아침엔 깨서 울면서 "엄마, 힘들어" 이러는데 나도 같이 끌어안고 울고 말았다. 말도 잘 못하는데, 힘들다는 말은 언제 배웠는지 모를 일이다. 누가 가르쳐 주지도 않았는데 빈이 스스로 몸으로 체득하고 알게 된 말이었다. 이미 탈진이었다. 다시 소아과를 찾아가서 수액을 맞혔다. 얼마나 힘이 없는지 주사를 찌르거나 말거나 쳐다만 보는데 안쓰러웠다. 수액을 맞으니 내 품에서 잠들었다. 빈이를 끌어안은 채 나도 돌부처처럼 그냥 앉아 있었다.

수액을 맞은 게 도움이 된 건지 아닌 건지 빈이는 내내 기운이 없었다. 뭐라도 먹겠다고 하면 갖다 바칠 각오를 하고 있는데도 먹기는커녕 어디든 누우려고만 했다. 그리고 꼭 내 옆이거나 내 품이어야 했다.

병원에서부터 그동안 없던 분리불안이 생겼다. 혼자서도 잘 노는 애였는데, 이제는 잘 놀다가도 주변에 사람이 없으면 많이 불안해하고, 껌딱지처럼 나를 붙잡아 둔다. 항암으로 인한 관절통이 빈이를 걷기 힘들게 했다. 좀 걸어도 부들부들 떨면서 걸었다. 그러니 내내 질질 짜고, 안으라고만 했다. 그나마 내가 안아주면 잠도 자고, 뭐라도 입에 넣어주면 먹었다. 잠이 들어서 내려놓기라도 하면 소스라치게 놀라서 깨어 울었다. 그리고 두 손을 뻗어서 "엄마테, 엄마한테, 엄마랑 같이"를 외치면서 찾아댔다. 난 늘 옆에 있는데도 자꾸 꿈을 꾸나 보다. 그런 빈이를 품에 안아 달래고서 끌어안고 누웠다. 엉덩이를 토닥이면서 말했다. "빈아, 엄마는 빈이랑 같이 있을 거야. 괜찮아. 무서워하지 않아도 돼. 엄마가 함께 있을게"를 온 마음을 다해 주문처럼 얘기해주었다.

빈이는 이제 앉아서 노는 것도 힘이 드는지 누워만 있다. 누나랑 형아가 눈높이 맞춰서 나란히 누워 놀아주고 안아주고 하니 안심하는 듯 보였다. 한창 뛰어 놀아야 할 18개월 아가가 누워서 노는 걸 보는데 주섬주섬 주워 담던 빨래통에 눈물이 뚝뚝 떨어졌다.

저녁엔 죽을 좀 끓여주었다. 좀 먹는가 싶어서 좋아했는데, 저녁약 먹으면서 일부 토했다. 기운이 빠진다. 빨래도 하루 종일 돌아간다. 빨래는 수십 번도 더 하겠는데 제발 토하지 말고 뭐라도 먹어… 제발….

퇴원 후 그처럼 지치게 만드는 일상들이 며칠 지속되었다. 걷는 것도 힘들어 하던 빈이가 이제는 집안 여기 저기 느리게 걸어 다니면서 놀기도 하고 먹기도 했다. 먹는 양은 만족스럽지는 않지만 아프단 얘기, 힘들단 얘기가 없는 걸 보니 안심이 되었다. 참을성이 나보다 낫다는 생각이 들었다. 나 같았으면 아파 죽겠다고 내내 울었을 것만 같은데, 빈이는 참 잘도 참아낸다.

지금 빈이는 면역력이 최하인 날을 앞두고 있다. 항암 후 7~10일 정도면 면역력을 나타내는 중성백혈구(호중구)[11] 수치가 제일 떨어지는 시기다. 모든 게 조심스러운 날이니 온 집안을 쓸고 닦고, 소독하고 알코올을 들이붓다시피 했다. 폐렴 예방을 위한 약도 일주일에 3일은 먹어야 하는데 너무 써서 맛을 감지하는 게 힘들어지는지라 겁부터 났다. 항암으로 인해서 머리카락은 몇 가닥씩 빠지기 시작했고, 피부도 점점 검어졌다. 손발의 피부도 살짝 벗겨지고 피부 보습이 더욱 필요할 정도로 건조했다. 그래도 아직까지 열은 없다는 것에 감사하다.

면역력이 최하점을 찍고부터 빈이의 입에 들어가는 건 거의 없

---

11 호중구(Neutrophil, 중성백혈구): 백혈구는 세균이나 곰팡이 등 병원체를 공격하여 건강을 유지하는 데 중요한 혈액 세포로, 호중구, 호산구, 호염기구, 림프구, 단핵구 등 다양한 종류로 구성된다. 그중 호중구는 세균 방어에 중요한 역할을 담당한다.

다. 당연히 먹은 게 없으니 변비가 닷새째다. 아직도 밤엔 잠을 못 잔다. 열이 좀 올랐지만 미열이다. 그래도 놀이를 하거나 책을 들고 와 읽어달라는 것, 우는 모습보다 웃는 모습이 더 많다는 것, 구토하는 횟수가 줄어들고 있다는 것에 조금은 안심이 된다. 내 품에서 조금씩 반경을 넓혀서 스스로 뭔가를 한다.

어쩌자고 아픈 애한테

　어젯밤, 구토로 이불 빨래는 2번, 갈아입힌 내복만 6벌이다. 내 품에서 잠을 자도 늘 엄마를 찾아대니 자면서도 빈이를 꼭 끌어안고 잤다. 애 셋을 키우면서 밤잠 설쳐본 적 없고, 우는 아기 달래본 적도 없는 내게 요즘 빈이는 다시 태어난 신생아 같다. 내 품에서 떠날 줄 모르고, 꼭 '엄마랑 같이'를 외치며 우는 모습이며, 수시로 뭔가 먹을 걸 찾지만 잘 소화도 못시키고 젖 넘기듯 구토를 하는 것까지. 엄마젖도 다 뗀 빈이가 다시 분유를 먹기 시작했고 분유가 주식이 되었다. 걷는 것도 비틀비틀하니 기어서 다닐 때도 있다. 어쩔 수 없는, 당연한 퇴행이었다.

　잠을 못 자니 빈이도 나도 예민하기는 마찬가지였다. 일주일 이상을 쪽잠을 자며 보냈다. 등을 붙이고 잠을 자는 일이 호사가 되었다. 그래도 괜찮았지만 오늘은 나도 힘에 겨웠다. 하루 종일 내 품에만 안겨있겠다는 빈이를 위해서 기꺼이 그렇게 할 수 있었는데도 순간 모든 것이 한꺼번에 밀려와 화가 나기 시작했다. 불합리하다고 불평불만을 마음속으로 늘어놓았다가 주워 담았다가 마음속이 전쟁통이었다. 잠깐 화장실에 다녀오는 일도, 분유를 타야 해서 일어나는 일에도 빈이는 불안해했다. 아기 띠를 하거나 포대기로 업으려 해도 관절에 닿는 그대로 아파하니 이러지도 저러지도 못했다. 달래다 달래다 나도 지쳤나 보다. 분리불안으로 엄마 품이 아니면 벌벌 떨며 우는 빈이를 떼어 내 앞에 앉혔다. 극도로 예민 해져 있는 우리 둘이 마주 앉았다. 이미 빈이는 내 품이 아니기에 눈물범벅이었다. 타이르기 시작했다.

"빈아, 울지 말고 엄마 말 들어 봐. 응? 엄마는 빈이 옆에 있을 거 야. 꼭 같이 있을 거야. 그런데 빈이 지금 분유 먹어야 하잖아. 그 러니깐 잠깐만 엄마 일어날게. 빈이 기다릴 수 있잖아? 응?"

아니라고 고개를 내저으며 엉엉 울어댄다. 내가 얘길 하든 안 하 든 울며 내 품으로 달려드는데 억지로라도 밀어내어 다시 앉히고 얘기했다. 눈물 콧물이 범벅인 애를 놔두고 분유를 탔다.

"빈아, 이제 엄마 왔어. 그니깐 울지 말고 맘마 먹자! 이거 먹어 야 돼. 안 먹으면 안 돼." 이미 울고 있는 빈이는 맘마는커녕 내 품 이 더 그리운 상태였다. 안쓰럽지만 나도 이미 지쳐 있었다. 18개 월 아무것도 모르는 아픈 애한테 점점 더 독한 마음이 들었다.

"계속 울고 맘마 안 먹을 거면 엄마 옆에 오지 마!"

지금 생각하면 그냥 품에 꼭 안아 진정될 때까지 안고 있었으면 되었을 것을 하는 미안함과 후회가 든다. 당시에는 맘은 아프지만 밥 먹는 거며 양치하는 것, 설거지, 청소, 화장실 가는 것까지 어느 것 하나 마음대로 할 수 없게 되니 이렇게 둘이 부둥켜안고 있다가 는 아무것도 안 될 듯싶어서 더 독하게 그리했다.

결국 내가 안아주지 않으니 빈이는 누나에게 갔다. 누나 서영이가 내 눈치를 보면서 자기 방으로 안고 들어가길래, 미친 여자처럼 땀인지 눈물인지 엉엉 울면서 설거지를 하고 청소기를 돌렸다. 뭐든 내 몸에서 액체가 나오고 나니 정신이 들었다. 청소기를 끄고 딸애 방에 귀 기울여 보았다. 웃으면서 잘 놀고 있었다. 마음을 안정시키고 안방 청소를 하는데 안방 문을 빼꼼히 열고는 빈이가 "엄~마" 하고 부른다. 내가 모르는 척 대답이 없으니 다시 누나방에 가서 있다가는 또 내게 와서 날 부른다. 나도 모르게 그냥 웃어 주었다. 그랬더니 함박웃음이 되어 내게 달려와 안겼다. 순간 내가 빈이를 안쓰러워하는 게 아니라 빈이가 날 안쓰러워하고 있다는 생각이 들었다.

'어쩌자고 아픈 애한테 그랬나? 내가 미쳤나 보다.'

내가 웃는 얼굴로 포근히 안아주니 안심이 되었는지 빈이는 누나, 형과 더 잘 놀았다. 하지만 노는 중간 중간 내가 어디 있는지 꼭 한 번씩 확인하고 또 확인을 하는 빈이다. 그런 빈이를 보면서 더 많이 안아주고, 더 많이 사랑해주고, 더 많이 보듬어주어야겠다고 다짐했다.

청소를 하고 나니 마음이 좀 더 안정되었다. 간만에 저녁을 지어 다섯 식구가 식탁에 앉아서 저녁을 먹었다. 정말 오랜만에 모두 모여 앉은 저녁시간이었다. 모두가 모여 앉은 즐거운 저녁 시간임에도 불구하고 빈이는 역시나 입맛이 없는지 입에 음식을 대지도 않고, 조물딱거리기만 하다가 졸립다면서 내 품에서 잠들었다.

빈이는 자다가도 속이 메슥거리는지 몇 번이나 깼고, 화장실을 두 번이나 다녀왔다. 이제는 오심이 나면 으레 화장실로 달려가서 변기를 붙잡고 서 있는다. 빈이가 구토할 때마다 화장실로 안고 뛰어갔던 걸 기억하나 보다. 꼭 그러지 않아도 되는데 이미 엄마를 배려하고 있었다. 이날 빈이는 관절통으로 세 번이나 자지러지게 울다 잠들었다.

이렇게 밤마다 빈이는 항암으로 인한 온갖 불편함과 싸워 이기고 있었다. 그에 비해서 내가 할 수 있는 것은, 구토할 때 화장실 같이 가서 등 토닥여주기, 가글해주기, 손 닦아주기, 다리가 아프다고 하면 진통제를 먹여주고 다리를 주물러주는 일, 안아달라고 하면 안아주는 일. 그게 전부라는 게 너무 미안할 뿐이었다. 또 다시 모든 일이 나 때문만 같았다. 내가 놓아버리면 안 되는 줄 알면서도 자꾸 마음이 약해졌다.

퇴원 후 일주일 만에 병원 외래다. 오전 11시에 출발했다. 보통은 2시간 정도면 가는 거리인데, 교통체증으로 3시간이 넘게 걸려서 예정보다 늦은 시간에 병원에 도착해 피검사를 했다. 항상 진료 전에는 피검사를 한다. 그래야 기본적인 수치를 가늠하고 다음 입원과 치료를 정할 수 있기 때문이다. 식욕 감퇴, 구토와 오심, 관절통과 구내염. 이것이 퇴원 후 7일간 빈이에게 나타난 증상들이다. 피검사 결과 이대로라면 일주일 뒤 2차 치료는 무리 없이 진행할 수 있을 거라고 했다. 대신에 40분짜리 항구토제를 맞고, 포도당수액을 기본 3시간은 맞아야 집에 갈 수 있을 듯싶다. 외래 입원실에 배정받아서 내내 수액을 맞고 있는데, 기상특보로 폭설이란다. 그냥 웃음만 나왔다. 폭설이고 뭐고 일단 빈이가 수액 맞는 것에 집중했다. 밤 12시가 다되어 수액을 모두 맞고 집으로 가는 길. 서울은 눈이 하나도 안 왔다. 고속도로로 오는 길은 큰 문제가 없었지만 우리집 근처만 폭설이었는지 길에 눈이 한가득이었다. 그렇게 거북이처럼 기어서 집으로 돌아오니 새벽이다. 하루가 길었다.

다음 주에 입원이라고 하니 내 마음이 분주했다. 나는 몸도 긴장이 되었는지 벌써 며칠째 급체다. 오심에 두통에 구토까지 겹쳤다. 빈이가 아픈 거보다야 낫다고 위로하지만 내 몸이 아프니 모든 게 힘들었다. 빈이 퇴원 이후로 잠을 못자고, 먹지도 못 했더니 급기야 체한 것은 기본에다가 입술포진까지 가관이었다. 항생제를 부랴부랴 챙겨먹는데도 금방이라도 입술이 터져 나올 듯이 통통했다. 하룻밤 사이에 윗입술 아랫입술 구분 없이 죄다 포진 천지였다. 아침에 출근하는 신랑이 날 보더니 당신은 누구시냐고 물어봤다. 나도 같이 어이가 없어서 웃었다. 다행히 빈이는 컨디션이 좋아서 낮엔 어린이집에서 친구들과 선생님이랑 즐겁게 몇 시간씩 시간을 보냈다. 빈이한테 옮을까 봐 조심스럽기도 하고 체력이 바닥이라서 병원을 기어가다시피 찾았다. 입술포진에 구내염에 임파선도 부었단다. 링거를 한 대 맞고 약도 처방받았다. 아픈 며칠 사이에 10년은 늙은 것 같았다. 이미 내가 내가 아니었다.

　빈이는 변비도 사라져서 고구마똥을 보았고, 먹는 것도 잘 먹고, 컨디션이 좋다. 곧 낼모레 입원인데 열이라도 날까 노심초사다.

안동맥 항암을 하다

벌써 3주가 지났다. 오후 3시 30분 병원 도착. 5인실로 배정받았다. 지난번에는 2인실이라서 병원비 부담이 컸는데, 이번엔 5인실이라서 부담은 덜했다. 시작부터 좋았다. 몸무게를 측정하니 지난번보다 1.8kg이나 쪘다. 못 먹고, 못 자고, 아팠던 지난 3주를 생각해보면 몸무게가 빠져야 정상이거늘 그 와중에도 성장하고 있는 빈이가 신기했다. 병원에 도착하자마자 피검사, 소변검사, 엑스레이(X-ray)를 비롯한 기본검사를 하고, 케모포트에 바늘을 꽂았다. 내일 아침 7시 첫 회차 안저검사라 마취를 해야 하니 밤 12시부터는 금식이다.

3주 만에 입원하니 치료 시기가 비슷한 낯익은 환아와 엄마들이 반겨주었다. 지난번 병실은 다들 청소년이고 빈이만 아가라 울음소리, 웃음소리도 미안하고 조심스러웠는데, 이번에 배정된 병실은 옆 침대만 10살 남아이고, 모두 빈이 또래라 좀 맘이 놓였다.

병원에 오니 다시 빈이가 아픈 아이이고, 나는 아픈 아이의 엄마라는 사실을 인지하게 되었다. 빈이의 머리숱이 더 많이 더 빠른 속도로 빠지고 있음을 안다. 또 까만 피부가 더 까매지는 걸 보니 지난번 치료가 정말 항암이었다는 걸 깨닫게 된다. 빈이는 이제 마스크 쓰는 것에 익숙해졌다. 모자도 써야 되는 걸 안다. 나보다 더 빠른 속도로 적응해가고 있다.

아침에 빈이는 안저검사를 했다. 오늘은 전신마취는 안 하고, 기도삽관도 안 하고, 수면으로 검사를 완료했다. 지난번에 마취하고 깰 때 엄마가 눈에 안보여서 분리불안이 생긴 것 같다고 의사선생님께 미리 말씀드렸다. 수면으로 내 품에 잠드는 걸 보고 나오고, 깨기 전에 미리 불러주신 덕분에 울음 한 번 없이 검사를 마칠 수 있었다. 검사 결과 종양이 더 이상 커지지 않았다고 했다. 안동맥항암을 해보면 크기가 훨씬 작아질 것으로 보인다고 했다. 커지지 않은 것만으로 감사한 일인데, 안동맥항암 후에는 더 작아진다고 하니 이보다 더 좋을 수는 없었다.

3주 전에 입원하면서 했던 유전자검사 결과도 나왔다. 망막모세포종은 태아부터 만 11세 정도까지 발견 가능하고, 만 8개월부터 만 5세 정도가 가장 많다. 조기에 유전자검사를 통하여 유전여부를 확인하게 되면 치료와 예방에 도움이 된다. 일측성(한쪽 눈)과 양측성(양쪽 눈)이 있으며 유전력이 있을 수도 있다. 다행히 빈이는 일측성이고, 유전자 검사 상 정상이어서 유전과 관계가 없는 병이라고 했다. 유전자 돌연변이는 부모 중 어느 한 명으로부터 변이를 물려받는 경우도 있지만, 부모와 관계없이 태어날 때 스스로 돌연변이를 발생시켜 갖게 된 경우도 있다. 빈이는 가족으로부터 유전된 것도 아니고, 돌연변이가 있어 앞으로 유전자 돌연변이를 후세에 물려 줄 경우도 아닌 지극히 음성 상태라고 했다. 유전력이 없다고 하니 더없이 다행이었다. 이제 안동맥항암만 잘 하면 이번 치료도 마무리가 된다.

하룻밤을 병원에서 보내고 나니 병원 생활이 좀 더 익숙해졌다. 점심에는 병동 내에 있는 병원 학교에 빈이랑 다녀왔다. 모 출판사에서 소아암 병동에 책을 만 권을 기증했다고 했다. 그래서 환아들에게 책을 나눠주는 책 나눔 행사에 참여했다. 책 종류는 50여 종류로 갖고 싶은 책을 10권씩 고를 수 있었다. 책 욕심 많은 나는 빈이랑 사람들 사이를 비집고 들어가 서영이를 위해 4권, 민준이를 위해 4권, 빈이를 위해 4권을 골라 12권을 선물 받았다. 과자와 음료도 받아서 병실에 와서는 빈이가 가장 먼저 고른 강아지책을 보았다. 빈이 얼굴이 밝았다. 매일 매일 이렇게 밝은 빈이였음 좋겠다.

어젯밤 12시부터 금식이었다. 오늘은 2차 안동맥항암이다. 안동맥항암은 전신마취 후 사타구니를 절개하여 동맥을 따라 가는 주사선을 넣어서 심장을 지나고, 뇌를 지나 눈 근처 안동맥까지 접근시킨 뒤 항암제를 약 30분간 투여하는 것이다.

빈이는 어제 오늘 컨디션이 최상이었다. 마취 직전 대기실에서 살짝 스트레스를 받았는지 투정을 부리다가 엄마랑 까꿍놀이 하고, 인터벤션실[12] 밖 할머니와 아빠랑 영상통화 후 기분 좋은 상태로 내 품에서 마취를 했다. 동맥을 잡는 데 시간이 좀 걸리니 밖에서 대기하라고 안내를 받았다. 신랑은 새벽에 퇴근해서 2시간 자고 병원으로 온 터라 빈이가 들어가자마자 어머님과 아침식사를 하라고 보냈다. 그리고 치료받는 동안 병실에 가서 쉬라고 했다. 서로 에너지를 비축해야 했다. 빈이는 약 2시간 정도 치료를 받은 후 12시간 이상은 바른 자세로 누워있어야 한다. 동맥을 절개한 거라 출혈이 발생할 위험이 있어서 꼬박 12시간을 그렇게 보내야 한다. 이제 우리 보호자 셋이 12시간을 빈이와 이겨내야 하니 빈이가 나오기 전까지 에너지 비축은 필수였다.

대기실 밖에 나 혼자 남았다. 전신마취를 하고, 검사를 해야 하는 불안할 때, 대기실에서 빈이랑 나랑 부른 노래가 떠올랐다. 중얼중얼 혼자 부르기 시작했다.

'바람 불어도 괜찮아요. 괜찮아요. 괜찮아요. 쌩쌩 불어도 괜찮아요… 난난난 나는 괜찮아요….' 볼을 타고 눈물이 쉴 새 없이 흘러내렸다. 간절한 기도가 절로 나왔다. 대기실 밖에 아무도 없는 게 도리어 고마웠다. 맘껏 흐느끼고, 맘껏 기도했다.

오전 9시에 대기실 입실

오전 10시 마취

---

12 인터벤션(intervention, 중재시술치료): 엑스레이(X-ray) 등 의료 영상의 정보를 이용하거나 도움을 받아 주로 혈관을 통해 환부에 직접적으로 접근하여, 수술이 필요한 질환을 비수술적인 시술을 통해 치료하는 것. (출처: 영국중재시술학회)

오전 11시 50분 회복실로 이동

오후 1시 병실로 이동

오후 7시까지 바로 누운 자세로 침상안정

오후 9시까지 침대에 기대앉아서 침상안정

오후 10시 취침

오늘 빈이는 정말 최상의 컨디션으로 잘 해냈다. 인터벤션실에서 회복실로 이동할 때도 울지 않았고, 회복실에서도 1시간이 넘도록 엄마 없이 잘 회복했다. 6시간의 침상안정도 어른보다 더 잘 이겨내 주었다. 무거운 모래주머니를 양쪽 다리에 얹고서 바르게 누워있어야 하는 안정 상황이라서 어른에게도 어려운 시간이다. 원칙적으로는 12시간 안정인데, 바른 자세로 울지 않고 누워 있어줘서 6시간으로 침상안정은 마무리되었다. 2시간은 앉아서 놀았고, 먹을 것도 먹었다. 그런데 그렇게 잘 이겨준 빈이의 모습과는 다르게 안동맥 항암에 문제가 생겼다.

안동맥 항암은 망막에 발생한 종양에 혈액을 공급하는 혈관인 안동맥으로 직접 항암약물을 투여하는 치료이다. 전신 항암약물요법에 비해 소량이므로 전신 부작용을 줄이면서, 보다 고농도의 약제를 직접 안구 종양에 주입할 수 있다. 사타구니 안쪽 대퇴동맥을 따라 경동맥을 지나 안동맥까지 다가가서, 암세포가 있는 가장 가까운 혈관에 카테터 끝을 위치시키고, 항암제를 투여해 치료하는 시술이라는 설명을 들었다. 이때 혈관을 따라 삽입되는 카테터는 흡사 머리카락처럼 가는 관이라고 했다. 이 치료를 받으려면 안동맥이 정상적으로 뚫려 있어야 한다. 그런데 빈이는 한쪽 눈의 암세포가 커서인지 눈으로 가는 동맥이 제 기능을 그만둔 지 오래라서 안동맥 자체가 변형된 상태라고 했다. 안동맥으로 가까이 다가갔지만 혈관이 너무 작아서 항암제를 투여하기엔 무리였다고 했다. 다행히 빈이는 안동맥이 아닌 주변의 또 다른 좁은 종양으로 혈액을 공급하고 있었기 때문에 그 혈관으로 소량의 항암제를 투여했다고 했다. 이런 상황이다 보니 온전히 항암제가 암세포에 투여됐다고 확신할 수 없다고 했다. 설명을 듣는데 빈이를 위해서 최선을 다했을 의료진들의 노고가 느껴졌다. 그런 의료진들의 노력에도 불구하고 빈이는 침상안정 몇 시간 만에 관자놀이가 점점 붓고 빨개졌다.

2008년 이후로 이런 케이스는 처음이라 의사선생님도 적잖이 당황한 눈치였다. 무서웠다. 그래도 소량의 항암제로도 종양의 크기는 줄어들 수 있다는 작은 희망을 의사선생님으로부터 들었다. 아직 8번의 항암이 남았기에 시간적인 여유도 있었다. 전신항암을 해본 뒤 다음번 안동맥 항암의 결과가 안 좋다면 마지막 수단인 적출 수술을 결정해야 할지도 모른다는 말이 나를 주저앉게 했다.

다시 원점으로 돌아온 느낌이었다. 속단은 이르고, 내가 뭔가 결정할 수 있는 것도 아니고, 의사선생님도 어떤 결론을 내릴 수 없는 입장이었다. 어떤 결정을 할 수 없고, 어떤 결론을 낼 수 없다면 그 시간을 어떻게 보내느냐가 가장 중요하다는 생각이 들었다. 아무엇도 손에 잡히지 않지만 무엇이든 집중해야 할 필요가 있었다. 잘 정리된 침상과 냉장고를 뒤져 정리를 하고 또 했다. 설거지가 있지는 않은지 살펴보고, 스마트폰을 만지작거려 보았지만 마음을 정리하기엔 역부족이었다. 점점 내 마음이 흔들리고 있음을 느꼈다.

가만히 생각해 보았다. 이 질병이 2만 명 중에 1명꼴로 발생하는 희귀암이라고 했다. 이미 빈이는 2만 대 1을 뚫었다. 빈이의 안동맥 항암도 정말 나올 수 없는 확률 안에 들었다. 뭐든 우리에게만 어려운 것 같았다. 모두에게 쉬워 보이는 일들이 우리에게만 걸림돌이 되고, 수렁같이 느껴졌다. 뭔가 많이 불공평하다는 부정적인 생각이 들었다. 원망도 생겼다. 누굴 원망해야 할지도 모르는 게 한탄스러웠다.

빈이는 너무 밝았다. 누가 봐도 눈이 아픈 아이라고는 믿기 어려울 만큼 정상에 가까운 눈이었다. 의사선생님이 차트를 보여주거나, 보호자인 내가 입으로 말하지 않고는 아픈 눈은 없고 샛별 같은 눈을 가졌을 뿐이다. 게다가 안동맥항암 후 12시간 동안 침상에서 단 두 개의 모래주머니를 차고 이겨냈다. 정말 대견하게 묵묵히 잘 이겨내주고 있는 빈이의 모습을 보면 눈물이 났다. 이렇게 잘 이겨내고 있는데, 뭔가 보상이 필요하다는 생각이 들었다. 그 보상은 더도 덜도 아닌 완치였다.

오후 6시. 의사선생님과 면담 후 약 한 달 동안 참았던 눈물이 복받쳐 흘렀다. 내가 무너지니 애 아빠도 어머님도 한꺼번에 무너졌다. 내가 빈이 옆에 누워 울고 있으니 빈이는 두 팔로 날 끌어안아 토닥토닥 내 등을 두드려주었다. 먹을 것이 있으면 엄마 먹으라고 나부터 챙겨주었다. 안동맥 항암의 실패로 부어오를 대로 부어오른 빈이의 얼굴이 안쓰러웠다. 그럼에도 불구하고 울고 있는 나를 토닥여 준다.

오후 7시. 신랑은 내일 출근을 해야 해서 집으로 내려갔다. 신랑이 가고 난 후에 어깨가 더 무겁게 느껴졌다. 울지 말아야지 여러 번 다짐했다. 한참을 울고 나니 눈물도 좀 멎고, 마음도 안정되었다. 그런데 집에 도착한 신랑이 보낸 메시지와 사진을 보고, 멈췄던 눈물샘이 또 터졌다.

둘째 쭌군의 편지다. 아직 한글을 다 떼지 못한 5살 둘째가 사촌 누나의 대필로 편지를 썼다.

사랑하는 엄마, 아빠!
이 편지를 읽고 제 마음을 알아주세요.
엄마, 아빠와 할머니, 그리고 빈이가 보고 싶고, 사랑해요.
빈이한테 전해주세요.
'힘내 빈아! 수술 잘 하고 와. 형아가 갈게.'

두 아들의 응원을 받고 있는 나는 정말 행복한 엄마라는 생각이 들었다. 여린 나무같이 가느다란 아이들이 나를 태산같이 안아주고 있는 것만 같아서 더없이 든든했다. 다시 힘을 내서 버텨내야 했다.

　입원 4일째. 어제는 지옥을 경험하고, 오늘은 천국까지는 아니어도 평정을 찾았다. 상황이 변한 것은 없으나 마음가짐 하나만으로 천국과 지옥을 하루에 열두 번도 더 왔다 갔다 한다. 뒤죽박죽된 마음을 추스르는 것이 상황을 전환시키는 유일한 방법이었다. 도를 닦는 수도승처럼 자꾸 중얼거렸다. 주문을 외우듯 반복해서 말을 해댔다. 내가 정말 미쳐가는 것은 아닐까 몹시 불안했다. 누구에게라도 의지하고 싶었다. 누구라도 나의 썩어문드러져 무너지는 마음을 잡아주었으면 좋겠다는 마음이 간절했다. 마음이 혼란스럽게 되자 바이오리듬에도 문제가 생겼다. 아침부터 기운도 없고, 밥맛도 없다. 몸을 움직이는 것조차 귀찮았다. 어머님이 빈이를 봐주시길래 내내 침대에 누워있었다. 또다시 이겨낼 자신이 없었다. 순간 힘을 내었다가도 다시 넘어지고 주저앉기를 반복했다. 밥이라도 먹어야겠다는 생각에 꾸역꾸역 털어 넣은 밥 때문에 체해서 하루 종일 힘들었다. 엄마인 나도 어쩔 수 없는 인간이었다. 몸과 마음이 하루아침에 만신창이가 되었다. 결국 급체로 인해서 내내 끼니를 먹지 못하고 굶었다. 하루 종일 몇 번씩 널뛰듯 요란한 마음이 밉기까지 했다.

고맙게도 내가 힘이 없이 널브러져 있으면 적절한 시간에 지인들이 문병을 와주었다. 지인들의 문병으로 자의 반 타의 반 털고 일어났다. 위로받고, 응원 받으면서 마음을 추스려 보려고 노력했다. 서로 부둥켜안고 울기도 했다. 그렇게 한참을 울고 나니 뒤엉킨 마음이 조금은 누그러졌다. 나와 빈이를 찾아준 문병객들이 고마웠다. 어려운 일을 당하고 보니 내 주변에 이렇게 많은 사람들이 있었나 감사할 따름이었다.

빈이는 오늘도 컨디션이 좋다. 잘 먹고 잘 자고, 잘 싸고 잘 지냈다. 이미 지쳐있는 나와 어머님은 그런 빈이를 따라 다니느라 힘겨운 오늘이었다. 이런 상황을 아는지 모르는지 사소한 일에 울고 웃는 어린 빈이가 도리어 다행이었다.

어제 안동맥 항암 후 문제가 있던 관자놀이 부분이 더 많이 부어올랐고, 오후엔 붓다 붓다 항암제로 인한 화상인지 물집이 잡혔다.[13] 성형외과에서 2번이나 다녀갔고, 항생제 연고와 안연고를 처방해주었다. 항생제도 하루에 3번씩 링거로 투여하고 있다. 자는 동안에 부어오른 관자놀이에 부분 얼음찜질을 해주었다. 자는 시간 외에는 열심히 병동을 뛰어 다니면서 노니 얼음찜질이 힘들기 때문이다. 안동맥 항암 후, 의사선생님은 최악의 상황만 얘기하셨다. 의사라는 직업은 늘 최악의 상황을 이야기해야 하는 직업 같았다. 야속했다. 좋은 이야기 좀 해줬으면 좋겠다고 불평까지 쏟아내

---

13 항암제혈관외유출로 인한 조직의 괴사 현상.

보았다.

성형외과에서 2번 다녀간 지난밤, 수시로 얼음찜질을 해주라고 했다. 그것도 지속적으로 하게 되면 괴사가 온다고 하니 잠도 안 자고 밤새 상처를 살펴가며 찜질을 해주었다. 다행히 수포는 더 이상 커지지 않았다. 밤을 꼴딱 새고 나니 아침에 깜빡 잠이 들었나 보다. 분명 잠깐 잠들었다 깬 것 같은데 몇 시간을 잤다. 빈이가 깨어 움직이는 소리에 벌떡 일어나서 상처부터 살펴보았다. 기상 후 1시간 만에 수포가 2배로 커지면서 진물이 나고 있었다. 밤새 내가 해 준 얼음찜질은 수포로 돌아갔다. 잠깐 잠들었던 그 시간이 죄스러웠다.

오전 회진 때 의사선생님께 눈, 귀, 피부까지 더 악화되지 않도록 다른 과의 협진을 부탁드렸다. 귓속과 눈에 염증이 생기지 않도록 CT를 찍고, 안과와 이비인후과 진료를 봤으면 좋겠다고 했다. 성형외과에 지속적으로 진료를 받고 싶다고 했다. 흉이 질 게 뻔해 보이는 상처였다. 몰라보게 부어오른 아이 얼굴이 자꾸만 나를 재촉하게 했다. 이미 빈이는 내가 알고 있는 얼굴이 아니었다. 빈이를 볼 때마다 아이가 금방이라도 어떻게 될까 봐 걱정스럽다 못해 무섭고 두려웠다.

소아혈액종양과 의사선생님은 토요일인데도 아침부터 사복차림으로 나와서 밥도 안 먹고, 얼굴은 흑빛에다가 부모인 우리보다 근심이 백 배는 더해 보였다. 우리 가족과 전생에 무슨 인연이 있었길래 빈이를 사이에 두고 이렇게 고심하고 있는 것일까?

우리가 너무 불안해하니 CT 판독이 다음 주나 되어야 나오는데, 미리 보여주며 얘기해주셨다. 우리도 궁금했던 사항을 하나씩 꼼꼼히 물었고, 도리어 웃으며 의사선생님을 안심시켰다. 우리는 괜찮으니 최선을 다해 달라고 했다. 어디서 나오는 웃음인 것인지 그냥 의사선생님이라도 안심시키고 싶었다. 그러면 빈이 치료에 좀더 심혈을 기울여 줄 것만 같은 보상심리 같은 마음이었다. 약 30분이 넘는 의사선생님과의 면담을 끝냈다. 빈이는 이런 상황을 아는지 모르는지 수면제의 영향으로 내내 자고 있었다. 도리어 수면제가 고마운 시점이었다.

또다시 5시간 금식. 오후 2시가 되어 수면제 복용 후 CT를 찍었고, 수면에서 깨기 전에 안과를 봐달라고 했다. 오후 3시 50분부터 10분 간격으로 잠든 빈이의 눈에 산동제를 넣었다. 오후 5시 30분. 안과 의사선생님이 안저검사하러 오셨다.

빈이를 담당하는 의사선생님만 5명이었다. 안과, 소아혈액종양과, 성형외과, 피부과, 안성형안과까지였다. 안과 의사선생님은 늘우리가 최악의 상태에 있을 때 구세주처럼 나타나 맘을 편하게 해주셨다. 이번에도 그랬다. 안과 할아버지 의사선생님은 산타클로스 같은 편안함을 주셨다.

눈으로 가는 동맥은 경동맥으로부터 나온다. 경동맥은 다시 내경동맥과 외경동맥으로 나뉘게 된다. 안동맥은 일반적으로 내경동맥으로부터 나오므로, 내경동맥으로 진입하는 것이 일반적인 치료 형태다. 그래서 내경동맥으로 항암제를 투여하게 되면 우리가 볼 수 없는 안구 뒤쪽이 부을 수 있단다. 그런데 빈이는 안동맥이 외경동맥으로부터 꼬여서 분지를 이룬 매우 드문 변이 형태라 했다. 안동맥항암을 시술한 의사선생님이 그 작은 동맥을 돌고 돌아 뚫고 들어가 항암제를 투여한 부분은 외경동맥이었다. 실보다 더 가는 관으로 그 부분을 찾아내기도 쉽지 않았는데 잘 찾아 들어가서 투여를 했단다. 그게 외경동맥이었기에 관자놀이 부분이 부어서 눈에 보인 지금의 형태가 된 것이었다. 그처럼 가는 관을 통해 안동맥에 접근하여 시술할 수 있는 분은 국내에서도 손꼽힌다고 소아혈액종양과 의사선생님이 말씀해주셨다. 치료와 시술에 최선을 다해주는 의료진들의 마음과 손길이 느껴져서 더욱 감사했다. 결론은 안동맥항암치료 자체는 성공적인 것이었고, 종양을 겨냥한 약제 투여도 잘 이뤄졌지만, 그 과정에서 항암제 일부가 새나가 그로 인해 안면에 수포와 부종이 생겼고, 이제는 그게 호전되길 기다려야 하는 상황이라는 설명을 들었다.

외경동맥으로 시술한 적이 과거에도 종종 있었지만 이렇게 부종이 생긴 적은 없었기 때문에 의사들도 적잖이 당황했던 것이고, 망막모세포종에 대한 자료가 희박해서 빈이 같은 케이스를 찾을 수 없다고 했다. 이제 외경동맥으로 뿌려진 항암제가 작용해서 암세포의 크기가 줄어들기만 기다리면 되는 상황이었다. 그래도 반가운 소식은 안저검사 결과 지난번보다 암세포의 크기가 미세하지만 줄어들었다는 사실이다. 또 CT 사진에서 눈 가운데 하얗게 큰 덩어리가 보이길래 암세포인가보다 하고 무서워서 묻지 못했는데, 오늘 물어보니 빈이의 경우는 암조직이 자연석회화 되어 굳어 있는 거란다. 그만큼 시간이 많이 흐른 병증이고 암세포가 그리 크지 않다는 뜻이었다.

'아니. 왜 그걸 이제사 말해주냐고….'

아마 의사선생님들은 있는 암세포에 집중해서 줄이려다보니 그 점까지는 미처 말씀해주시지 못한 듯싶다. 의사선생님의 입장에서는 그만큼 석회화된 부분은 신경 써야 할 부분이 아니었다. 집중치료가 이루어지고 있다는 것이다. 무너질 것만 같았던 1차 안동맥 항암은 지옥과 천당을 수십 번씩 드나들면서 그렇게 지나가고 있었다.

머리카락이 빠지기 시작했다

병원에서 치료를 받다 만난 사람들 중엔 유독 눈길을 끄는 사연을 지닌 이들이 있다. 어디가 아픈지 보다도 그들에게 닥친 상황을 해결해나가는 모습에 더 집중하게 되었다.

2차, 3차 입원치료 기간에 같은 병실을 써서 알게 된 연우는 백혈병의 12살 남자아이다. 연우는 독한 항암치료를 받았다. 횟수는 몇 번 안 되지만 머리가 다 빠지고는 없는 걸 보면 항암제가 꽤나 독하다는 걸 증명한다. 암 병동이라면 환자들의 머리카락이 있는 것이 어색할 만큼 민머리에 익숙하다. 아직 빈이의 머리카락은 그대로이니 빈이의 민머리에 대해서는 특별히 생각하지 않았다. 주말에 연우아버지가 왔다. 병실 문으로 들어서는 키가 큰 그 남자는 누가 보아도 연우아버지였다. 그만큼 연우랑 똑 닮았다. 그런데 연우아버지도 암 병동 환아들의 머리와 같았다. 머리카락 없는 연우아버지를 보면서 나는 어떤 사연일까 궁금했다.

지난번에 같은 병실을 썼던 우크라이나 가족이 떠올랐다. 엄마가 유방암 투병 중이었고, 아들은 백혈병으로 투병 중이던 가족의 이야기를 알고 있었기에 연우아버지도 편찮으신가 하고 조심스럽게 여쭈어보았다. 조심스럽게나마 여쭤볼 수 있었던 것은 연우아버지가 상당히 건강해보였고, 에너지 넘치는 분이셨기에 가능했다. 사연을 들어보니 아들이 머리가 다 빠져서 삭발하던 날 아버지도 아들과 함께 머리를 삭발하셨단다. 자식을 위한 아버지의 마음이 고스란히 느껴졌다. 대단하시다는 말조차도 내뱉기 어려워 그냥 아무 말도 못 했다.

연우의 두 살 아래 여동생은 매일 학이랑 거북이를 접으면서 기도를 한단다. 천 마리를 다 접으면 소원이 이뤄진다고 해서 오빠를 위해 매일 매일 꼭꼭 눌러 접는다면서 보호자 침대에서 내게 배시시 웃어 주었다. 10살짜리의 마음과 아버지의 마음이 고스란히 느껴졌다.

항암 1차 치료 때 병원에서 만난 24개월 지희는 백혈병을 앓고 있었다. 지희는 할머니가 병간호를 해 주었다. 왜냐하면 엄마도 아파서 누워 있기 때문이다. 어느 날 같은 병실을 쓰던 때였다. 이제 갓 진단받은 나는 눈물을 감추질 못했다. 그렇게 내내 우는 날 자주 보셨던 분이었다. 그날은 지희 할머니가 반질반질 까만 빈이 머리카락을 보시더니 3주 정도 되면 빠질 거라며 나보고 집에 가서 애 머리 빠지는 거 보고 또 통곡하며 울지 말라고 했다. 그 말씀을 들을 때 "머리 빠지는 거 정도야 뭐 괜찮아요." 하며 웃어넘겼던 나였다. 그랬던 난데….

잠든 빈이의 베개를 바르게 해주고, 이불을 덮어주려고 보니 베갯잇에 한 움큼 빠져 있는 머리카락. 잠자기 전에 잠투정하면서 머리를 긁적였는지 손에도 한 움큼 움켜잡고 잔다. 분명 예상했던 일이라서 예쁜 모자도 몇 개씩 미리 사두고, 마음의 준비를 했다. 그런데 막상 머리카락을 움켜 내거나 스치듯 건들기만 해도 저항 없이 한 움큼씩 숭숭 빠지는 빈이의 머리카락을 내 눈으로 보니 내 살이 뜯겨 나가는 듯했다. 정말 안 울 거라고 다짐을 했는데 결국 또 내 머리를 쥐어 뜯어가며 울어버리고 말았다. 그렇게 빠져나간 힘없고 가느다란 빈이의 머리카락조차도 함부로 버릴 수 없을 것 같은, 쓸데없는 소유욕이 생기기까지 했다. 빈이 것이라면 뭐든 지켜주고 싶었다.

워낙 꽃남매들 셋 다 머리숱 없기로는 온 천지가 아는 일이다. 그 없는 머리숱이 이렇게 힘없이 빠져나갔다. 아픈 곳 세포들도 제발 머리카락 빠지듯 술술 빠져나가거라. 온전히 붙어 있는 내 머리카락들이 죄스럽고 미안한 오후였다.

빈이는 암투병 중이지만 이곳 소아암 병동에서 암이라고 하기엔 빈이의 외모가 최상급 나일론 상태라 명함도 못 내민다. 다들 2가지 이상의 암이거나 전이를 걱정하고, 불치병이거나 희귀병인 경우가 대부분이기 때문이다. 물론 빈이의 병증도 희귀병에 속하지만 불치병은 아니라는 사실이 가슴을 쓸어내릴 정도의 안도감을 안겨준다. 그래서 여기서는 보호자인 엄마들끼리 병명을 물을 때도 병원 밖에서는 한번이라도 입 밖에 내면 기절할 병명을 웃으면서 이야기한다. 그만큼 대단한 내공을 가진, 무서운 병과 익숙해진 엄마들이다. 나도 이젠 웃으면서 이야기할 정도는 아니어도 가볍게 빈이의 병명을 이야기할 수 있게 되었다.

빈이가 겉보기에 아무리 최상급 나일론 상태라고 해도 소아암 환아이기에 제약이 한두 가지가 아니다. 호흡기를 통한 감염의 우려를 고려하여 늘 마스크를 써야 한다. 머리가 빠지고 있기 때문에 얇은 모자라도 써야 한다. 체온 유지를 위해서도 필요하고, 뇌종양일 경우 수술자국이 겉으로 드러나는 미관상의 문제에 있어서도 그렇다. 또 위생의 기본인 손도 자주 씻어야 한다. 빈이는 손 씻는 순서를 너무 어린 나이에 배워 지금도 손은 정말 누구보다 정성스럽게 순서대로 잘 씻는다.

가장 큰 제약은 먹는 것이다. 물론 병원마다 병명마다 다르긴 하겠지만 대부분의 소아암 환아들이 그러하다. 생균이 들어 있는 음식은 안 되니 요거트나 김치, 치즈도 자제해야 한다. 생우유도 안 되니 멸균 우유로 먹어야 한다. 생과일도 안 되고, 껍질이 두꺼운 과일이나 뜨거운 물에 넣었다 뺀 과일은 먹을 수 있다. 발효된 것도 안 되고, 포장 안 된 빵류는 안 된다. 하지만 낱개 포장된 빵과 바로 나온 빵은 괜찮다. 과자도 낱개 포장된 것은 가능하지만 다량 들어 있는 스낵류는 안 되고, 길거리 음식은 당연히 안 된다. 다 제외하고 나면 아픈 아이가 먹을 것이 그리 많지 않다. 하지만 익힌 음식은 가능하니 일단 끓이고 본다. 끓이면 그나마 뭔가 익혔다는 것에 안도감도 들고, 세균 증식에서 조금은 보호된 상태라 먹을 수 있는 확률을 높일 수 있다. 잘 먹어야 되는 암환자의 먹는 것에 이렇게 많은 제약이 따른다는 것도 아이러니하다. 그마저도 지키지 않으면 모든 것이 우르르 무너지게 되니 먹는 데 정성을 들이게 된다.

　빈이의 경우에는 항암한 후 체력이 많이 떨어지지 않고, 면역력을 나타내는 호중구 수치가 아주 낮지 않다면 조금은 다양하게 평소에 먹던 음식을 먹이려고 했다. 항암 1차 때는 그걸 조절 못 해서 좀 힘들었는데, 2번의 항암을 거치고 나니 조금씩 익숙해져 간다.

기록으로 오늘을 기억하다

옆 침상의 빈이 친구는 어제 퇴원했다. 그 엄마한테 빈이 친구의 독사진, 빈이랑 둘이 찍은 사진을 메시지로 보내줬다. 사진이 너무 맘에 든다며 참 좋아했다. 자기 자식이 이렇게 예쁘고 사랑스러운지 다시 보인다면서 메시지 속 이모티콘이 함박웃음으로 가득이었다.

그 엄마는 발병한 작년 5월 이후로 아들내미의 사진이나 동영상을 한 번도 안 찍어줬단다. 왜 그랬는지 물으니, 그 사진만 보면 맘 아프고 그 고통이 생각날 것 같아서 안 찍었단다. 그러면서 도리어 나보고 아픈 애를 왜 그렇게 찍어주냐고 물었다. 그 마음이 십분 이해가 되었다. 사람마다 생각하는 게 다르고, 특히나 여긴 암 병동이라 병중의 깊이도, 완치 여부도 다르니까 그럴 수 있겠다고 생각했다.

그런데 난 좀 다르게 생각했다. 애가 너무 아파서 사경을 헤매는 것이라면야 그럴 정신도 없을 테고, 마음의 슬픔이 크다면야 여력도 없겠지만 나는 그런 심각한 상황은 아니니 아픈 빈이의 지금 모습도 정말 사랑스러워서 안 찍어 줄 수가 없다. 민머리의 눈썹이 없는 아이, 항암으로 인한 착색으로 까만 피부, 늘 하얀 입술, 이런 모습을 보자면 당연히 마음 아프지만, 그 시기의 아이에게서 볼 수 있는 웃음이나 미소, 애교어린 행동은 지나면 볼 수 없는 귀중한 것들이다. 더군다나 내가 애 셋을 키워보고, 조카들까지 두루 여섯을 보니, 15개월부터 30개월까지의 아이들은 다른 시기보다 유난히 예쁘다. 빈이는 딱 그 시기인 셈이다. 지금 19개월이니까. 그런 예쁘고 사랑스러운 시기를 아프다고 해서 기록으로 남기지 않으면 정말 아까울 것 같은 게 첫 번째 이유였다.

두 번째 이유는 지금 빈이는 투병중이지만 짧게는 6개월, 길게는 1년이라는 시간 이후에는 완치라는 희망이 있고, 그 후엔 다시 병원의 일상에서 평범한 일상으로 돌아올 것이기 때문이다. 그리고는 여느 아이들처럼 자라날 거고, 여느 사람들처럼 살아갈 것이다. 그러다 인생의 또 다른 어려움도 다가오겠지. 그때 지금 이렇게 힘들고 어려운 시술, 수술, 항암, 검사를 어린 나이에도 이겨낸 넌 참 대단하고 멋지고 훌륭한 아이였다고 얘기해 주며 다시금 살아낼 희망을 줄 것이다. 그 투병 기간도 빈이의 이야기이고, 누구도 따라할 수 없는 빈이의 소중한 어릴 적 모습이니까.

세 번째 이유는 빈이가 투병하는 동안 내 주변의 친척, 친구, 선후배를 비롯한 수많은 사람들이 우리의 소식을 궁금해 하고, 걱정해주고 기도해주고 있다는 것을 알기에 그 분들을 위해 안심하시라는 차원의 알림용으로 SNS에 사진을 올리기 위해서였다. 사실 하루에도 수없이 받은 메시지와 전화는 감사했지만 진단을 받고 정신적으로나 육체적으로 힘든 상황에서 일일이 빈이의 상황을 한

분씩 응대하며 설명하다보니, 정작 빈이를 돌볼 시간도 부족하고 더 혼란이 와서 대략난감이었다. 또 빈이의 양가 할머니 할아버지를 비롯한 어른들은 밤잠도 못 주무시고 식음 전폐까지 하시고 애 얼굴을 봐야 걱정이 덜 된다며 먼 걸음 해주시니 걱정을 덜어 드리는 것도 필요하겠다 싶었다. 어쩌면 불가피하게 된 나의 스마트폰 중독에서 이유를 찾을 수도 있다. 점점 잦아지고 길어지는 병원 생활 동안, 내가 지내던 생활공간에서 점점 소외되고 외면당하게 될 것에 대한 두려움에서 비롯된 습관이다.

이런 내 생각을 농담반 진담반 얘기해주니 그 엄마도 다시 카메라를 꺼내서 많이 찍어줘야겠단다. 나름대로의 내 말이 좀 설득력이 있었나 보다. 아무튼 나는 병원에서도 SNS에 일기를 쓰면서 하루를 정리하며 돌아보고 내일을 준비했다. 그래서 하루하루 버텼는지도 모르겠다. 우리집 이야기에 응원해주고 덧글로 힘주셨던 많은 친구들 덕분에 낙담하지 않고 잘 보낼 수 있었다고 생각한다.

126 병동

우리가 있는 소아암 병동은 126병동이다. 암병원 12층에 있고, 12층에는 갑상선내분비외과 125병동과 소아암 병동 126병동이 같이 있다. 각 병동마다 11개의 병실이 있고, 1인실이 2개, 2인실이 3개, 5인실이 6개로 한 병동에 36명의 환자를 수용할 수 있다. 그리고 청소년 병실, 이른바 성인 병실이 2개 있다. 하나는 남자 병실, 또 다른 하나는 여자 병실로 청소년이 대부분이고, 성인이 되어 재발한 환자들을 위한 방이 있다. 소아암 병동은 특수병동이라 다른 병동에 비해 각 병실마다 메인 간호사와 서브 간호사가 있다. 숫자로만 보면 환자 2명당 간호사 1명이 케어할 수 있는 셈이다. 매일 병동을 유모차 끌고 운동 삼아, 산책 삼아 다니다보니 알게 된 사항이다.

오전엔 같은 병실 재윤이와 태호가 퇴원을 했다. 재윤이는 제주도에 사는 23개월 빈이 친구다. 윌름스 종양이라는 신장암을 앓아서 작년 10월, 10시간이 넘는 긴 수술시간을 버텨가며 한쪽 신장을 떼어냈고, 현재 항암을 3차까지 받았다. 윌름스 종양 같은 고형암은 암조직을 수술로 떼어내어 제거하기 때문에 항암의 횟수가 적은 편이라 이제 한 번만 더 항암을 받으면 치료가 종료된단다. 제주도에서 매번 오며 가며 비행기 타고 엄마랑 둘이 치료받으러 다니는 가녀린 재윤이는 너무 여리여리해서 보는 사람도 안쓰럽다. 그 집 사정을 들어보면 더 그런 것이 엄마가 갑상선암으로 수술을 했다 하고, 보험을 들어 둔 게 없어서 치료비도 만만치 않다고 했다. 그런데도 그 엄마를 보면 참 밝다. 애써 만든 밝음이 아닌 속에서 나오는 긍정의 밝음이다.

그리고 태호. 태호는 9개월 남아이고, 조선족이다. 생후 3개월도 안 돼서 간모세포종으로 9시간이 넘는 긴 수술로 간의 대부분을 떼어냈단다. 항암은 8차까지 한 상태고, 이제 2번만 더 하면 치료가 종료된다고 했다. 국적이 달라서 정부 지원도 못 받고, 의료보험도 지원이 안 돼서 한번 입원하면 뭉칫돈으로 병원비를 낸단다. 자식 치료 때문에 한국까지 와서 좁은 병실에서 먹고 자며 부부가 병간호하고, 낮엔 남편이 일용직에도 나가면서 병원비를 충당하며 지냈다. 다행히 치료 막바지에는 남편이 취직한 덕분에 회사에서 의료보험 적용을 받아서 치료비가 대폭 줄었다며 부끄러운 웃음을 짓는다. 두 손을 꼭 잡으면서 대단하다고, 존경스럽다고 해주었다.

이곳에서 병간호하는 엄마, 아빠, 할머니를 비롯한 보호자들은 어느 누구 하나 위대하지 않은 사람이 없다. 의사선생님과의 면담에서 최악의 상황을 전해 들어야 하는 가운데 한 가닥 희망만 보이면 다시 눈물 씻고 웃을 수 있는 단단함이 있었다. 그것은 나이가 많고 적고의 문제나 약하고 강함의 문제는 아니었다. 아픈 아이를 간호하는 보호자라면 누구나 그러했다.

오늘 아침에도 1251호의 엄마는 복도에서 의사선생님과 얘기하면서 하염없이 운다. 지나가는 사람도 그저 안쓰러워서 사연을 몰라도 눈물 훔치며 지나간다. 저 모습이 자신의 모습이 될 수 있기에 하나같이 겸손하다.

이곳은 다른 병동과는 다르게 환자 보호자들끼리 밝은 인사를 나눈다. 작은 것 하나도 서로 나누고, 같은 병을 앓고 있는 엄마들끼리는 정보도 나누고 대화를 많이 한다. 그런데 서로 전화번호를 주고받는 일은 흔치 않다. 왜냐하면 다 완치되어 나간다는 보장이 없고, 더 심하게는 아이를 잃는 경우도 있게 되니 앞일 모르는 서로에 대한 예의인 것이다.

모두 그런 힘든 상황 속에서 견뎌내고 있기에 존경스럽다. 나도 역시나 아픈 자식을 둔 엄마다 보니, 축 처져서 소변통을 들고 걸어가는 엄마를 보면 안아주고 싶다. 눈물 훔치는 엄마를 보면 주제넘게 한마디라도 용기를 주고 싶고, 밤새 켜진 침대 등빛만 보아도, 옆 침상에서 눈물 훔치고 코 들이마시는 소리만 들려도 가슴이 철렁한다. 하지만 선뜻 나서지 않는 것도 서로에 대한 최소한의 예의이다. 모른 척 해주고, 그렇게라도 혼자만의 시간을 갖도록 해주는 것이 또 다시 버틸 수 있는 힘이 되기도 한다.

재윤이와 태호네가 퇴원 짐을 싸니 나도 부러운 마음이 들었다.

그래서 오후에 빈이가 자는 동안에 불필요한 짐을 정리해서 지하 주차장에 있는 차 트렁크에 일부 갖다 놨다. 늘 주변정리는 필요하다. 좁은 침상과 보호자 침대에서 조금이나마 쾌적한 생활을 위해서도 필요하고, 여러 가지로 복잡한 병원 생활에서 눈에 거슬리는 것들은 나에게 전혀 도움이 되지 않았다. 정리되지 않은 짐들을 보면 꼭 내 마음 같아서 부득불 정리를 하고 또 정리를 했다.

비어 있던 침상 3개가 금방 다시 찼다. 재윤이 자리에는 안면골육종인 초등학교 3학년 동식이가, 태호 자리에는 간모세포종을 앓는 6개월 된 조선족 남자 아이가 왔다. 마지막 하나는 우리 침상 옆이다. 초등학생인데, 백혈병으로 혈소판 수치가 급격히 떨어져서 입안은 죄다 헐고, 항문발진에 혈관통까지 있어서 지난밤 응급실로 왔다가 입원을 했다. 밤새 토하고, 통증을 호소하다가 독하다는 모르핀을 맞고 겨우 앉아 있는 선우. 다들 무슨 기운으로 버텨내고 있는지 안쓰럽고 대견하다.

점심을 먹고, 빈이가 짧은 낮잠을 자길래 버릇처럼 정리 안 된 짐정리를 하고, 밀린 젖병이며 그릇가지들을 가지고 배선실로 갔다. 여느 엄마들이 아이들 자는 시간에 집안일을 하는 것처럼 병원생활에서도 어린 아기 엄마들에게 아가들 자는 시간은 밀린 설거지 하는 시간이다. 특히 엄마 혼자 간호를 하면 더욱 그렇다. 아이가 어리면 어릴수록 일이 많은 것은 당연지사다. 아이와 있다 보니 몇 개씩 씻지 못한 젖병이 쌓여있고, 병실 바닥에 환자복과 시트가 널브러져 쌓이거나 기저귀가 쓰레기통에 넘쳐날 때도 있다. 물론 병동 간호사들과 청소해주시는 여사님들이 도와주시지만 그 시기를 놓치면 어김없이 쌓이는 것들이다. 또한 샤워를 하는 것도 아이들이 자는 시간에 가능하니 아이들이 자는 시간은 뭐든 빠르게 움직여야 한다.

8살 수경이 엄마가 설거지를 하려고 내 뒤에 기다리고 있다. 지난번 입원했을 때부터 나는 여러 번 봤는데, 수경엄마는 내내 눈이 빨개지도록 울고 다녀서 날 못 봤을 거다. 사람은 자신이 짊어진 무게가 가장 무겁다고 생각한다. 그래서 어려움에 놓이면 남의 일보다도 내 어려움만 보게 된다. 더군다나 이것은 내 아이의 목숨과 직결되는 문제이니 더 예민해질 수밖에 없다. 내가 먼저 수경엄마에게 인사를 하니 자기를 어찌 아냐고 도리어 묻는다. 그래서 내가 지난번 입원 때부터 여러 번 봤고, 병원학교에서 수경이를 자주 봤다고 하니까 자기네를 기억해주고 관심 가져줘서 고맙단다. 그리고는 언제나 그렇듯 병원에서의 통성명은 아이의 병명 물음이라 그대로 나에게 묻는다. 얘길 했더니 빈이를 아는지 복도에서 할머니랑 자주 봤다면서 인상착의를 설명한다. 그리고는 빈이가 눈이 아플 거라고는 상상도 못 했고 여느 다른 엄마들의 예상처럼 백혈병이나 뇌종양이거나 다른 병명일 거라 생각했단다.

수경이는 빈이랑 같은 병으로 2살부터 지금까지 6년째, 항암부터 양성자치료[14]까지 다 해보고도 긴긴 세월 암세포를 잡지 못하

---

14 양성자는 방사선의 일종이다. 방사선이란 에너지가 높아 불안한 물질이 안정 상태를 찾기 위해 방출하는 에너지 흐름이며, 입자 또는 파동이 매질이나 공간을 통해 전파되면서 그 에너지가 전달된다. 방사선의 종류에는 입자파로서 알파선, 베타선, 양성자, 중성자 등과 전자기파로서 엑스선, 감마선 등이 있다. 양성자치료는 양성자라는 입자를 악성 종양에 쬐어줌으로써 입자의 에너지가 악성 종양을 사멸시키는 치료이다.

다가 결국 20일 전에 왼쪽 눈 안구적출 수술을 받았단다. 그 수술 후 다 괜찮겠다 싶었는데, 수술 후 일주일 만에 눈 옆으로 암 조직이 자라서 항암치료를 받으러 왔단다. 지금은 항암 중인데 뼈 통증이 너무 심해서 모르핀까지 맞고 누워만 있단다. 그런 얘기를 아무 감정 없이 내게 쏟아냈다. 수경이 엄마가 들고 있던 설거지 그릇을 조심히 빼어들어 옆에 두고 꼭 안아줬다. 그리고 "6년 동안 너무 고생 많았어요. 얼마나 힘들었어요! 힘내세요."라고 하며 더 꼬옥 안아줬더니 더 흘릴 눈물도 없어 보이는 눈에서 닭똥 같은 눈물을 떨어뜨리며 흐느꼈다. 같은 병을 앓고 있는 아이가 있다는 이유 하나만으로 우리는 그냥 같이 끌어안고 울었다. 내게도 일어날 수 있는 일이기에, 미래의 나를 안아주듯 더 꼭 안아주었다.

수경이는 늦게 얻은 귀한 자식이었다. 애랑 둘이 죽으려고도 여러 번 생각했는데, 너무 사랑스러운 애한테 몹쓸 짓이라는 생각에 매일을 가슴 쓸어내리며 살았단다. 아이가 그렇게까지 오랫동안 투병했던 것은 이 병원 저 병원 전전하다가 치료시기를 매번 놓쳐서 꾸준한 치료를 못 받은 탓이라고 한다. 그러면서 나에게 자기처럼 시간낭비하지 말고 잘 치료받으라며 신신당부하듯 조언해주었다. 그 와중에도 나에게 따뜻한 마음으로 건네준 조언이 고마웠다. 너무 오래 머물러 있었다. 그래서 다른 병실에 같은 병을 앓고 있는 9개월 남아 준우 엄마를 불러냈다. 그리고 그 둘을 이어주고 빈이가 자고 있는 병실로 왔다.

수경이 엄마의 애쓰고 애끓는 마음이 내 마음에 닿아서 오후 내내 마음이 많이 무겁고 힘들었다. 하지만 무거운 마음도 오후 낮잠 자고 웃으며 일어나는 빈이를 보니 스르륵 녹아내렸다. 미리 닥치지 않은 일까지 염려하지 않기. 지금 치료 잘 받기. 오늘도 감사하기, 웃으며 지내기. 스스로 단단해지라고 나를 세뇌시켰다.

빈이랑 동갑이지만 빈이보다 4개월 빠른 24개월의 영준이. 림프종으로 다른 병원에서 1년 넘게 항암치료를 하고, 완치 판정을 받았다. 그런데 고환으로 재발해서 신약으로 항암을 받으려고 병원을 옮겨왔다. 신약은 여기에서만 받을 수 있다고 했다. 여러 가지 수치가 불안정해서 과일이며 다른 것까지, 먹는 것을 조심히 하는 게 한두 가지가 아니다. 감염 예방에도 신경을 많이 써서 제균 스프레이를 하루 종일 달고 산다. 좀 전에도 깜깜한데 뿌리는 소리가 났다. 조용한가 싶더니 좀 이따가 훌쩍거리는 소리가 들린다. 오늘 처음 같은 2인실을 쓰면서 알게 된 엄마라서 얼굴 본 지도 몇 시간 되지 않았다. 하지만 아픈 아이의 엄마라는 이유만으로 그냥 가서 커튼 열고 안아주었다. 같이 부둥켜안고 울었다. 아무것도 말하지 않아도 그냥 마음과 마음이 통해서 그렇게 밤새 훌쩍거렸다. 다음날 아침 우리는 5인실로 이사를 했고 병실이 아직 나지 않아서 영준이네는 며칠 더 2인실을 써야 한다고 했다. 5인실로 이사 오는데 마음이 무겁다. 거기 두고 나오는 것처럼 마음이 착잡했다. 그 후로 사흘이 지나고 나서야 영준이네는 5인실로 병실을 이동했다. 그리고 다시 항암을 시작했다. 2인실에 있을 때는 영준이가 기운이 없이 잠만 자더니 오늘은 컨디션이 좋아 보인다. 엄마도 덩달아 아이가 웃기도 하고 걷기도 한다면서 참 좋아한다. 그저께만 해도 어둠속에서 울던 영준이 엄마였는데, 오늘은 마스크 넘어 반쯤 보이는 얼굴이 밝게 웃고 있어서 나도 좋다.

오늘은 창가 자리의 24개월 주영이가 창밖 날씨만큼 우울한가 보다. 주영이는 혈우병을 앓고 있다. 혈우병은 지혈이 잘 되지 않는 질환이다. 특히 남자에게 많이 발생하는 편이고, 크고 작은 상처가 나면 지혈이 안 되어 생명이 위험한 지경에 이르므로 일상생활에서 각별한 주의가 필요하다. 더군다나 주영이는 눈도 잘 보이지 않는 터라 더욱 엄마의 손길이 필요하다. 지방에서 살던 주영이 부모는 주영이의 치료를 위해 서울로 이사를 왔다고 했다.

5인실의 민재네는 퇴원을 했다. 어젯밤에는 빈이 빼고는 다들 항암으로 인한 구토와 진통을 하느라 울고불고 시끄러웠다. 그나마 오늘밤엔 4명중 2명만 구토에 시달렸다. 먹은 것도 없는 애들이 단지 물 한 모금 먹고서도 물 먹은 양보다 더 많이 토해내고 있다. 항암. 정말 힘든 일이다. 그걸 이겨내는 126병동 아이들이 대견하고 기특하다.

우리가 치료받는 병원은 가스펠 경음악이 늘 흘러나오고, 마음이 복잡해서 창문 밖을 보려고 하면 창문에 쓰여 있는 성경구절들이 먼저 보인다. 의자가 있는 곳이면 대부분 성경책을 볼 수 있고,

가져갈 수 있게 해두었다. 나는 오늘 아침 무심코 펼친 요한1서를 읽었다. 그리고 창문에 새겨진 성경구절들을 보며 위로받고 다시 힘을 얻었다. 감사한 일이다!

병원에 입원해 있으면 빈이는 가만히 침대에만 있을 수 없는 활동량이 많은 22개월의 아이라서 항암제 맞을 때 빼고는 병원 곳곳을 다닐 때가 많다. 병원의 규모가 큰 만큼 입원환자, 외래환자, 병문안 온 분들도 많다. 인사 잘하기로는 둘째가라면 서러워 할 빈이는 모르는 사람에게도 먼저 인사할 때가 많다. 125병동까지 건너가서 돌고 오는 날이면 어른들을 만나기도 한다. 그런데 어느 순간부터 내 뒤에서 속삭이는 말들이 들렸다.

"아이고, 어린데 어디가 아플까? 암 병동 유모차인 거 보니까 암인가 봐! 어떡해."

"에구, 저 엄마두 힘들겠다. 저 마른 것 좀 봐! 근데 뭐… 애가 더 힘들기야 하지…."

내 뒤에서 하는 말일 때는 가다가 돌아서서 씽긋 웃어준다. 그 상황을 대처할 수 있는 가장 안전한 방법이라고 생각했다. 그런데 그럼 더 안 됐다는 얼굴이다.

오늘도 항암제 맞기 전에 빈이가 좋아하는 코스를 산책한다고 암 병동 옆 본관에서 엘리베이터를 기다리는데 어떤 노부부가 날 보고는 어린 게 어디가 아프냐고 멀찍이서 물어보신다. 나 말고도 다른 유모차 엄마들이 있기에 모르는 척하고 엘리베이터를 탔다. 그냥 가던 길 가실 줄 알았던 노부부는 엘리베이터까지 따라 타면서 큰소리로 물어보신다. 엘리베이터 대기할 때도 이목이 집중되었는데, 넓은 엘리베이터 안에 빼곡히 들어선 사람들 속에서 자꾸 물어보시니 또다시 이목이 집중됐다. 좀 더 시간을 지체했다가는 더 난처한 상황이 될 것 같아서 얼른 웃으면서 대답했다.

"네에! 눈이 좀 아파요!"

"눈이 어떻게 아픈데?"

"얘기하면 길어요."

더 이상의 설명이 무의미해질 것을 알기에 그냥 그렇게 대답을 하며 웃었다.

"아이구, 보기엔 멀쩡한데, 어린애가 눈이 왜 아프대? 어린애도 아픈가? 눈이 괜찮아 보이는데 얼마나 아픈 거래? 어휴~."

순간, 어린이병원과 소아암 병동으로 모시고 올걸 그랬나 싶었다.

"그러게요. 어린데도 아프네요."

'그냥 웃지요'라는 표정으로 그냥 웃으며 대답했다.

내릴 때가 되어서 내리려는데 노부부가,

"아가! 얼른 나아라!" 한다.

"네에!"

빈이는 이 상황을 알아들었을까 싶은데, 대답은 또 정말 잘한다.

그렇게 많이 들었던 말이고 우리 상황이 안되어 보여 걱정해주시는 것은 감사한데, 설명할 상황도 아니었고, 이젠 좀 귀찮고, 동정어린 눈빛도 싫어졌다는 것이 내 솔직한 심정이었다. 나는 잘 이겨내고 있는데, 보이는 걸로 힘들겠다고 하니 앞으로 힘들겠다는 건가? 나도 가끔 보면 속이 배배 꼬여 있을 때가 참 많다. 물론 내가 겪는 일이 예삿일은 아니다. 하지만 "힘들지?"란 말만 들어도 금방 힘이 빠진다. 힘을 내려고 해도 힘이 빠지고 지친다. 더 솔직히는 힘을 꼭 내야 하는가 싶은 마음에 정말 뿔딱지가 난다. 나도 애가 왜 아픈지 누구보다 궁금하고, 그게 왜 우리집 빈이여야 했는지, 앞으로 나을 수는 있는지, 나으면 빈이가 잘 커서 사회구성원으로서 잘 어울려 살아낼 수 있을는지, 고용량의 항암제를 이렇게 투여하는데 정말 괜찮은 건지, 나는 앞으로 어떻게 해야 하는지, 누구보다 제일 궁금한 사람은 나인데! 지나친 관심에 도리어 하루에도 수십 번씩 억장이 무너진다.

나는 완치 후의 빈이의 일상을 가끔 상상해 본다. 어느 순간 자신이 조금은 다르다는 것을 의식하게 되면 사람들의 시선에 힘들 거라는 생각도 한다. 혹여 그런 상황이 오면 의기소침해질 빈이를 생각하게 된다. 자신의 다름이 약간의 불편이라는 정도로만 인식하고 잘 살아주길 바라는 마음이 크다. 나만큼은 빈이 앞에서 아무렇지 않으려고, 어떤 상황에서도 담담하려고 스스로 다독인다. 그런데 그런 작은 시선 앞에 한순간 무너진 나를 보면서 아직도 멀었구나 싶었다. 눈물이 왈칵 쏟아져 나왔다. 앞으로 나와 빈이에게 더한 상황이 와도 당당하게 살아갈 것이다. 연습은 필요하겠지만…. 126병동으로 돌아오는 동안 노부부가 자꾸 떠올라서 힘이 빠졌다.

최고의 사치, 최고의 복지

오늘은 조선족인 태호 엄마랑 서인 엄마가 점심때쯤 외출을 했다. 물론 태호는 아빠가, 서인이는 외할머니와 친할아버지가 봐주셨기에 외출이 가능했다. 외출 나가는 두 엄마를 보면서 하나둘 부러운 눈길을 보냈다. 최상의 사치를 누리러 간다며 더욱 부러워했다. 우리가 너도 나도 그런 말을 하니 두 엄마가 사소한 장보기, 쇼핑인데도 콧바람 쐬러 간다며 더욱 즐거워했다.

사실 병원에 오래 있다 보면 오늘이 무슨 요일인지 누구 기념일인지도 모르고 지나간다. 엄마들에게 어제, 오늘, 내일, 그날은 아이의 검사일, 검사 결과가 나오는 날, 수술하는 날, 항암 하는 날, 어떤 증세가 있던 날, 무슨 약을 먹은 날 정도이지 오늘이 며칠인지 무슨 요일인지는 의미가 없다.

더더욱 그런 것이 태호네나 서인이네처럼 가족 누군가가 아이를 돌볼 수 있는 조건이면 그나마도 바깥 공기를 쐴 수 있겠지만, 고스란히 엄마 혼자 감당해야 하는 집들은 그런 건 사치고 호사다! 좁은 침상은 기본에 잠도 깊이 못 잔다. 컵라면이나 인스턴트로 끼니를 챙기는 건 그나마 나은 것이다. 아이들이 항암으로 못 먹은 밥을 대신 먹는 것도 오심 나는 아이 옆에서는 먹지도 못한다. 밥상을 들고 휴게실로 가서 먹어야 하거나 그 밥상 그대로 내다 놓고 만다. 오로지 아픈 아이만 쳐다보는 게 낙이고, 할 일이다. 어쩌면 그런 엄마라도 옆에 있는 아이들은 천복을 타고 난 아이들이다. 엄마가 아파서 아빠가 휴직을 하거나 퇴사해서 간호를 하는 경우, 엄마 아빠 모두 간호할 조건이 안 돼서 할머니, 외할머니가 간호를 하는 경우도 있다. 물건을 구입하는 일도 가족 누군가가 해주면 고마운 일이다. 그럴 형편이 안 되는 집은 택배 아저씨가 수도 없이 찾아온다. 아무튼 이런 상황에서 보호자들의 복지를 상상한다는 것 자체가 과욕이다. 그래서 조선족 엄마들의 외출은 이렇게 부러움의 대상이 되는 것이다. 사실 형편을 따지고 보면 온가족이 한국에 와서 집도 없이 쉼터에서 지내면서 아이 치료에 힘쓰는 조선족 두 엄마도 할 말은 많겠지만, 일단 오늘 외투 입고 가방 든 엄마들의 모습만 보면 결론적으로 부러운 마음이 든다.

정오에 나간 두 엄마는 오후 5시가 넘어서야 돌아왔다. 두 엄마를 기다리던 병실 엄마들은 백화점과 마트를 지고 오는 줄 알았다며 거북이 같은 목을 들어 사온 것 좀 보자 했다. 신이 나서 하나씩 꺼내는데, 꺼내는 족족 아이 꺼다! 그 모습에 또 마냥 웃었다. 역시 엄마들 쇼핑의 최대 수혜자는 '아이'다.

환자와 보호자를 위한 더 좋은 조건의 복지를 두루 갖춘 병원이 더 있겠지만, 이 병원도 나름대로 복지가 잘 되어 있다. 병원학교에 다양한 수업과 활동이 있어 아이들이 참여할 수 있고, 엄마들은 아이들이 병원학교에 가 있는 동안 잠깐의 휴식을 누릴 수 있다. 병원에 치료받으러 와서 병원학교를 이용하는 것이 무슨 의미가 있겠냐고 묻는다면 사실 할 말은 없다.

하지만 입원 기간이 장기간으로 늘어날수록 이런 시설을 이용할 수 있는 상태의 아이라면 더 없이 좋은 곳이다. 또한 병원 곳곳에 예쁘고 아기자기한 미술작품, 전시관, 작은 도서관, 가족상담센터, 기도할 수 있는 작은 기도실, 산책하기 좋은 넓은 테라스와 옥상정원도 있다. 그런데 사실 이런 시설도 움직일 수 있고, 걸을 수 있는 환아와 보호자들의 시설이지 침상만 지켜야 하는 환아들에게는 그림의 떡이다. 그런 보호자들에게 복지는 칸칸이 처진 커튼을 열고 같은 방 엄마들과 잠깐씩 수다를 떨거나 배선실에 물 뜨러, 전자레인지 사용하러, 오물 버리러 가는 복도에서 나누는 짧은 대화시간이다.

엄마들은 참 대단하다! 위대하다! 정말 훌륭하다! 모든 걸 포기하고 당연하게 아이 옆자리를 지켜가며 버텨내는 걸 보면 말이다. 그런 엄마들에게 최고의 복지는 뭘까 생각해보았다. 잠깐의 휴식이나 수다, 텔레비전 시청, 독서, 조건이 허락된다면 잠깐 외출하여 쇼핑, 병원학교 이용, 커피숍 이용, 미술관 관람, 잠깐씩 열리는 작은 콘서트 등 손으로 꼽자면 여러 가지가 있다. 그렇지만 이곳 소아암 병동, 어린이 병동의 보호자, 엄마들에게 최고의 복지는 역시 '아이들의 회복, 완치'일 것이다. 다른 여러 가지 복지를 다 버리고서라도 누리고 싶은 최상의 서비스 말이다. 나 역시도 그렇다!
모두가 건강해지길 진심으로 기도한다.

1부

이비인후과 진료

오늘은 빈이에게 특별한 치료는 없었다. 성형외과에서 오전에 드레싱을 해준 것과 하루 3번, 오전 7시, 오후 3시 반, 밤 11시에 항생제를 맞는 것 말고는 없었다. 그래서 일찍 저녁을 먹이고 8시에 빈이를 재웠다.

저녁 8시 25분. 담당 간호사가 와서는 며칠 전에 이비인후과 진료 의뢰를 한 것이 지금 협진이 나서 안이비인후과로 다녀와야 한단다. 빈이가 곤히 자고 있어서 고민되었다. 낮잠 자는 동안에도 소아과, 성형외과, 혈액종양과에서 레지던트들이 상처를 본다는 이유로 수없이 와서 물집 잡힌 부위에 붙여둔 거즈를 떼어보고 가니 애는 그 부분에 뭐만 닿았다 하면 소스라치게 놀라서 울었다. 물집을 터뜨렸으니 얼마나 아프고 힘들었겠는가! 오죽하면 어린 빈이가 자는 동안에도 반대편으로 누워서 한 손을 귀에 대고 자면서까지 신경 쓸 정도일까.

늦은 시간이긴 하지만 입원환자의 협진은 외래진료 종료 후에 진료가 가능해서 그런 경우가 많다고 했다. 뭐 병원에서 그렇다고 하니 알겠다고 하고는 자는 애를 유모차에 싣고 이비인후과 병동으로 갔다. 고요한 이비인후과 외래 진료실 문으로 빛만 환하게 새어 나오고 있었다. 진료실로 들어가니 레지턴트 한 명이 기다리고 있었다. 빈이가 물집 잡힌 부분을 하도 건드려서 그 쪽 귀를 보려면 누군가는 한 명 더 잡아줘야 될 것 같다고 했더니 나보고 잡으라 했다. 일단 꼭 끌어안아 잡았다. 어찌나 힘이 센지 울고불고 난리였다. 소아과에 가면 혼자 앉아서 귓밥 파는 앤데, 워낙 물집 잡힌 부위가 아프니까 그 주변은 건드리지도 못하게 하고 자지러지게 울음을 터뜨렸다. 귓속을 보니 귓밥이 막고 있어서 안 보였다. 귓밥을 파고 다시 보겠단다. 소아과에서도 그랬으니 알겠다고 하고는 다시 빈이를 잡아서 귓속을 보았다. 살짝 빨갛긴 한데 괜찮다는 게 레지던트의 최종소견이었다. 내가 본 빈이 귓속은 피가 살짝 보였는데, 나보다는 훨씬 전문가인 의사선생님이 아니라고 하시니까 알겠다고 하고는 병동으로 돌아왔다.

그런데 문제가 생겼다. 귀에서 피가 나서는 모자도 젖고, 줄줄 흘러내려 고였다. 간호사실로 쫓아갔다. 레지던트 1년 차가 급히 이비인후과에 연락했다. 지혈을 한다고 병동 치료실로 들어갔다. 솜으로 틀어막아 놓는 정도의 처치가 끝이다. 귀에서 코피 나듯 피가 나오는데 나만 당황하는 것인지 대략 난감했다. 계속 솜을 바꿔가면서 1시간을 기다려서 진료를 보러 본관 131병동으로 빈이를 데리고 갔다. 일반적으로는 동행주임이 인도해주는 게 규칙인데, 동행주임이 언제 올지도 모르니 나 혼자 본관 13층으로 찾아 갔다.
성인병동이라 간호사들은 쭈르륵 자리에 앉아 있다. 바쁜 암 병동하고는 다른 풍경이었다. 한쪽 구석에는 인턴들과 레지던트들이 컴퓨터 앞에서 머리를 쥐어뜯고 있다. 치료실에 들어갔다. 아까 그 레지던트다. 치료가 되겠느냐고 물었다. 나보고 다시 빈이를 잡으란다. 10분이 지나고, 나랑 빈이는 이미 땀범벅이었다. 내가 애를 못 잡아서 치료가 안 된단다. 아니 그럼 애가 혼자 가만히 앉아 있을 줄 알았나? 누군가 함께 빈이를 잡아줬음 좋겠다니까 지금 그런 인력은 없단다. 밖에 있는 인력들은 그 잠깐을 못 도와주냐니까 다들 각자 일이 있어서 안 된다고 대답한다. 밤 10시가 넘은 시간에 빈이는 사이렌처럼 울고 난리다. 내시경으로 귓속 사진을 보여주는데 이건 초점이 온통 흔들려서 사진이 아니라 심령사진 수준이다. 아이를 달래는 것은 오로지 나 혼자였다. 레지던트는 뭐가 뒤틀렸는지 자기 바쁜 걸 왜 우리에게 퉁퉁대는지 나도 서서히 화가 치밀어 올랐다. 땀이 비오듯 쏟아졌다. 치료가 끝났다고 해서 귀를 보니 피가 더 많이 나온다. 거즈로 막아 달랬다. 툴툴대며 막아준다. 아까 어거지로 귓밥 팔 때 애가 움직여서 귓속 내부가 찢어진 듯한데 괜찮단다. 진짜 괜찮아서 괜찮다고 말하는 건지, 본인이 귀찮아서 괜찮다는 것인지 구분이 되지 않았다.

아픈 자식 둔 내가 죄인이라면 죄인이라 꺼이꺼이 울어서 숨 고르는 애 들쳐 안고 나오며 바쁘신데 감사하다고 하고는 치료실을 나왔다. 빈이를 안고 병동으로 오면서 빈이에게 많이 무서웠냐고 물으니 울먹이며 "네에~" 하고 대답하는데 순간 그 레지던트의 태도에 다시 화가 치밀어 오르면서 눈물이 왈칵 쏟아졌다. 이럴 줄 알았으면 그 자리에서 뭐라고 한소리 해줄 것을 그랬다면서 한탄했다. 병동에 와서 간호사실에 다녀왔다고 보고하는데 땀범벅에 눈물범벅인 나를 보며 간호사가 왜 그러느냐고 묻는다. 간호사의 물음이 끝나기도 전에 아까 있었던 일을 쏟아냈다. 얘기하는데 서러움에 복받쳐서 말하기도 힘이 들었다. 한참을 하소연을 하고는 병실로 안내해 주는 간호사의 도움으로 침상에 앉았다. 덩달아 서러움에 숨 골라 쉬는 빈이를 안아 재웠다. 빈이도 힘들고 스트레스를 받았는지 자는 내내 흐느낀다. 어둑한 침상에서 자는 애를 쳐다보면서 생각해보니 그 레지던트도 얼마나 힘들었으면 그랬겠나 싶으면서도 치료받는 동안 그런 태도와 대접을 받았다는 게 내내 맘이 안 좋다. 도 닦는 마음으로 수행을 하려고 해도 마음이 진정되지 않았다.

그렇게 또 시간은 흘러 아침이 되었다. 어젯밤의 그 난리와는 무관하게 빈이는 컨디션이 좋다. 나는 아침에도 기분이 별로였다. 아침 회진 시간까지도 내내 기분이 안 좋은 게 의사선생님께도 보였나 보다. 물어보시길래 어제 일을 얘기했더니 의사선생님도 얼굴이 울그락붉으락 난리도 아니다. 같은 마음이 되어 나와 빈이를 토닥여 주었다. 의사선생님은 엄마들 사이에서 정말 평이 좋다. 대부분 환자 입장에서 말하고, 말수가 적고, 일하는 데 있어서는 완벽주의자 성격을 띤다고 들었다. 깐깐하기로는 둘째가라면 서러운 분이라서 선생님과 함께 일하는 레지던트들이나 인턴, 간호사들은 날마다 잔소리를 듣는다는 말도 더러 있다. 물론 일적인 측면이니까 환자 보호자인 나로서는 반가울 만한 일이다. 아침 회진 이후로 이비인후과며 성형외과까지 수시로 와서 들여다봐 준다. 얼른 회복되었으면 좋겠다. 항암의 부작용이 너무 크고 오래간다.

3차 항암을 하다

　항암이 시작되었다. 오후 1시부터 1병에 24시간 동안 맞는 산디문(Sandimmun)이라는 약부터 달았다. 오후 4시에 빈크리스틴(vincristine)이라는 주사제, 에토포시드(etoposide)라는 링거를 3시간 맞고, 오후 7시에 카보플라틴(carboplatin)이라는 링거를 3시간 맞으면 오늘 항암은 밤 10시에 끝이 난다. 빈이는 지난번 항암 때와는 다르게 컨디션이 좋다. 첫 항암이 전신항암이라서 힘들었고, 두 번째는 전신항암은 아니니까 일반적인 부작용 증세는 덜 나타났다. 물론 그 외에 다른 피부로 오는 부작용이 심각하긴 했지만 이번엔 전반적인 컨디션에는 큰 영향을 주지 않았다. 면역력을 나타내는 중성구 수치가 좀 낮긴 하지만 약물에 의한 것이 아니고 백혈구 수치도 좋아서 중성구 수치를 올려주는 수액은 맞지 않아도 된다고 했다. 오후 4시부터 10시까지가 걱정스러웠다. 2인실에 입원을 해서 5인실로 이사도 해야 하고 소변과의 전쟁도 미리 준비해야 한다. 창밖을 보니 비도 오고 해서인지 기분이 자꾸 가라앉는다.

　항암제를 맞을 때는 꼼짝없이 침대에 갇혀있다시피 해야 하기에 입원할 때면 침대에서 놀 수 있는 장난감 한 보따리, 읽어줄 책 한 보따리는 기본으로 챙겨온다. 그리고 이번엔 티비도 하나 장만했다. 항암 하는 긴긴 시간 내가 놀아주는 데도 한계가 있으므로 가끔 스마트 폰으로 빈이가 좋아하는 동영상이나 동요를 틀어주기도 하고, 사진을 찍으면 얼굴이 바뀌는 어플로 사진을 찍어주었다. 그림 그리는 것도 좋아해서 형체가 불분명한 그림을 하루에도 수십 장씩 그린 적도 있다. 그래도 빈이가 이래저래 잘 따라주고 나와 노는 걸 즐거워해 주어서 수월했다. 집에 있었더라면 지금처럼 엄마를 독점해서 노는 게 여간 힘든 일이 아니었을 것인데, 이것도 좋게 생각하면 복이라고 우겨본다.

병원에 입원하는 날이 규칙적으로 이어졌다. 입원과 입원 사이에 외래진료가 있고, 간헐적으로 열이 나거나 다른 증상이 있을 때는 응급실로 내원하기도 한다. 그러다보니 병원 짐을 싸는 일은 간편해야 했다. 평소에도 애 낳으러 가는 임산부처럼 입원 가방이 안방 한구석에 준비되어 있어서 언제고 들고 나가기만 하면 되도록 해두었다. 약도 점점 늘어나서 정리가 필요했다. 다용도실에 사용하지 않은 천으로 된 아이스박스 가방을 하나 열어서 빈이 약가방으로 용도 변경을 했다. 약만 52가지, 가방 안에만 기본 30가지, 집에서 수시로 먹이고 바르고 쓰는 약이 15가지, 또 다른 작은 꾸러미에 10가지 정도가 있다. 특히나 빈이가 안동맥 항암 후 드레싱을 자주 하다 보니 드레싱 도구만도 10가지가 넘는다. 이런 여러 가지를 아이스박스 천가방 하나에 모두 정리해두고 언제든지 입원을 하거나 이동할 때 들고 나가기만 하면 되니깐 간편해졌다. 또 냉장 보관해야 하는 약도 있으니 얼음팩을 한편에 넣으면 제대로 된 약 가방으로 안성맞춤이다. 무엇보다 약을 찾기가 쉽고, 버클로 되어 있어서 빈이가 열기에 다소 시간이 걸리니 그것도 다행이라면 다행이다.

이번 항암도 2박 3일이다. 3일 동안 매일 같은 시간, 오후 1시에 시작해서 오후 10시에 종료된다. 매일 같은 스케줄이 누적되면서 빈이는 구토와 오심을 겪고 있다. 언제나 그렇듯 축 처져 늘어져 있는 빈이를 볼 때마다 나도 마음이 숙연하다.

3차 항암도 무사히 종료했고 빈이가 퇴원하는 날 아침에는 눈발이 날렸다. 빈이는 어젯밤에 일찍 잠들어서 12시간을 자고, 일찍 일어나서 엄마가 퇴원 짐을 싸는 동안 아빠랑 휴게실에서 음악 듣고 놀았다. 주말이라 아침 회진이 늦어졌다. 앞 침상 진우 형아 회진 받고 있는 동안 이미 까불 준비는 끝났다. 집에 갈 수 있겠냐는 의사선생님의 질문에 "네네!"라며 어찌나 씩씩하고 명랑하게 대답을 하는지 의료진도 매번 빈이 회진 때마다 웃는다면서 퇴원을 축하해주었다.

빈이는 항암제로 인한 염증의 완화를 위해 스테로이드를 처방받았다. 그래서 식욕이 증가했고, 살이 찌고 있다. 살이 찌는 것이 빠지는 것보다야 좋긴 하지만 이건 순전히 항암제로 인한 살이니 걱정도 된다. 항암부작용 중에는 부종도 포함이 되고, 체중 증가도 있다. 림프구성 백혈병 같은 질병에 비해서는 살이 찌는 정도가 좀 덜하긴 하다.

좁은 병원 침대에서 빈이와 쪼그려 자고, 끌어안고 자면서 생활하다가 퇴원해서 집에 오면 꼭 몸살이 왔다. 긴장이 풀려서인 것 같다. 병원은 늘 나에게 긴장의 연속이었다. 그나마 이번 항암처럼 빈이가 잘 이겨내 주면 나도 덜 아픈 것 같다. 이제 다음 외래까지 일주일 동안 호중구 수치는 떨어지겠지만 잘 지내주었으면 좋겠다.

그런 욕심은 부려도 된다네요

한 주 내내 몸살에 정신을 못 차렸다. 오늘은 좀 낫길래 딸내미랑 사우나에 갔다. 딸내미가 등도 밀어주니 시원했다. 사우나에서 땀을 좀 내고나면 나으려나 했더니만 도리어 오한 나고, 뒷목은 더 뻣뻣한 게 점점 더 힘들었다. 급기야 집에 와서 이불 깔고 누웠다. 정신없이 온몸이 땀샘폭발을 하기 시작했다. 사우나 후폭풍인가 보다.

고맙게도 꽃미남들은 일찍 잠들고, 땀이 온통 나서 혼미한 내 옆에 딸내미가 다가와 눕는다. 딸내미가 아픈 내게 그동안 밀렸던 이야기를 이것저것 늘어놓는다. 어느새 듣고만 있던 내가 말을 하니 대화가 되었다. 두서없이 이야기하다가 내가 말했다.

"딸! 올 겨울방학엔 빈이 아파서 여행도 못 가고, 어딜 한번 제대로 못 갔네?"

그랬다. 빈이에게 매달리기만 한 시간을 돌아보니 벌써 2월이 훌쩍 지나가고 있었다. 방학다운 방학을 못 보낸 꽃남매에게 미안한 마음이 들었다. 어쩔 수 없는 일이었다. 그런 내 마음을 이미 알고 있는 열 살 딸내미가 대답했다.

"빈이 아파서 그런 건데요 뭐. 얼른 나으면 그때 가도 늦지 않아요. 낫고 가면 더 기분 좋을 거예요."

"그러게. 올 겨울에는 공주 사는 현서언니네두 못 갔네?"

"네. 작년 여름에 현서언니네 가서 수영장도 가고 좋았는데, 올 여름엔 갈 수 있겠죠?"

"그쯤엔 빈이가 어느 정도 낫겠지… 나을 거야. 그때 꼭 가자!"

"네. 엄마! 그때는 빈이 눈도 다 낫고 잘 보이겠죠?"

"글쎄… 솔직히 말하면 빈이는 지금 오른쪽 눈은 거의 못 봐…. 망막모세포종이라는 암이거든. 눈에 생기는 무서운 암이야."

"치료받으면 볼 수 있는 거 아니에요?"

"장담할 수는 없어…. 다 잘 보였으면 좋겠는데 그건 엄마의 큰 욕심일 수도 있어. 그런데 기적이 일어나서 조금이라도 볼 수 있었으면 좋겠어. 엄마가 지금 부리고 싶은 가장 큰 욕심이라면 욕심이야."

"기적이라면 다 잘 보여야지, 그게 뭐예요! 잘 보일 거예요."

"그래서 기적이라는 거야…."

"엄마, 부모가 자식 잘 됐으면 하는 게 무슨 욕심이에요! 부모는 다 자식이 잘 됐으면 좋겠다는 생각을 해요. 욕심이라고 생각하지 마시고 기적이 일어날 거라 믿기로 해요."

"그래… 그래보자! 진심으로 더 간절하게 기도해보자!"

"네! 저두 더 많이 기도할 거예요."

나는 땀에 흠뻑 젖은 몸이었지만 딸내미를 이불 속에서 꼭 안아주었다. 내게 힘을 주는 보물 같은 딸내미. 나는 열 살짜리 딸보다도 믿음이 작은 엄마였나 보다. 욕심이라고만 생각하고 기적은 생각 못 했다. 부끄럽다.

지난번 입원 전에 집에서 그저 그런 저녁을 보내던 날이었다. 서재에서 영화를 보던 신랑이 책상 위에 놓인 서영이의 일기를 보았나 보다. 일부러 찾아보려고 했던 것은 아니었고, 책상 위에 있길래 뒤적거리다가 무심히 읽게 되었다고 했다. 서영이의 일기를 읽고는 사진을 찍어서 나에게 보내주었다.

15년 12월 10일
할머니가 카카오스토리를 보고 계시길래 나도 옆에서 봤다. 그런데 스토리 글 중에 항암이라는 말을 봤다. 할머니께 물어보자 할머니께서 황급히 휴대폰을 꺼버리셨다. 그리고는 빈이가 아픈 것을 엄마한테도 이모한테도 말하지 말라는 이상한 말을 하셨다. 다 알고 계실 텐데 수상하다. 아무래도 빈이가 암인 것 같다. 교회에서 암이라는 말을 들어서다. 확실하진 않다.

16년 1월 13일
빈이는 암이 확실하다. 식탁에서 '소아암 환아를 위한 일기'라고 적힌 일기를 발견했다. 예전에 엄마와 할머니께서 하신 대화 중에 '이걸 어떻게 알았냐고 그러더라고요'라고 하셨던 게 떠오른다. 텔레비전에서만 보던 질병이 빈이에게 찾아온 것이다. 빈이가 생사의 고비에서 겨우 살아났다니 믿을 수가 없다. 왜지?

눈치 빠른 서영이는 이미 알고 있었다. 그런데 나에게 먼저 물어보거나 말하지 않았다. 꽃남매들에게 어떻게 설명해야 할지 내내 고민하고 있었는데 차라리 잘 되었다는 생각이 들었다. 3차 항암을 마치고 돌아오면 빈이의 아픔을 이야기 해줘야겠다고 생각하던 차였다. 서영이에게 말하고 나니 응원군을 얻은 듯 마음이 편안해졌다. 아직 둘째 쭌군에게는 이야기하지 않았지만 서영이에게 이야기하고 나니 둘째는 좀 더 어리긴 하지만 말하기 수월할 것 같아서 안심이 되었다.

나는 워낙에 밤에 잠을 잘 못 이루는데, 빈이가 아픈 뒤로는 더 잠을 못 잔다. 일단 잠들기 전까지 시간이 오래 걸리고, 잠이 들어도 숙면을 못한다. 아무래도 정신적인 부분이 크지 않나 하는 생각이 든다. 잠드는 시간이 늦어질수록 어둠 속에서 멀뚱멀뚱 잡생각이 많아지니 스마트폰으로 책을 읽거나, 간단한 게임(지인들은 알 것이다. 내가 얼마나 단순한 게임을 즐겨하는지. 하하), 스케줄 표에 일정 정리하기, 갤러리에 사진 정리하기 등 다양한 짓을 한다. 그런데도 시간만 흘러가고 잠은 못 이룬다.

그런 나를 보며 10살 딸내미가 스마트폰 중독이라고 한다. 낮에는 그래도 바쁘니깐 스마트폰을 볼 시간이 없는데, 잠 안 오는 밤엔 더 없는 친구가 되는 스마트폰. 그래서 매일 밤 스마트폰으로 이마 한 대 "빡!" 맞아야 정신 차리고 잠이 든다. 그나마 치아에 떨어지지 않아 멀쩡한 것도 다행스러운 일이다.

어제는 스마트폰으로 아이쇼핑을 하다가 느닷없이 요즘 나온 신상 운동화가 신고 싶어서 단 3초의 망설임 끝에 온갖 쿠폰과 마일리지, 포인트를 써서 반값에 샀다. 그리고 오늘 낮에 도착. 구입한 지 12시간이 채 안 된 시간에 내가 주문한 운동화가 어린 주인 빈이를 만나 장난감이 되어 있다. 내 발에 맞는지 확인도 못 해보고, 빈이가 잠들고 나서야 장난감통에서 겨우 찾아서 신어봤다.

'이 운동화 신고 어디가지? 꽃남매들 데리고 놀러갈 때 신을까?' 생각하다가,

'다음 주 빈이 병원 외래가는구나…. 그때 신어야겠네!' 했다. 빈이가 얼른 나아서 놀러갔으면 싶다.

너무 충동구매로 샀나 싶어서 딸내미에게 문득 물었다.

"딸, 엄마가 어제 스마트폰 하다가 이 운동화 너무 신고 싶어서 샀는데, 지금 생각해보니깐 충동구매였나 싶은 게 반품할까 망설여지네?!"

"엄마가 신고 싶으셔서 산 거 아니에요?"

"물론 그랬지. 그런데 엄마 신을 운동화 다른 것도 있는데 너무 했나 싶은 생각이 들어."

"엄마."

부드럽게 딸내미가 나를 부른다.

"응?"

"엄마, 엄마는 그래도 돼요. 엄마는 그렇게 운동화 하나쯤 충동 구매 하셔도 돼요. 충분히 새 운동화 신을 자격이 있어요. 그런 생각 말고 그냥 신으세요."

"응? 그래. 그럴게."

둘 사이에 약간의 침묵이 흐른 뒤, 딸내미가 방으로 들어가길래 등 뒤에 대고 이렇게 말했다.

"딸, 고마워."

나를 알아주는 열 살 딸내미가 있다는 것. 나를 이해해주고 받아주는 넓은 마음을 가진 아이의 엄마라는 것이 벅찼다. 그런데 신발은 좀 크다.

딸기공주

내가 활동하는 SNS 닉네임은 '딸기공주'다. 딸기를 좋아하는 공주라서 '딸기공주'라고 해도 아주 틀린 말은 아니다. 나와 딸내미가 딸기를 좋아하기 때문이다. 그런데 이렇게 붙인 데에는 다른 의미가 있다. '딸기공주'는 '딸내미 + 기지배 + 공주'의 앞 글자를 따서 내가 만든 합성어다. 그렇게 딸 셋을 둔 엄마였음 좋겠다고 생각했다. 어릴 때부터 내 주변 친구들 중에 언니가 많은 집이 나는 그렇게도 부러웠다. 물론 여동생, 남동생과 삼남매로 어린 시절을 지낸 것에는 늘 감사한다. 누구보다도 우애가 좋은 우리 삼남매는 세상 어디에도 없는 끈끈함이 있기 때문이다. 하지만 여자들끼리만 통하는 그런 무언가가 있다는 것을 알기에 나는 그렇게도 딸 많은 집이 부러웠다. 그래서 결혼을 하면 아이는 셋쯤 낳고, 이왕이면 딸이 셋이면 좋겠다고 상상을 했다.

20대 후반에 결혼하여 첫째로 그렇게 바라던 딸, 서영 양을 낳았다. 딸기공주의 전초전이었다. 그러나 언제고 삶은 내 맘대로 되지 않는다. 결혼 전 신랑은 딱 둘만 낳을 것을 원했다. 하나보다는 둘이 낫다는 입장이었고, 셋보다는 아쉽지만 현실적인 문제들을 언급하는 신랑 앞에 나는 자녀 둘이라는 계획에도 동의하지 않을 수 없었다. 우리는 그렇게 아이 둘을 두어 식당에 가거나 기차여행을 갈 때 고민 없이 4인석에 앉을 수 있는 그런 가족 구성원을 상상하면서 가족계획을 세웠다. 그렇다보니 둘째는 꼭 아들이었으면 좋겠다는 얼토당토 않는 성비를 들이대는 신랑. 결국 신랑이 바라던 대로 기지배 같은 아들, 딸아이와 네 살 터울의 쭌군이 태어났다.

셋째를 임신했을 때 누군가 내게 물었다. "아이 셋은 계획해서 낳으신 거예요?"라고 말이다. 그래서 웃으며 대답했다. "셋째를 계획해서 낳는 사람이 대한민국에 몇이나 있겠어요. 그냥 어느 날 돌발사고예요." 정말 그랬다. 계획대로 낳은 첫째, 둘째와는 다르게 우리집 막내 샛별 빈이는 우리의 계획과 상관없이 우리에게 왔다. 빈이는 공주를 바랐던 나의 바람이 고스란히 전해진 듯 공주대접 받고 싶어하는 아들로 우리에게 왔다. 딸내미, 기지배, 공주, 드디어 어거지 같지만 딸기공주는 완성이었다.

자녀계획은 계획대로 되지 않았지만 아이들은 성별과 상관없이 천사같이 예쁘고 사랑스러웠다. 사랑스러운 아이들은 내게 꽃과 같았다. 그래서 나는 이 세 아이를 '꽃남매들'이라고 부른다. 그리고 쭌군과 빈이를 부를 땐 '꽃미남들'이라고 부른다. 꽃남매들을 내게 주신 것에 대해 책임감과 더불어 행복감을 느낀다. 그 마음을 표현하자면 하루하루 다르게 자라나는 꽃남매들의 성장이 아까울 정도다.

내가 가정을 이루었다는 것, 아내가 되었다는 것, 엄마가 되었다는 사실을 실감하지 못한 채 10년을 보냈다. 육아만 고스란히 10년이었다. 아이 셋을 키우며 일까지 하는 내 삶은 늘 고단했다. 아이 셋을 키우는 것은 결코 쉽지 않은 일이었다. 나와 여러 가지 상황이 비슷한 자녀 셋의 엄마 중에는 또 다시는 엄마가 되고 싶지 않다는 경우도 있다. 그러나 나는 다시 엄마가 되는 것에는 주저함이 없다. 육아에서 오는 고단함보다 아이들의 모습을 보면서 느끼는 행복감이 더 크다.

내가 품어내기에 과분한 꽃남매들, 나보다 더 큰 그릇이 될 소중한 싹이 내 곁에서 자라나고 있다는 것은 내가 씩씩하게 살아가야 할 이유가 되었다. 자녀 셋을 기르는 행복은 누려보지 않은 엄마라면 감히 어떠하다고 이야기할 수 없는 소중한 자산임에 틀림없다. 다시 태어나 또다시 꽃남매들의 엄마가 되는 축복이 있다고 한다면 나는 기꺼이 그리할 마음이 충분하다.

엄마도 힘들어

2016년 3월 ~ 2016년 7월

네 번째 시도 – 길었던 항암의 끝

새로운 나의 고질병

 안 올 것 같던 3월이 왔다. 모든 것이 살아나고 움트는 봄이라고 하니 뭔가 마음도 가벼워진 듯하다. 지난 일주일간 빈이는 면역력이 제대로 떨어져서 그런지 다래끼가 생겼다. 입원이 내일모레로 다가오는데 미열까지 있어서 항암치료를 받는 데 지장이 될까 봐 걱정이다. 차라리 입원 상태로 하는 안저검사라면 병원에서 모든 것이 해결이 되니 덜 걱정인데 집에서 이런 일이 생기게 되면 일반 동네 소아과나 안과를 가기에도 애매하다. 병원에 전화를 걸어 문의했다. 입원이 며칠 남지 않은 상태에서 이렇다고 하니 가까운 안과에 다녀오라고 한다. 다래끼는 안구의 문제는 아니니 일반 안과에서도 해결이 가능하다면서 안내해준다. 부랴부랴 평소 다니던 안과로 갔다. 의사선생님이 괜찮을 것 같다면서 항생제를 비롯한 안약을 몇 개 처방해주신다. 더불어 꽃남매들도 안과검진을 했다. 기본적인 시력검사와 안저검사까지 했다. 혹시 모를 아이들의 눈 건강이 걱정이 되었다. 검진을 받아보니, 첫째가 오른쪽 눈이 근시라서 드림렌즈를 맞춰주었고, 왼쪽은 난시가 좀 있어서 불편하겠다고 했다. 안과 검진을 할 때마다 느끼는 것이지만 가족의 눈 건강은 정말 중요하다. 한번 잃으면 좀처럼 회복되기 어려운 곳이 눈이기 때문이다.

　내일은 빈이가 4차 치료를 위해 병원에 입원하러 가는 날이다. 삼일절임에도 병동의 특성상 1년 365일 입원이 가능한 병동이기에 우리는 내일 입원하러 간다. 매번 입원하기 하루 이틀 전에는 처리할 일들이 많다. 특히나 이번엔 꽃남매들이 새 학년 새 학기 등원이라 챙겨줘야 할 것들이 한두 가지가 아니다. 며칠 전에 수선을 맡겨둔 딸아이 책가방이랑 신랑 와이셔츠 등을 찾으러 마트도 들렀다.
　시간은 보니 오후 4시였다. 배가 고팠다. 마트 내에 있는 푸드코트에서 쫄면을 하나 시켰다. 쫄면이 나오고 막 한 젓가락 떠 넣으려던 찰나였다. 건너편에 있는 40대 아저씨랑 우연히 눈이 마주쳤다. 나의 시선은 아저씨의 왼쪽 눈에서 멈춰버렸다.
　빈이가 아픈 후로 나는 사람을 볼 때 가장 먼저 눈을 쳐다보는 버릇이 생겼다. 그 전에도 항상 대화를 할 때 상대방의 눈을 쳐다보거나 좀 민망할 땐 콧잔등을 보는 편이었지만, 빈이가 아픈 후로는 눈을 뚫어지게 관찰하게 되었다. 그것도 오른쪽 눈을 말이다. 상대방 동공의 색깔, 공막의 색깔, 쌍꺼풀인지 아닌지 눈썹은 어떠한지 시선은 어떠한지 등 눈과 눈주변을 말 그대로 스캔을 하게 되었다. 그래서 사람의 오른쪽 눈으로 그 사람을 기억하게 되는 지경에 이르렀다.
　아무튼 테이블 저 건너편 아저씨는 나랑 눈이 마주치자 얼른 시선을 다른 곳으로 피했다. 눈이 아픈 지 오래되어 보였다. 오랫동안 타인과 시선을 똑바로 못 마주치고 있다는 걸 짐작해볼 수 있었다. 도리어 미안해졌다. 애써 다른 곳을 보는 듯 나도 그 아저씨도 시선을 피했다. 다시 젓가락을 들어 쫄면을 먹으려는데, 저 분의 눈이 궁금해졌다. 왜 눈이 아플까부터 언제부터 아팠을지, 치료는 받았을지, 시력은 있을지 처음 보는 그 분의 살아온 시간들이 궁금했다. 그리고 빈이가 저만큼 장성한 어른이 되었을 때의 모습도 상상해 보았다. 저렇게 가정을 꾸리고 살 수 있을까? 사람들의 시선에 당당할 수 있을까? 가보지 않은 미래에 대한 불안을 생각하니 내 의지와 상관없이 참았던 눈물이 쏟아져 나왔다. 쫄면이 목에 걸려서 넘어가지 않았다. 붉게 비빈 쫄면이 뿌옇게 흐려져서 떠먹을 수도 없었다. 참으려고 하는데도 자꾸만 쏟아지는 눈물을 훔치면서 따뜻한 국물만 연신 퍼 마셨다. 쫄면을 먹으면서 닭똥 같은 눈물을 떨구는 나는 누가 보아도 사연 있는 여자처럼 보였을 것이다. 젓가락질만 내내 하던 쫄면을 또 꾸역꾸역 밀어 넣었다. 넘기기가 힘든 쫄면 한 젓가락이 내 심장을 휘감듯이 불편했다. 마음이 안정될 만큼 울고 나서 계산대로 가는 동안 또다시 아저씨와 눈이 마주쳤다. 벌게진 눈으로 아무 일도 없다는 듯이 아저씨를 지나쳐 왔다. 주차장으로 걸어가는 동안 아저씨의 눈과 빈이의 눈이 오버랩되면서 자꾸 떠올랐다.

초여름의 오후, 딸아이 침대를 하나 사주려고 여동생과 오프라인 매장을 돌아보던 날이었다. 날이 유난히 쨍한 게 짜증이 섞일 만큼 땀이 났다. 침대 하나 사는데도 오프라인과 온라인까지 몇 날 며칠을 찾고, 보고 또 보았다. 정말 마지막 매장이길 바라는 마음으로 입구에 들어섰다.

40대 중반의 키가 큰 남자 점원을 따라 매장을 둘러보았다. 입구를 지나 올라가면서 잠깐 스칠 때 보았던 점원의 오른쪽 눈. 바라보고 싶지 않았지만 습관적으로 인지되는 상대방의 오른쪽 눈. 의안[15]이었다. 순간 숨이 멎는 것만 같았다. 빈이에게 일어나지 않았으면 하는, 그토록 두려운 상황을 아무 일도 아닌 듯 감당하고 있는 아저씨의 눈은 나를 더 주저앉게 했다.

이미 내 관심사는 딸아이의 침대가 아니었다. 돌아서서 묻고 싶었다. '우리 아이도 그런 상황이 된다면 내가 어떻게 해야 할까요? 왜 눈이 아프세요? 왜 의안을 하시게 됐어요? 언제부터 얼마나 하셨어요…?' 수많은 질문거리들이 꿈틀대며 내 속을 후벼 파댔다. 제품에 대해 이야기하는데 귀에 들어오지 않았다. 그렇게 고심했던 딸아이의 침대는 그냥 적절한 침대로 정하고, 계약서에 사인을 했다. 계약서를 쓸 때도 나는 그분의 눈과 빈이의 눈을 번갈아 생

---

15 의안(인공안구, 인공눈알): 외상이나 종양 혹은 안질환의 후유증으로 어쩔 수 없이 안구를 제거한 경우, 일상생활을 도와줄 목적으로 넣어주는 일종의 두꺼운 렌즈와 유사한 인공 보장구. 미용상의 목적으로 착용하며 의안을 착용한다고 해서 시력을 얻을 수는 없다. 1990년경부터 기존의 유리나 실리콘 대신 산호성분인 하이드록시아파타이트(hydroxyapatitie)나 메드포(medpor)와 같은 임플란트를 안구를 제거한 후 안와안에 넣어 준 후, 만들어진 결막낭에 의안을 착용하면 반대편의 보이는 눈과 비슷한 형태를 만들어줄 수 있다. 의안을 착용하지 않을 경우 눈이 떠지지 않고 꺼져 보이기 때문에 의안 착용은 심미안적으로 매우 유용하다.

각하지 않을 수 없었다. 그분도 내가 눈을 의식하고 있다는 것을 눈치챘을 것이다. 미안한 마음이 들었다. 하지만 내 시선을 어디에 두어야 할지 알 수 없었다. 실례가 되는 줄 알면서도 자꾸 묻고 싶었다. 결국 매장을 나올 때까지 끝끝내 눈에 대해서는 묻지 못했다. 그것은 그분이 견뎌온 세월에 대한 예의였다.

이제는 쫄면만 보아도 그 아저씨가 생각날 것만 같고, 침대만 보아도 그 아저씨가 생각날 것 같다. 고질병이다.

고속도로의 눈물

"엄마, 굿 다이노."

"그래, 굿 다이노."

빈이는 내가 운전하는 동안 언제나 영화 한 편을 시청한다. 오늘도 어김없이 빈이가 좋아하는 영화 〈굿 다이노〉를 틀어 주었다. 영화를 보다 잠이 들기도 하고, 수시로 먹기도 하고, 나랑 주거니 받거니 이야기를 하다보면 어느새 병원에 도착한다.

빈이는 한 가지 책, 한 가지 영화, 한 가지 놀잇감에 질릴 때까지 심취했다. 딱 3살 아이들의 발달 특성 중에 하나를 그대로 따르고 있었다. 특히나 빈이는 1시간이 넘는 긴 영화도 집중해서 본다. 그중에 〈굿 다이노〉는 공룡이야기이기도 하지만 빈이가 좋아하는 아빠이야기라서 더 좋아했던 것 같다. 본 횟수로 따지면 얼마나 많이 보았는지 헤아릴 수 없지만, 그냥 간단히 이야기하자면 대사와 장면을 모두 외웠다. 그렇게 그 영화는 빈이의 영화가 되었다.

병원 가는 날, 언제나처럼 서울에 가려면 경부고속도로를 달려야 한다. 약 2시간은 족히 걸리는 길인데 그것도 교통체증이 덜한 날이라야 그렇게 걸린다. 교통체증이 심각한 날은 5시간도 더 걸리는 길이라서 도착시간을 가늠할 수 없다. 특히나 빈이가 열이라도 나서 가게 되는 응급실행이면 마음은 더 초조해진다. 막히는 길에서 하염없이 길이 열리길 기다리던 시간은 자꾸만 오르는 빈이 체온과 함께 늘 나를 조여오는 것 중에 하나였다. 전용선을 따라 시원하게 달려도 보고 싶지만 우리는 승용차라서 고속도로 전용선은 못 타는 상황이다. 그래서 두 번의 응급실행을 겪은 후 우리는 전용선을 탈 수 있는 차량으로 차를 바꿨다. 신랑이 너무나 아끼고 사랑한 애마도 자식의 병원행 앞에서는 아무것도 아니었다. 가지고 있던 적금을 털고 신랑의 차를 팔아서 구입한 차는 언제든지 전용선을 시원하게 달려 병원까지 우리를 데려다 주었다. 추후 알게된 일이지만 응급환자가 타고 있을 경우, 의사의 증빙서류가 있으면 고속도로에서 속도위반이나 전용선 주행은 선처해준다는 걸 알게 되었다. 물론 그에 따르는 사고의 책임은 운전자에게 있다. 실제로 우리도 고속도로에서 급한 나머지 규정을 위반하여 경찰에게 양해를 구하고 병원으로 갔던 적도 있었다.

치료받는 동안 수없이 다닌 길이라서 눈감고도 간다는 말이 더 맞겠다. 이 고속도로를 달리면서 얼마나 많이 울었던가! 셀 수 없는 시간과 눈물들이 고스란히 녹아 있는 경부고속도로는, 여름날 아지랑이가 피어오르듯 눈물이 아른거리는 그런 기억으로 남았다. 처음 병원에 가던 날, 아이 체온이 40도가 넘어서 응급실을 수시로 드나들던 날, 입원치료를 하러 가던 날, 정기검진을 가던 날, 의안소 가던 날. 그렇게 빈이와 관련된 병원 가는 길은 언제든 고속도로였다. 서울은 늘 멀게만 느껴졌다. 헬기라도 잡아타고 갈 수 있었으면 하는 꿈같은 상상까지 동원해보아도 해결책은 고속도로 정체가 풀리는 것밖에는 없었다.

　나는 그 길 위에서 늘 울었다. 일부러 라디오나 음악은 듣지 않았다. 조금이라도 감성을 울리는 노래는 가사와 상관없이 결국 내 눈물샘을 자극했기 때문이다. 피곤해서 견딜 수 없다가도 뒷자리 카시트에 앉은 빈이 생각만 하면 눈물이 나왔다. 운전하는 동안 눈에 눈물이 가득 고여 시야를 가려서 운전하기 어려울 때는 눈물을 씻고 달렸고, 빈이가 깰까 봐 휴지로 코와 입을 틀어막고 울며 다녔다. 그러다 울음이 그칠 것 같지 않을 때에는 여동생에게 전화를 했다. 전화해서 아무 말 없이 울기만 해도 다 알아듣는 여동생에게 고마웠다. 운전하는 동안 홀로 생각에 빠지면 이 상황에 나 혼자 던져진 것 같아서 두려웠다. 그래서 수화기 너머 들리는 여동생의 울음소리가 내게 위로가 되었다. 아무도 구해주지 않는 길 위에 있는 내게 손을 내밀어준 선한 사마리아인 같았다.

　상행선, 하행선 구분 없이 울고만 다닌 길, 오늘도 역시나 그 길을 따라 간다.

4차 입원

입원하는 날이다. 보통 입원하는 날 아침에 입원통보 전화를 받게 된다. 오전 11시면 전화를 받는데 오늘은 시간이 훨씬 지났는데도 연락이 없길래 병동 원무과에 전화를 걸었다. 뭔가 착오가 있었는지 입원장이 늦게 나왔다면서 오후 3시까지 입원하라고 했다. 휴일이라서 고속도로가 막힐 텐데 가는 길이 걱정이다. 부랴부랴 출발해서 3시가 조금 넘은 시간에 도착했다. 늘 하던 대로 입원하여 기본 검사들을 하고, 케모포트에 바늘을 꽂고 침상 정리를 했다. 또 며칠 동안 빈이랑 나의 집이 될 이곳이 이제는 낯설지 않다. 병실과 병동에 낯익은 얼굴들이 많다. 새로 입원한 아이들도 곳곳에 보인다. 또 어떤 병으로 이 힘든 치료를 받게 될는지 맑은 눈동자만 보아도 안쓰럽다.

지난번 안동맥 항암을 제외하면 전신항암으로는 3차가 된다. 항암에 앞서서 내일 아침엔 안저검사를 한다. 전날부터 금식을 하고 전신마취에 아침 일찍 검사다. 저녁 일찍부터 빈이는 잔다. 빈이도 나도 밤새 푹 잤다. 아침 6시부터 20분 간격으로 9시 20분까지 무려 3시간이 넘는 동안 산동제만 투여하느라 벌써부터 빈이도 나도 예민해졌다. 우리보다 어린 9개월 연우가 먼저 검사를 했다. 연우는 양안이다. 항암은 6차까지 진행했고, 많이 좋아져서 온열치료와 레이저치료까지 받았다고 했다. 당분간 항암을 중단해도 될 만큼 좋아졌다고 했다. 안저검사만 하고 오후 6시에 바로 퇴원했다. 부러운 마음이 이렇게 커보기는 또 처음이다. 역시나 또 만 가지 생각이 든다. 병명이 같을지라도 병증이 다르기 때문에 무조건 비교하기는 어려운 일이다. 그걸 알면서도 부러운 마음이 한 가득이다. 제발 조금이라도 진전이 보였으면 좋겠다는 간절함이 솟구쳤다.

안저검사 결과 담당 선생님은 암조직의 크기가 기대만큼은 아니지만 줄어들었다고 했다. 또 망막박리도 많이 붙었고 주변에 차 있던 물도 빠진 상태라고 했다. 일단은 줄어들었다는 것, 뭔가 나아졌다는 말씀에 감사하다. 자꾸 맘을 다독인다.

빈이는 컨디션이 좋고 여러 가지 수치도 좋은 편이라서 오후부터 바로 전신항암에 들어갔다. 오늘 항암은 밤 10시 20분에 종료된다. 빈이는 항암이 시작되자 금세 까라지기 시작하고 기운이 없다. 이제 버텨내는 힘이 그리 크지 않음을 느낀다. 요즘 빈이는 자꾸 잔다. 오늘은 너무 자는가 싶어서 낮엔 병원학교에 가서 풍선아트 수업도 참여했다. 아주 흥미롭지는 않은지 참여는 하지만 가끔 웃기만 하고 힘이 없다. 먹는 것도 신통치 않다. 저녁 먹고 양치하고 가글하더니 다시 잔다. 빈이가 원래대로라면 까불고 떠들고 놀아야 정상인데 조용하니 나도 기운이 없다. 빈이가 자는 동안 책을 읽다가 스마트 폰을 만지작 하다가 앞 침상의 애기 엄마와 얘기한다. 평소에는 그렇게도 힘들게 한다고 엄마 좀 쉬자고 했는데, 막상 애가 내내 저러니 걱정이 앞선다. 내 마음이 이렇게도 간사하게 느껴질 수가 없다. 결국 나는 빈이가 자는 동안 읽던 책을 다 읽고 나서도 또 한 권을 중간만큼이나 읽었다. 이것도 내게 휴식을 주는 것이라고 생각하고 감사하니 마음이 좀 덜 무겁다. 그나저나 내일도 항암인데 잘 이겨내 주고, 잘 먹었으면 좋겠다.

오전 회진 때 혈액종양과 의사선생님께 아직 전신항암 3회인데 좀 더 암세포가 줄어들기를 기대해 봐야 하는 거 아니냐고 여쭤봤다. 보통 약이 잘 듣는 아이는 3회 정도에 어느 정도 호전되는 양상이 보이는데 빈이의 암 조직은 덜 줄어든 편이라고 하셨다. 아직 속단하긴 이르고 좀 더 항암을 하면서 지켜보자고 한다. 시원치 않은 회진을 마치고 나니 어제에 이어 하루 종일 기운이 빠지고 우울한 게 여간 힘든 게 아니다. 진짜 힘든 건 빈이일 텐데 또 나만 생각하고 있었다는 것에 반성한다.

생각해보면 이곳, 소아암 병동의 환아들은 생사의 문제 앞에 선 아이들이 대부분이다. 특히나 여기는 악성종양인 경우가 대부분이고, 회귀질환자들도 많다. 그나마 다행이라고 한다면 빈이의 질환은 병원진료와 치료 방침을 잘 따르고, 방치만 하지 않는다면 생사의 문제와는 거리가 멀다고 보아도 되는 질환이라는 것이다. 그 사실 하나만으로도 위안이라면 위안인데 나같이 의지가 약한 엄마에게는 빈이의 질환도 생사의 문제만큼이나 크게 다가온다.

기운을 좀 내보려고 빈이 침대시트도 새로 다 갈고, 환자복도 다 새것으로 갈아입혔다. 빈이가 오전에 낮잠 자는 동안 샤워실에 가

2부

서 샤워도 하고 나도 새 옷으로 갈아입었다. 샤워를 하고 오니 서인이 엄마는 오늘 하루 종일 빈이가 아무것도 못 먹었다고 딸기를 씻어서 종이컵에 담아서 준다. 빈이가 자고 있어서 깨면 먹어야겠다고 하고는 침대맡에 놔두었다. 점심에 깨어났길래 딸기 먹겠냐니까 싫단다. 오후면 먹겠지, 저녁이면 먹겠지 하며 빈이 눈에 잘 띄는 곳에, 손이 닿는 곳에 놔두었다. 결국 저녁 8시 20분부터 또 잔다. 딸기꼭지는 이미 말랐다.

설거지를 하고 침상 커튼을 여는데 달콤한 딸기향이 진동을 한다. 꼭지가 마르고 무른 딸기가 하루 종일 침상 머리맡에 있다. 그 옆 침상에서 빈이가 곤히 잔다. 빈이 옆 보호자 침대에 앉아서 딸기를 하나 집어 물었다. 딸기가 달아도 너무 달다.

'빈이가 딸기를 얼마나 좋아하는데… 딸기뿐인가 과일을 참 좋아하는 앤데… 이걸 마다하고 항암에 지쳐서 하루 종일 잠만 자네….'

하루 종일 참았던 눈물이 봇물 넘치듯 터진다. 아이구… 가슴을 쳐도 쉽게 꺼지지가 않는다.

나만 빼고 봄이다

밤새 빈이는 이뇨제까지 맞아서 기저귀를 30분, 1시간 간격으로 갈았다. 빈이는 기저귀를 가는지 마는지도 모르고 기저귀만 적셔 대고 잠은 잘 잤다. 그래도 잠을 푹 자서 다행이라고 생각했다. 덕분에 나는 밤새 기저귀 가느라 쪽잠만 잤다. 기저귀를 갈 때 소변에 섞여 나오는 항암제가 보호자에게도 안 좋기 때문에 비닐장갑은 필수다. 잦은 기저귀갈이로 엉덩이 발진이 생길 수도 있고, 항암으로 인해 변비가 생길 수 있으므로 물티슈로 닦는다. 게다가 수시로 엉덩이를 닦아줘야 하는데 많은 링거와 선들이 있어서 화장실에 가기에도 불편하므로 작은 스프레이통에 정수물은 필수다. 기저귀를 갈 때 스프레이로 뿌려서 엉덩이를 닦는 걸 대신 할 수 있다. 시중에는 엉덩이 세척을 위한 스프레이제도 따로 나와 있긴 하지만 나는 정수물을 넣거나 끓인 물을 식혀서 스프레이에 넣어서 엉덩이 세척이 어려울 때 대신하였다. 기저귀를 교체하고 나서도 손 씻기는 늘 필수였다. 손을 수시로 씻다보니 나중에는 손에 허물이 벗겨지고 물집이 잡히기도 했다.

오늘 아침은 좀 기운이 나는지 컨디션이 좋은 빈이다. 오전까지 맞은 항암으로 전신항암 3차는 종료했다. 링거수액을 5개 이상 달고 있고, 수액 펌프기도 2개나 달고 있었는데 좀 가벼워진 느낌이다. 이 쪼그만 녀석이 저 많은 걸 몸으로 받아내고 있는데 감당이 될까 싶은데도 기운차게 잘 이겨내는 걸 보면 어른인 나보다는 몇만 배는 더 어른스럽고 기특하다.

오후에는 MRI 검사가 있다. 엊그제 안저검사 때는 암종양의 크기가 의사선생님의 기대치만큼은 아니었다지만 나는 또 이틀 만에 뭔가 좋은 결과를 기대한다. MRI 검사는 20~30분이면 끝난다. 그 시간이 하루처럼 길다. 대기실에 앉아 있다가 사람들이 복닥대길래 복도로 나왔다. 복도 끝으로 가 창밖을 보니 볕이 정말 따뜻하다. 3월이 되니 볕이 다르긴 다른가 보다. 너무 포근하고 따뜻하니 졸음이 찾아와도 부끄럽지 않을 것 같다. 상황으로만 본다면 내 인생 최악의 겨울인데, 나만 빼고 온 천지는 봄인 것만 같다. 반칙이다.

어제는 항암을 끝냈고, MRI 검사를 했다. 가벼운 수액만을 달고 밤을 보냈다. 더없이 평온할 것만 같은 밤이라서 빈이랑 끌어안고 누웠다. 빈이도 컨디션이 좀 괜찮은지 내게 두런두런 이야기를 한다. 잠자는 시간이 이렇게 평안해보기도 한참 만이다. 꿈도 행복했으면 하는 밤이었다. 그런데 앞 침대 카자흐스탄 모녀가 창문을 열어두고 자는 바람에 밤새 춥더니 나는 목이 칼칼하고, 빈이는 콧물을 줄줄 흘린다. 같은 병실 식구들도 카자흐스탄 모녀를 빼고는 다들 기침을 하고, 밤새 추웠다면서 난리다. 매일 새벽 3시까지 침대

전등을 환하게 켜놓는 것부터 티비에 잡담소리까지는 모두 다 참 겠는데 지난밤 창문을 열고 잔 것은 정말 화가 날 일이다. 가뜩이 나 면역력이 약한 아이들이 감기에 노출되는 건 정말 목숨과도 직 결되는 일인데, 개념이 없어도 너무 없다. 더군다나 오늘 빈이는 퇴원하는 날인데 콧물이 주룩주룩 나니 예상치 못한 일이 발목을 잡는다. 결국 퇴원을 미뤘다. 함께 퇴원할 것을 생각하고 아침에 올라온 꽃남매들과 아빠는 할 수 없이 보호자 침대를 하나 더 확보 해서 하룻밤을 지내야 했다. 창가 쪽 침대라서 가능했다. 다섯 식 구가 이렇게 얽히고설켜서 자보는 것도 간만이다. 꽃남매들은 불 편함을 아나 모르나 신이 났다. 그 모습이 우리 부부가 보기에도 좋다.

비오는 토요일, 빈이랑 둘이 있었더라면 우울하기 딱 좋았을 날 씨인데, 꽃남매들이 똘똘 뭉쳐서 정신을 쏙 빼놓으니 그래도 즐거 운 토요일이다. 셋이 손잡고 병원학교에 가서 키즈미술 수업도 듣 고, 소아암 환아 가족들로 구성된 선우합창단의 공연도 보고, 병원 을 놀이터 삼아 즐겁게 보냈다. 덕분에 나는 신랑과 따뜻한 커피 도 나눠 마시면서 대화도 하고 여유롭다. 그런데 오후부터 빈이가 미열이 나기 시작했다. 콧물 나던 게 결국 열이 난다. 퇴원이 하루 더 미뤄지고, 이틀이나 다섯 식구가 엉겨서 잤다. 원래 계획대로라 면 일요일 저녁은 집에서 다섯 식구가 함께 보내는 것이었는데, 빈 이가 눈이 많이 붓고 미열이 지속적으로 나는 관계로 퇴원은 연기 되었다. 연 이틀 다섯 식구가 좁은 공간에서 끼어 지내고 자고 했는데 그 수고가 무색하게 되었다. 결국 점심때쯤 아빠와 꽃남매는 KTX를 타고 집으로 갔다.

빈이는 내내 열이 올랐다 내렸다를 반복했다. 눈이 너무 부어서 회진 때 의사선생님께 여쭤보니 수액 때문인 거 같다고 대수롭지 않게 말씀하시길래, 혹시 항암제가 상처 난 볼이랑 눈에 작용해서 그런 거 아니냐고 했더니 단호히 아니라 하셨다. 그런데 오후에 다시 얘기하니깐 이번엔 그런 것 같다네. 당최 뭐가 뭔지 모르겠기에 볼 상처랑 귓속도 봐 달랬다. 감기에도 걸리고 귀까지 아픈 거 같아 보인다고 했더니 의사선생님은 빈이 귓속을 봐주셨다. 역시나 귓속이 중이염으로 벌겋게 염증 소견이 있다고 했다. 간혹 의료진의 진단보다 엄마의 촉이 더 맞아 떨어질 때가 있다. 이럴 땐 정말 무섭다.

'월요일엔 퇴원하고 싶은데 아침 회진 돌 때 물어보면 나보고 정신없는 엄마라 하겠지?' 열은 내려서 몸은 찬데, 눈이 너무 부어서 월요일도 못 가지 싶다. 월요일 새벽 3시까지 내내 38도 아래 언저리를 찍던 체온이 지금은 36도 언저리다. 저체온증인가 싶어서 간호사한테 말하고 담요며 온팩까지 겨드랑이와 옆구리에 끼워주고는 꼭 끌어안고 잤다. 다행히 아침엔 체온도 정상으로 돌아오고, 컨디션도 좋아서 퇴원을 하라고 한다. 퇴원은 언제나 감사한 일이다. 그래도 이번엔 더 예의주시 해야겠다. 암환아에게 열은 조심해야 할 첫 번째 사항이기 때문이다.

퇴원 전에 혈종과 의사선생님이 MRI 결과를 보여주신다. 2015년 12월 23일 사진과 2016년 3월 4일에 찍은 사진을 비교하면서 보여주었다. 안과 의사선생님의 기대보다 좀 덜 줄어들었다는 사진이 어제 사진이다. 뿌옇던 초기 사진하고는 확연히 다르게 검고 진한 부분이 베어 먹은 사과 모양, 낙하산 같은 모양으로 검게 확장되어 있는 모습이다. 아직 하얀 부분의 오른쪽엔 종양이 있고, 왼쪽엔 암세포의 종양씨앗과 출혈이 있다고 했다. MRI상에서 보이는 흑백 색깔 하나 때문에 희비가 갈리는 게 중증질환이다. 소아혈액종양과 의사선생님은 일단 조금이라도 줄어든 것이 감사한 일이라면서 이 사진은 항암 2차 받고 나서 찍은 결과물이니까 앞으로를 위한 시작의 사진이라고 봐도 좋다고 하셨다. 안과 의사선생님은 더 줄었으면 했다는 아쉬움이 있는 저 상태를 만들기 위해 우리 빈이가 얼마나 힘들게 버텨냈는지 모른다. 우리 빈이가 대견하고 이만큼 진척이 있다는 것에 감사하다.

다음번엔 베어 먹은 사과 모양, 낙하산 같은 저 모양에서 원을 그리며 예쁘게 줄어들어 주길 간절히 기도한다. 우리 빈이에게 기적이 일어나길….

내 생일선물

외래를 다녀왔다. 소아혈액종양과 의사선생님과의 면담에서 다시금 불안했던 마음이 안정되었다. 감정적인 부분을 최대한 배제하고 이성적으로 빈이의 질병을 바라보고 싶다고 얘기했다. 앞으로의 스케줄에 대해서도 궁금한 부분을 상세히 묻고 상의했다. 아무튼 앞으로 가야 할 개괄적인 여러 가지 변수에 대하여 좀 더 구체적으로 길을 터놓은 것 같아서 안심이 되었다. 우리가 헤쳐가야 할 길은 암과의 싸움이기에 조금도 여유롭지 않지만 조바심 내지는 않기로 했다. 지금보다 더 이성적인 엄마가 되겠노라 다짐에 다짐을 거듭했다.

어제 외래진료를 비롯해서 내가 하루 동안 꼬박 운전만 한 거리는 268km이다. 시간으로는 6시간. 어제 들른 병원만 3곳이다. 아침 10시에 집을 나서서 빈이 병원 갔다가 저녁 6시에 집에 도착. 6시에 딸내미를 태우고 소아과에 갔는데 대기시간이 길어서 2시간 30분. 집에 돌아오니 8시30분이었다.

하루가 그렇게 마무리되는가 싶었다. 퇴근하는 신랑이 배가 아프다면서 전화를 했다. 아프다는 말을 거의 하지 않는 사람이기에 근처 대학병원 응급실로 가라고 하고는 아이 셋을 집에 두고, 그

길로 곧장 날아가듯 응급실로 갔다. 신랑은 맹장염 초기란다. CT, 엑스레이(X-ray), 피검사, 소변검사 등 기본검사를 하고 검사 결과가 나올 때까지 2시간을 기다렸다가 밤 12시에 입원했다.

나는 집에 가서 내일 등교, 등원할 꽃남매들 가방이며 약, 준비물 따위를 챙겨주고 어머님께 애들 부탁하고 제부한테 병원 데려다 달래서 다시 병원에 도착하였다. 바닥과 거의 일치하는 낮은 보호자 침대에 누우니 새벽 2시였다. 하루가 긴 영화처럼 길고도 길게 느껴졌다.

맹장염이라 새벽 2시에 수술방 올라간다는데, 마취과가 협조가 안 돼서 수술은 아침으로 미뤄졌다. 그래도 배가 너무 아프면 어느 때고 수술에 들어가야 돼서 신랑의 보호자인 나는 보호자 침대에서 고스란히 또 하룻밤을 보내야 했다. 정말 순식간에 일어난 하루 일에 어리둥절할 지경이었다. 와~ 굳센 하루다! 달력을 보니 오늘이 내 생일인데, 생일 선물도 이런 생일 선물이 없다. 신랑이 나에게 병실 보호자 침대를 선물하다니….

수술해 봐야 더 자세히 병증을 알겠지만 더 큰 병 아닌 맹장염이라서 나는 이 상황에도 웃음이 나온다. 배 아프다는 신랑의 찡그린 얼굴도 귀여워서 웃음이 나오고, 신랑이 회사일 너무 바빠서 잠 한번 제대로 못 잤는데 좀 쉬라는 신호 같아서 또 웃음이 나온다.

고맙다! 더 큰 병 아닌 것에 감사하니 이런 생일선물도 나쁘지 않다.

신랑은 드디어 수술실에 들어갔다. 꽉 찬 수술 스케줄 가운데 수술받기가 이렇게도 어렵다. 어제 새벽부터 내내 기다리다 오후 3시가 훨씬 넘은 시간에 수술방에 들어갔다. 반지, 목걸이, 시계 등을 빼라길래, 있지도 않은 보청기랑 틀니도 다 뺐다고 농담을 해가면서 간호사와 수십 번은 묻고 답한 듯싶다. 병원에서의 기다림은 어느 기다림보다 길다.

수술실에 들어가는 신랑에게 이제 맹장수술은 처음이자 마지막이라면서 카메라를 들이댔다. 눈 뜨라고 협박하고, 기념이라며 셀카 찍자고 들이대니 침대 이송해주는 주임님이 수술방 가면서 사진 찍는 사람 첨 본다고 한 장 찍어주신다. 신랑에게 잘 할 수 있겠냐고 물으니, 그걸 왜 자기한테 물어보냐고 한다. 의사선생님께 물어보라며 농담까지 하는 걸 보니 그렇게 두렵지는 않은가 보다. 나랑 파이팅 하며 하이파이브 한 번 하고 진짜 들어갔다.

'잘하고 와! 잘 될 거야! 우리는 이제 잘 될 일만 남은거야.'라며, 이런 일쯤은 아무것도 아니라고 속으로 생각하는데도 자꾸만 쏟아지는 눈물이 주책맞게 느껴진다. 몇 달간 내 눈물샘은 제대로 폭발 중이다. 시도 때도 없이 솟구쳐 올라오니 차라리 수도꼭지처럼 꼭지가 붙어 있으면 조절이라도 해볼 수 있을 것 같다.

나이가 들수록 서명할 일이 많아진다. 서명할 일이 많아진다는 것은 그만큼 책임감이 가중된다는 것이다. 내내 그런 책임감이 내게도 있었나 싶었는데 요 근래 약 4개월 동안, 살면서 했던 서명보

다 더 많은 서명을 했다. 서명해야 하는 서류를 읽어보면 최악의
상태에도 내 가족을 내어 놓겠다는 내용들뿐이다. 그런 동의서에
수없이 무심한 듯 여러 번 서명을 했다. 자식보다 남편에 대한 서
명은 좀 더 가볍다. 둘이 같이 짊어지고 가겠다는 서약 같은 느낌
이 든다. 그런데 자식은 뭘 하나 서명하려 해도 더 심사숙고하게
되고, 더 읽어보게 되고, 질문하게 된다. 자식은 그런 것이다. 늘 자
랑이 되고 최고지만 그만큼 책임이 무겁고 지켜내야 하는 것이다.
오늘도 나는 온갖 동의서에 여느 때처럼 바르게 서명을 했다.

　오후 3시에 수술 들어간 신랑이 3시간이 넘도록 소식이 없다. 예
상 수술시간이 1시간이라 했거늘. 2시간까지는 맘 편히 기다렸는
데, 2시간이 넘어가니 어찌나 불안하고 힘든지 10년은 팍삭 늙은
느낌이었다. 물론 수술 받는 당사자가 힘들기야 더 힘들겠지만 말
이다. 의사선생님이 수술을 끝내고 나와서 수술시간이 길어진 이
유를 설명해 주신다. 맹장이 앞쪽에 있는 정상케이스가 아니라 허
리 뒤쪽 소장과 소장 사이에 있어서 찾기도 어려웠고, 복막염은 아
니었지만 염증도가 심해서 예상시간보다 오래 걸렸단다. 보통은
수술 직후부터 움직여야 한다는데, 의사선생님도 오늘은 좀 안정
을 취하고 쉬란다. 신랑도 전신마취 수술은 첨이라 힘이 많이 들었
나 보다. 많이 아파하면서 내내 못 움직이는 걸 보니 또 짠하다.
　빈이는 새벽에 엄마를 찾으며 울고불고 난리여서 어머님이 3시
간이 넘는 시간 동안 품에 안고만 계셨단다. 허리가 몹시 안 좋으

신 어머님은 번아웃 상태에 가까워져 결국 빈이는 같은 아파트 같은 동에 사는 이모네로 보냈고, 새벽엔 신랑의 상태를 봐서 내가 집에 다녀와야 했다.

신랑은 신랑대로, 꽃남매는 꽃남매대로, 어머님은 어머님대로, 여동생은 여동생대로 아픈 사람 여럿에 모두 안쓰러운 지경이다. 신랑이 얼른 회복하는 게 이 혼란극을 해결하는 지름길이지 싶다! 그렇게 해서 보통 2박 3일이면 퇴원한다는 맹장수술을 신랑은 일주일도 더 지나서 퇴원했다. 물론 좋은 결과를 가지고 말이다.

신랑이 퇴원을 하자마자 빈이의 입원이 다가왔다. 그나마 이번 항암은 잘 견뎌줘서 3박 4일 만에 항암을 하고 집에 돌아왔다. 시간은 어느덧 열흘이나 지나 있었다. 갖가지 일들에 밀려서 어느새 열흘이라는 시간이 흘렀다. 잠시 쉬고 싶은 생각이 간절했다. 그러나 일은 언제고 한꺼번에 몰려오는 법이다. 역시나 둘째 쭌군이 새벽 2시부터 열이 39도, 40도다. 오한까지 나서 애가 늘어지면서 정신을 못 차린다. 아무래도 심상치 않아서 병원에 가서 검사를 하니 B형 독감이란다. 그나저나 면역력이 약해질 대로 약해진 빈이와 함께 둘 수 없는 둘째를 어찌 해야 하나 걱정부터 앞선다. 너무 많은 것들이 몰려오니 내 머리는 정지 상태가 되어 간다. 돌아가면서 식구대로 바통 터치하는 것도 아니고 참 신기한 노릇이다. '그저 웃지요'다.

나는 지칠 대로 지쳤다. 꼼짝도 하기 싫었다. 늦게까지 공부방 수업을 하고 나면 목도 아프고, 기운도 없고, 만사가 귀찮다. 하루가 마무리 되었나 안도하면 꼭 하나씩 뭔가가 나를 움직이게 했다.

'아! 생각해보니 아직 마무리가 안 됐구나. 저녁 먹은 설거지를 못 했어. 오늘 딸내미가 늦게 먹는 바람에 저녁 설거지를 못 했네….'

나는 아무래도 전생에 행주대첩에서 바쁘게 행주치마에 돌 나르던 아낙이거나, 솥가마에 물 끓여 주던 아줌마였었나 보다. 그때 내 옆에 있던 여자들은 다들 어디 갔을까? 누군가의 도움이 절실한 지경이다.

어젯밤 통증으로 시름시름하던 신랑은 아침부터 복도를 걷는다. 복도를 따라 설치된 안전대를 잡고 내내 걷다가, 수액걸이를 밀면서 걷기도 한다. 잘 걸어야 장유착이 없다고 하니 성실하게 수행중이다.

저녁엔 꽃남매들과 어머님이 문병을 왔다. 내가 "자식이 셋이나 되는데 편찮으신 아버지 문병은 와야 자식 된 도리지" 하며 극구 애 셋과 어머님을 모시고 왔다. 아빠한테 편지 썼다고 내미는 쭌군은 출발할 땐 아빠 얼굴 볼 생각에 설레고 들떠하더니, 도착하니 졸려서 비몽사몽으로 편지 전달도 간신히 했다. 빈이는 병원이라면 질색을 하는데, 아빠 문병하러 와서도 병원이 무서운지 나한테 붙어서 떨어질 생각을 안 한다. 이미 병원이 좋은 곳이 아님을 아

2부

는 빈이다. 서영이는 오래 있으려고 작정했는지 도착하자마자 겉
옷 벗고 아빠 머리맡에 바싹 자리 잡고 앉았다. 역시 아빠 사랑은
딸인가 보다. 아이가 셋이다 보니 병원에 늦은 시간 오래 있는 것
도 예의가 아니라서 10분 남짓 병문안을 마치고 모두 집에 데려다
주었다. 오는 동안 잠든 애 셋을 깨웠다. 자는 애들을 깨우니 짜증
이 나는지 저마다 한소리씩 한다. 막내 빈이는 안고 두 아이는 손
을 잡아 끌다시피 하여 집에 오니 밤 11시다. 다시 씻고 병원에 가
야 하는데 이미 지쳐서 도움이 되지 않는 체력에 한숨부터 나온다.
오늘도 긴 하루가 이렇게 간다.

충동구매

나에게도 스트레스를 해소할 무언가가 필요했다. 빈이가 아프고부터 몇 개월이 지나 좀 정신을 차렸나 싶었다. 그런데 이제 정말 제정신이 아니게 된 건지, 뭐에 홀린 듯 마트든 백화점이든 쇼핑몰이든 일단 쇼핑하는 데 목숨을 걸고는 사소한 물품들을 사기 시작했다. 예를 들면 집에 비닐장갑이 몇 통씩 있는데도 마트 갈 때마다 또 사오고, 장보다가 콩나물을 사서 집에 와서 냉장고에 넣으려고 보면 콩나물이 3봉지나 뜯지도 않은 채 있었다. 또 아이들 티셔츠를 사는데 지난번 산 걸 잊고는 똑같은 옷을 사오기도 했다. 병원 생활이 끝나고 나서 옷장 정리를 하다가 내 레깅스가 많길래 정리를 하다 보니 레깅스만 76개나 되었고, 그중에는 상표도 뜯지 않은 제품도 있었다.

집에 와서 사 온 것들을 보면, 하나같이 없어도 사는 데 지장 없는 물건들인데 그런 정신없는 짓을 약 한 달을 했나 보다. '이제 그러지 말아야지.' 하고는 오늘도 세탁소에 들러서 지인을 만나러 갔다가 마트에서 빈이 내복을 8벌이나 사왔다. 그리고 머리끈이며 핀을 또 한 봉지 담아서 사왔다. 딸내미는 단발이라 머리끈은 필요도 없고, 집에 있는 것으로도 충분한데 그런 의미 없는 짓을 하고 있었다.

하루는 딸내미와 장을 보러 갔다. 그곳에서도 온통 빈이 문제만 머릿속에 가득해서 넋이 나간 사람 같았다. 마트에서는 봄을 맞이해서 산사의 음식들을 팔고 있었다. 입맛 없던 내게 시식코너의 매실장아찌는 입맛을 돋우어주었다. 어느 절에서 비구니들이 직접 담군 장아찌라면서 내게 살 것을 권했다. 망설이고 있자 판매하는 중년의 비구니는 내가 시식했다는 이유로 이미 한가득 매실 장아찌를 비닐에 담고 있었다. 어느 정도 담아주느냐는 물음에도 정신 없는 나는 대답을 제대로 하지 못했다. 성질 급한 비구니는 일단 담아서 계산대로 나를 데리고 갔다. 뭐에 홀린 듯 가서 계산을 했다. 결제금액을 보니 약 20만 원가량 되었다. 맛있기는 했지만 장아찌를 20만 원어치나 사다니 제정신이 아니었다. 옆에서 그 모습을 보고 있던 열 살의 딸내미가 보아도 이런 상황이 의아했는지 내게 이 많은 장아찌가 필요하냐고 물었다. 아무 생각 없이 눈만 껌뻑이며 쳐다보고 있으니 딸내미가 재차 묻는다. 연거푸 나를 불러대는 딸내미의 목소리에 그제야 정신을 차렸다. 이미 내 양손에 들린 장아찌. 나는 이 일을 어쩌면 좋겠냐며 도리어 어린 딸내미에게 물었다. 딸내미가 나를 끌고 마트 고객센터로 갔다. 사정이야기를 하고 반품을 했다. 마트 직원도 한 보따리나 되는 장아찌의 양을 보고는 내 상황을 이해했는지 순순히 접수를 도와주었다.

점점 더 내가 미쳐가는 것 같아서 무서웠다. 가슴 한구석의 허전하고 해결되지 않는 마음을 사소한 물건들을 사서 채우는 것 같았다. 그만큼 내 마음을 둘 곳이 없었다. 누군가 나를 좀 잡아 주었으면 좋겠다는 생각을 하루에도 수십 번씩 했다. 무엇을 해도 손에 잡히지 않고 집중이 되지 않았다. 취미로 하던 바느질도, 하다가 손가락을 찌르기 일쑤였다. 집안을 둘러보니 뭔가 청소를 하고는 있지만 너저분한 것이 정리가 되지 않고 있었다. 딱 내 마음 같은 집안이었다.

신랑도 뭐라고 말하지 못했다. 그 사람 속이나 내 속이나 다를 바 없었다. 그나마 꽃남매들이 복닥대고 하니 뭐라도 노력해보고, 뭐라도 유지해나가고 있었다. 매일 매일 살아가는 게 버거웠다. 무언가에 쫓기듯 살아내고 있었다. 빈이에게만 집중하다보니 버겁고 분주한 하루를 감당하기에는 내 에너지가 턱없이 부족했다. 그래서 빈이가 컨디션이 좋으면 어린이집에 틈틈이 보냈다. 내가 하던 공부방 수업도 조금 줄이긴 했지만 멈추지 않았다. 그런 것마저도 내려놓고 빈이 하나에만 집중했다면 아마 나는 견뎌내지 못했을 것이다. 일을 그만두게 되면 점점 무능력해질 것 같아 두려웠다. 원래 내가 있던 자리를 지키고 싶었고, 다시 돌아왔을 때에도 전과 같이 모든 것이 그대로 있어 주었으면 하는 바람이 간절했다.

빈이가 진단을 받은 후 문득문득 되돌아보면 내가 미친 건 아닌가 싶을 때가 간혹 있었다. 그만큼 미치지 않고서는 버텨낼 수 없었던 시기였는지도 모르겠다.

2부

소소한 일상의 행복

어느 아침 깨어나서 거실에서 놀고 있는 빈이를 보니 머리카락이 듬성듬성하다. 머리를 밀어주는 것이 싫어서 빠지게 놔뒀더니 머리 모양이 급기야 영화 〈반지의 제왕〉에 나오는 골룸 스타일이다. 머리를 밀어줘야 하나 하는 생각이 잠깐 들었다. 병원 미용실에 앉아서 머리를 깎는 빈이를 보면 정말 펑펑 울 것만 같아서 여태껏 못 밀어줬다. 모자나 마스크를 쓰고 있어서 그동안 머리에 대한 생각은 덜 했는데, 오늘은 좀 심각하게 보인다. 안동맥 항암으로 인해서 관자놀이 언저리에 내내 붙이고 있는 거즈와 밴드, 그리고 약간은 부어오른 얼굴까지 모두 안쓰럽게만 느껴진다. 이번에 병원에 입원하게 되면 암병원 미용실에 들러봐야겠다.

전신항암 4차를 위해 5번째 병원 입원이다. 이제 입원이 당연한 일상이 되었다. 여행용 캐리어 가방엔 이제 병원 입원을 위한 짐이 꾸려져 있다. 캐리어 가방은 안방침실 구석에서 언제든지 출동할 준비가 되어 있다. 주차장에 있는 내 차도 언제고 입원할 준비가 되어 있다. 입원해서 최소 3주는 쓸 물건들이 모두 차에 실려 있다. 퇴원하면 다음날부터 2~3일 동안은 다시 입원 준비를 한다. 다

쓴 소모품이나 먹거리, 기저귀 등을 내 차 트렁크에 빠짐없이 챙겨 둔다. 그래야 맘이 편하다. 언제고 떠날 수 있는 준비는 꼭 여행이 아니어도 할 수 있다는 것을 알게 되었다.

오늘은 1년에 한두 번 병동청소를 하는 날이었다. 하루에 2개 병실만 청소하는데, 병실 하나 청소하는 데 3시간 30분이 소요된다. 오늘은 우리 병실 차례다. 깨끗해지는 건 좋으나, 복도와 휴게실에서 3시간이 넘는 시간을 보내야 하니 청소하시는 분들만큼 나도 덩달아 힘이 들었다. 그냥 기다리기도 힘든데 빈이는 항암제투여 중이고, 수액펌프기가 있어 콘센트에서 멀리 갈 수도 없으니 그냥 그 자리에 꼼짝 마 상황이다.

지난번 입원 때 게시판을 보고 소아암재단에 신청한 호호상자가 도착했다. 호호상자는 한국백혈병어린이재단에서 소아암 어린이를 응원하는 마음을 담아서 만든 항균물품세트인데 손소독젤이며 마스크까지 갖가지 제품들이 들어 있다. 불과 3개월 전까지만 해도 우리 아이가 소아암 환아가 될 줄은 꿈에도 몰랐다. 그렇게 믿기지 않는 3개월을 보내고 나니 어느새 일상이 되어 익숙해져 있다. 사람은 어떤 상황에 놓이든 시간이 지나면 익숙해지는가 보다. 빈이는 매일 파란색 마스크만 하다가 알록달록한 마스크를 보고는 맘에 든다고 내내 착용하고 있다. 자기 껀 아는 모양이다. 어른용 마스크도 들어 있는 걸 보고는 내게도 씌워 준다. 손 조작이 어설픈 빈이가 고사리 같은 손으로 내 귀를 자꾸 간질이면서 걸어주는 게 기분이 좋다. 내 귓가 근처에서 애쓰는 빈이의 숨소리가 살갑게 느껴진다. 빈이가 살아 있다는 것이 새삼 고맙게 느껴진다. 매일 반복되는 이 병원 생활 속에도 아주 사소한 것들에 행복이 있고, 기쁨이 있다. 고통 속에도 안식이 있음을 느낀다.

4차 전신항암은 수월하게 지나갔다. 이것도 익숙해지는 건가? 빈이도 특이사항 없이 잘 먹고 잘 지내 주었다. 집에 돌아와서도 누나와 형이랑 아빠랑 신나게 논다. 바깥놀이가 불가하니 집에서 하루 종일 지내는데도 즐거워한다. 요즘은 아빠랑 숨바꼭질 놀이에 푹 빠져서 매일 저녁마다 시시때때로 온집안 구석구석을 다니며 숨고 찾느라 야단이다. 그게 그렇게 재밌는지 까르르까르르 웃음소리가 떠나질 않는다. 이런 웃음소리가 내 마음에 평안을 준다. 이런 사소한 일상이 너무도 그리웠다. 일상이 무너지는 건 나에게는 그만큼 무서운 일이었다. 일상이 한순간에 무너지는 아픔을 겪고 나니 그동안 누렸던 일상의 소소한 행복들이 무엇보다 소중하게 느껴졌다.

꽃남매들의 준비물을 챙겨 등원시키던 매일 아침, 거실에 배를 깔고 누워 책 읽는 주말 오후, 주방에서 꽃남매들과 저녁준비를 하던 시간, 자기들끼리 투닥투닥 싸워서 손을 들고 벌서는 순간, 케이크 하나 놓고 서로 자기가 먼저 촛불 끄겠다고 야단인 상황들에서 한순간 멀어진 몇 개월의 일상. 별일 없이 소소했던 나날들이 그리워지는 순간이다.

2부

열이 난다

어린이집 다니는 빈이는 병원에서 새 학기를 맞이했고, 형아 쭌군은 엄마 대신 이모랑 유치원 입학식을 다녀왔다. 입학식이 끝나고 이모가 패스트푸드점에서 버거를 사줬단다. 친구들도 와 있어서 합석을 했다면서 전화기 너머의 둘째 쭌군의 밝은 목소리가 쨍쨍하다. 내년엔 꼭 엄마랑 초등학교 입학식에 갈 거라며 벌써부터 약속을 잡아두는 아들이다. 네가 엄마랑 가기 싫다고 해도 엄마는 꼭 네 입학식에 따라갈 거라고 약속했다. 그러나 결국 그 다음해에 나는 쭌군과 약속을 지키지 못했다. 막내 빈이가 폐렴으로 입원해서 쭌군은 아빠와 함께 초등학교 입학식에 참여할 수밖에 없었다. 사정이야 어찌됐든 내내 쭌군에게 미안한 일이 되었다.

빈이가 안 아팠더라면 벌써 매주 전국 곳곳을 누볐을 우리집인데, 빈이의 컨디션에 따라 주말 나들이도 내내 반납하길 벌써 3개월이 넘었다. 그런 마음을 놀이로 승화시키려는 건지 아침부터 꽃남매들 셋이 소풍을 간다고 장난감을 싸들고 배낭 하나씩 매고는 안방으로 소풍갔다가, 서재로도 갔다가, 주방으로 갔다가 집안 곳곳에서 소풍놀이를 했다. 장난감으로 도시락도 싸고, 작은 이불이랑 베개를 싸들고 집안을 돌아다니면서 캠핑놀이를 하는 아이 셋을 보고 있으니 안쓰러워서 김밥을 싸서 도시락을 하나씩 챙겨주었다. 집에서 먹는 건 매한가지이지만, 도시락에 싸주니 제법 소풍하는 것 같았다. 그렇게 평온한 주말 하루가 가나 싶었다. 거실 한쪽에 돗자리를 깔고 재잘대면서 소풍을 즐기던 행복은 오후 2시 이후부터 조금씩 금이 가기 시작했다. 빈이가 미열이 나기 시작했다. 더 심해질까 봐 다니던 소아과에 가서 진료를 보고 추가로 약을 탔다. 독감 검사를 했어야 했나 싶었다. 지난번 둘째 쭌군이 독감이었던지라 옮았을 가능성을 배제할 수 없었는데도 그때는 무슨 생각인지 그냥 집으로 돌아왔다. 마트에 잠깐 들러 세탁물을 찾고 나오는데 빈이가 칭얼댄다. 진정시켰는데도 내내 안아 달라길래 안아주려고 쪼그려 앉아서 품에 안는데, 오한이 어찌나 심한지 애가 부들부들 떨고 난리다. 걱정이 되니 부랴부랴 집으로 왔다. 집에 도착하자마자 열을 재보니 40.1도다. 약 먹이고 옷을 죄다 벗기고 얼음팩으로 몸을 닦아주었다. 빈이는 부들부들 떨다 못해 계속 잠 오는 애처럼 넘어간다. 이러다가 경기라도 할까 걱정이다. 의사선생님께 전화를 했다. 일단 해열제 먹이고 2시간 이후에도 열이 더 심해지거나 떨어지지 않으면 응급실로 와야 한다고 했다. 전화를 끊고 나니 맘이 분주해진다. 시계를 보니 저녁 6시가 좀 지난 시각이다. 한 시간 정도 지나니 열이 잠깐 떨어져서 38.9도다. 이제 움직일 만한 건지 형아랑 둘이 앉아서 놀긴 노는데, 더 이상 열이 떨어질 기미가 없다. 병원을 가야겠구나 싶었다. 짐을 싸야 하나 고민하는 사이 주말 수업을 하는 아이들이 왔다. 일단 아픈 애

안고 수업을 했다. 괜찮아지는가 싶어서 내려놓으면 잘 놀다가도 힘이 드는지 내게 와서 안기는 빈이. 저녁 9시가 좀 넘으니 이제 구토하기 시작한다. 그래도 열을 재보니 37.5도이다. 다행이다. 열이 내려갔다. 하지만 밤새 어떻게 보내야 하나 미리 걱정이 된다. 밤새 잘 보낸다면 내일은 소아과에 가서 독감검사를 하고, 수액이라도 맞춰야겠다. 오늘 너무 못 먹고 힘들어서 빈이는 기운이 없다. 빈이가 그 난리를 치는 통에 꽃남매들은 소풍은커녕 저녁도 제대로 못 먹어서 피자를 배달시켰다. 봄은 왔는데 애들 데리고 어딜 한 번 못 가본다. 미안하고 안쓰럽고 안타깝다.

우려했던 대로 빈이는 밤새 열이 났다. 새벽 5시까지 열이 떨어지지 않아서 미온수로 샤워를 시키고 물수건으로 몸을 닦아주니 열이 좀 떨어졌다. 아침이 되어서야 곤히 잤다. 그래도 소아과에 갔다. 엑스레이를 찍고 독감검사를 했다. 독감은 아니었지만 그보다 폐렴이 확실해 입원이 필요하니 다니는 대학병원으로 가는 게 좋겠다고 한다.

오전 10시부터 중등, 고등 보강수업은 12시 반까지 단축수업을 했다. 점심 먹고 1시쯤 서울로 출발하여 오후 2시 반 응급실에 도착했다. 각종 피검사와 소변검사를 받고 엑스레이, CT까지 찍었다. 오후 7시, 주말인데도 의사선생님이 직접 응급실로 내려오셨다. 빈이 상태가 얼마나 심각하길래 직접 내려왔나 싶어 초긴장 상태가 되었다. 의사선생님께서 불안으로 가득한 나를 안심시켜 주셨다. 응급실에서 6시간 동안 불안하고 초조했는데, 선생님을 보니 맘이 그렇게 편할 수가 없다. 평소 병원 입원 때도 정규 회진 말고도 수시로 혼자 오셔서 온갖 이야기를 다 들어주고, 빈이를 예뻐라 해주고, 이번엔 응급실까지 직접 와주시니 몸 둘 바를 모르겠다.

저녁 8시 30분이 넘어서야 암 병동 병실을 배정받아 입원했다. 오늘 하루 동안 피검사만 기본 5통씩 5번, 소변검사 2번, 엑스레이 3번, CT 1번, 항생제주사팩도 종류별로 4가지, 호중구 올리는 주사(호중구 생성자극인자, 호중구 생성촉진제) 1팩, 정맥주사제로 맞은 항생제 3번, 이뇨제 1번, 해열제 2번, 독감검사 2번, 신종플루검사 1번, 혈당수치검사 1번. 그 많은 피검사에서 헤모글로빈 수치가 처음 피검사에서 3.5가 나왔고, 두 번째는 7.1이 나왔다. 처음 수치는 뭔가 검사 오류인 듯하다고 했고, 두 번째 수치도 너무 낮아서 결국 수혈팩 120cc를 받았다. 의료적인 지식이 부족한 내가 보기에는 수혈양보다 피검사로 빼가는 피가 많아 보인다. 헤모글로빈 정상수치는 11~16. 사람에 따라 9 내지 7이하 정도면 수혈을 해야 한다고 했다. 병동에 와서도 밤 10시가 넘도록 체온이 40도를 찍더니 좀 전에 드디어 열이 내렸다. 열이 그렇게 나고 헤모글로빈수치가 낮고, 혈당도 낮고 하니 내내 잔다. 그런데 잘만 하면 와서 피를 뽑아대고 주사제를 넣고, 각 과별로 의사, 간호사들이 수시로 와대니 나도 빈이도 오늘밤 제대로 잘 수는 있는 건지 걱정되었다. 항암 때가 아닌데 열이 나는 이런 상황은 최소 5배는 더 힘든 것 같다. 역시나 간호사가 또 온다. 산소포화도[16]가 낮아지면 산소 호흡기를 해야 한다고 미리 준비해놓고 간다. 밤이 길 것 같다.

　　새벽 2시까지 열이 40도가 넘더니 5시에야 열이 내렸다. 밤새 강아지가 짖듯 컹컹대며 기침하느라 잔 건지 만 건지 열이 내림과 동시에 5시 20분에 기상해서 조용한 병동을 탑돌이 하듯 유모차 타고, 휠체어 타고, 걸어서 돌았다. 아침 6시. 첫 번째로 엑스레이를 찍고 침상으로 돌아와 분유를 한 통 먹고는 잠들었다. 덕분에 나도 잠시 눈을 붙일 수 있었다. 아침 9시. 회진 도는 소리에 나만 깨서 멍한 회진을 마쳤다. 엑스레이 상에는 폐렴이 심해보이지만, 걱정할 정도는 아니라고 했다. 너무 피곤해서 다시 자려고 옆에 누우니 빈이가 깼다. 기분이 좋은지 얼굴이 밝다. 밝은 기분에 맞춰서 아침도 좀 먹어주면 좋으련만 입에 뭘 넣지 않는다. 그나마 오전에 내가 빨래랑 젖병소독을 할 수 있게 옆에 같이 있어 주고, 정리할 수 있게 도와준다. 점심은 정말 한 숟가락 먹고는 끝이다. 결국 영양제를 신청했고, 영양제를 달자마자 유모차 타고 그토록 원하는 병원 산책을 나섰다. 7층 테라스 가든을 거쳐서 암병원 5층 산책 통로를 지나 본관 구석구석 들르고, 본관 앞에 가득한 벚꽃나무 아래 벤치에 앉아서 놀다가 암병원 3층을 거쳐서 사진도 찍고 약 2시간 만에 나만 지쳐서 병실로 왔다. 빈이는 다시 나가자고 서럽게 울었다. 에너자이저도 이런 에너자이저가 없다. 며칠 동안 수액만 맞고 병실에만 갇혀 있었던 것은 알겠는데 내가 너무 지쳐서

---

16 산소헤모글로빈의 결합 정도를 측정한 값.

더 이상의 산책은 어려웠다. 그렇게 입을 벌리고 우는 빈이를 달래다가 입안에 있는 구내염을 발견했다. 우선 한 개만 보인다. 일단 신속하게 가글을 시켰다. 약 바르고 약 먹였다. 지긋지긋한 구내염이다. 몸 여기저기 살펴보니 왼쪽 귀 뒤쪽 임파선이 부어서 지방종도 구슬같이 부었다. 당연히 의사선생님께 회진 때 말씀드렸다. 안심하라 하셨다. 그래도 의심이 든다. 이놈의 의심병은 끝도 없다. 이제 어느 정도 열이 내려가고 안정이 되어가니 빈이는 무조건 집에 가자고 말했다. 그게 안 되면 병원 산책이라도 가자고 졸랐다. 빈이가 열이 떨어졌단 증거라고 생각해 긴장을 풀면서 긴긴 하루를 마무리했다.

2부

아군적군

　병원 시간으로 저녁 7시 반은 고된 하루가 마무리 될 시간이다. 빈이는 퇴원은커녕 과량의 항생제 투여로 인하여 설사를 한다. 침상에 빈이를 눕히고 기저귀를 갈고 있는데, 옆 침상에서 대화소리가 들린다. 간호사와 성수 엄마다. 5세 남아인 성수는 빈이랑 같은 망막모세포종으로 양안 모두를 치료받고 있으며 빈이와 항암 회차가 같다. 지난번 항암 이후 지속적으로 열이 나서 아직도 퇴원을 못하고 있는 터라 엄마도 애도 예민한 상태다. 아무래도 같은 병으로 치료받다 보니 다른 엄마들보다는 더 많은 애길 하며 나름 가까워져 어느 정도 친분이 생긴 성수엄마였다. 그런데 간호사랑 성수엄마가 나누는 대화는 내가 안 들었으면 좋았을 대화였다. 얘기인즉 빈이가 폐렴으로 어젯밤에도 기침을 그리 자주 했는데, 여긴 모두 암환아들이라 혹시라도 전염이 될까 걱정이 된다는 것이다. 특히나 자기네랑 옆 침상이니 커튼을 치고 있긴 하지만 성수가 내내 열이 나 면역력이 최하인 상태인데 걱정이라면서 격리시켜 달라는 내용이었다.

　어젯밤 응급실에서 올라와 처음 간호사와 마주했을 때 이미 확인했던 문제였다. 나는 여기 다른 환아들에게 빈이가 민폐를 끼치는 것은 싫으니 격리가 필요하면 격리해 달라고 말했고, 간호사는 폐렴도 전염성이 높은 경우와 낮은 경우가 있는데, 빈이의 경우는 검사 결과 전염성이 낮은 것으로 판정되어 5인실로 배정된 것이라고 염려하지 말라고 나를 안심시켰다. 그런 얘기를 분명히 성수 엄마도 옆에서 같이 들었는데, 지금 성수가 열이 잡히지 않는 게 빈이에게 옮아서 그런 것 같다고 간호사한테 이야기한다. 그것도 옆 침상에 나와 빈이가 있다는 것을 알면서 말이다. 아픈 자식을 둔 엄마 입장에서 이런 상황에 온전한 아군도 없겠지만 그렇게 잘 지내던 사이가 적군이 된 것 같아 마음이 몹시 언짢았다. 그 이야기를 들었을 때 커튼을 걷어젖히고 냅다 소리라도 질러줄 것을 그랬나 하는 마음이 들기도 했다. 차라리 내가 없는 자리에서나 이야기하지 매너가 없어도 너무 없다. 저녁 내내 탑돌이 하듯 빈이 유모차를 밀고 병동을 돌면서 마음의 평정을 찾으려고 노력했다. 엄마니깐 그럴 수 있지, 나도 같은 상황이면 같은 마음이었을 것이라며 입장을 바꿔 생각해 본다.

 병원에 있으면서 살갑게 잘 지내는 엄마들도 가끔은 이런 일로 금세 적군이 된다. 이왕이면 잘 지내고 싶은 마음인데 이런 일이 벌어지면 정말 난감하다. 관계도 서먹해질 뿐만 아니라 심리적으로 불편하다. 아이에게만 집중해야 하는 마음이 이렇게 분산되는 것이 속상하다. 분명 그 엄마도 나와는 좀 다르겠지만 불편한 마음이 내내 있을 것이다. 복도나 병실에서 눈이 마주칠 때마다 내내 서먹하다. 좀 더 배려하면 넘어갈 수 있는 부분이고, 혹여 빈이가

2부

전염 가능성이 있다면 의료진들이 엄연히 알아서 격리를 시켰겠는가 생각해보면 이해할 수 있는 부분인데…. 의사 전달 방법의 문제라고 생각하고 거듭 마음을 내려놓았다.

신의 영역, 끝나지 않는 싸움

126병동 소아암 병동엔 각종 암환아들이 있다. 백혈병 환아가 제일 많고, 그 다음은 뇌종양, 림프종, 육종, 신경모세포종, 신모세포종 이런 순서인데, 망막모세포종은 발병률에 비해서는 각종 소아암에서도 가장 드문 편이다. 그러다보니 같은 병을 앓고 있는 망막아 부모들은 좀 더 친분이 있을 수밖에 없다.

빈이, 경준, 형우, 준우, 시준, 도훈, 수경, 성수, 유주, 민혁. 126병동에서 망막모세포종으로 같이 치료받고 있는 아이들이다. 이들 중에서 빈이랑 시준이만 단안이고, 다른 친구들은 모두 양안이다. 시준이는 7살이고 왼쪽을 수술 받았다. 수경이는 5살이고 항암치료 후 유지중이라 한 달에 한 번씩 검진을 받고 있는 상태다.

이번에 입원해 있는 동안 작년에 항암을 마친 진주에 사는 형우, 오산에 사는 경준이가 매달 정기검진을 하러 오는데, 우리 입원과 겹쳐서 다 같이 만날 수 있었다. 모이면 늘 눈에 대한 이야기뿐이다. 게다가 형우랑 경준이는 빈이랑 개월 수가 비슷해서 더 할 얘기가 많다. 더군다나 나는 후발주자이니 형우 엄마나 경준 엄마한테는 늘 궁금한 게 많고, 그 아이들이 정기 검진을 받으면 어떤 결과가 나오는 지도 내게는 큰 관심거리가 된다.

둘 다 오늘 아침 일찍 안저검사를 했다. 형우는 양안인데 치료 후 왼쪽은 안 보이고, 오른쪽만 보이는 상태다. 늘 한 달 간격으로 검사를 하다가 이번엔 처음으로 두 달 간격으로 검사한다. 형우 엄마는 이번 검사 받으러 오기 전부터 그렇게 불안하고 초조한 마음이 들었다고 했다. 그래서 그랬나 오른쪽 눈에 있는 암세포가 자라서 다시 항암을 해야 한단다. 경준이는 단안인데, 왼쪽이 아프다. 이번 검사에서는 단안에만 있던 암세포가 오른쪽으로 전이되었다고 했다. 그래서 레이저 치료를 해둔 상태고, 역시 다시 항암을 해야 한다고 했다. 셋이 그렇게 앉아서 이야기를 하는데 형우 엄마는 멘탈이 어찌나 강한지 늘 담담하다. 경준이 엄마는 단안에서 양안이 되는 경우가 희박함에도 그리되었다는 사실에 충격이 커서 내내 운다.

경준이 엄마는 내게 정말 큰 힘이었다. 빈이가 진단받고 아무것도 모르고, 어떤 정보도 없던 때 인터넷 카페를 통해 채팅을 하면서 알게 되었던 각별한 사이다. 지금 이 병원으로 전원을 오게 된 것도 경준이 엄마의 권유가 많이 작용했다. 단안인데다가 아이들 생일도 5일 차이뿐이라 더 가까운 마음이 들었다. 내가 정신을 못 차릴 때에도 다시 토닥여주고 일으켜 준 경준이 엄마였다. 빈이가 치료를 받는 동안 내내 같은 동행자이면서 어쩌면 지름길을 알려주는 선배 같고, 언니 같고, 든든한 나무 같은 존재였다. 그런데 단안에서 양안으로 전이가 되었다고 하니 내 마음이 몹시도 무거웠다. 경준이 엄마만큼은 아니겠지만 나도 하늘이 무너지는 것 같아서 그 자리에서 어떤 말도 할 수 없었다. 너무 당황한 상태라 위로의 눈물도 나오지 않았다. 같이 울어 주지 못한 것이 미안할 지경이었다.

이런 상황 속에서 나는 또다시 혼자가 된 느낌이었다. 같은 배를 타고 같은 곳을 바라보는 우리라고 생각했는데, 검사결과에 따라서 가는 길은 또 달라지고 만다. 마음은 또다시 스스로의 동굴로 향해 있었다. 혼자만의 시간과 마주하고 보니 다시 내가 어찌해볼 수 없이 하늘의 뜻에 맡겨야 하는 신의 영역으로 들어왔음을 느끼게 되었다. 그동안에는 엄마들끼리 의지하고 서로 독려하면서 버티고 있었다면, 이제는 그들이 그렇듯 나 역시도 스스로 버텨내야하는 시기가 온 것 같았다. 6개월 뒤, 1년 뒤에 내 모습이 저 모습이 아니라고 장담할 수도 없으니 순간 몸이 부들부들 떨리고 정신이 혼미해졌다.

어느 정도까지 마음이 강해져야 하며, 얼마나 더 담담해져야 이겨낼 수 있는 것일까? 빈이가 낮잠 자는 동안에 뭐라도 해야 하는데 아까 너무 놀란 탓인지 당이 떨어진 건지 과자봉지를 뜯어 울면서 미친 듯이 입에 밀어 넣었다. 사방으로 커튼이 쳐진 병원 안 어두컴컴한 곳에서 그렇게 울며 과자를 먹고 있는데 간호사가 왔다. 내가 울며 과자 먹는 모습에 간호사는 놀라서 덥석 내 손을 잡아준다. 좀 울고 나니 간호사가 "어머니, 이런 캐릭터 아니잖아요? 안 어울려요." 한다. 닭똥 같은 눈물을 흘리며 과자를 다시 꾸역꾸역 집어 넣어가며 내가 말했다. "과자가 너무 달아요. 그만 먹으려는데 남기면 죄받을 것만 같아요. 어떡하죠? 자꾸 눈물이 나고 무서워요. 아무래도 제가 미쳐가나 봐요." 울다 웃다 했더니 간호사도 울다가 같이 웃는다. 그리고는 나를 꼭 안아준다.

이것보다 더 무서운 일이 생길지도 모르고, 더 어려운 결정을 해야 할지도 모르는데 자꾸 마음이 약해지는 나를 보면 스스로도 답답하다. 아이마다 병의 증세와 경중이 다르기 때문에 다른 아이들의 결과에 마구 흔들릴 상황은 아니다. 하지만 좋은 소식은 아니다 보니 내 마음이 조절이 안 된다. 흔들리는 시계추처럼 규칙적으로 흔들렸다가 제자리로 돌아오길 반복하고, 두려움이 엄습했다가도 아무 생각 없이 멍해지기도 한다. 결국 몸살이 왔다. 아파서 누워 쉬다가도 벼락같이 일어나 집안 여기저기를 쑤석거리면서 끄집어내서 정리를 해댄다. 뭘 해도 마음이 안정되지 않는다. 큰일이다.

5차 전신항암을 받기 위해 외래로 MRI 검사를 하고 입원했다. 언제부턴가 빈이는 항암하러 병원에만 오면 곡기를 끊는다. 병원 밥이 맛이 없는 탓도 있겠지만 항암 부작용으로 오는 오심과 구토를 대하는 빈이 스스로의 대처법이기도 하다. 검사결과는 지난 3월보다 암세포가 확 줄어든 양상이라며 의사선생님도 기뻐하셨다. 아침에 좋은 소식을 듣고 나니 다른 일을 하다가도 이만하길 다행이라면서 감사하게 되고, 울컥울컥 좋아서 올라오는 울음을 참아내느라 힘들었다. 슬퍼도 좋아도 그냥 저냥 마냥 눈물부터 난다.

오전에 수술실에서 마취과 의사선생님이 엑스레이 상에 미세하지만 폐렴 증세가 보인다면서 검사를 다음으로 미루어야 할지 고민이라고 하셨다. 안과 의사선생님이 내일부터 열흘간 학회 참석과 그 외 용무로 장기간 자리를 비우게 되어 안저검사를 했다. 이상소견은 없고, MRI 상에서 보이는 것보다는 암세포가 덜 줄어 들었지만 여하튼 줄어들었고, 석회화도 진행 중이고 망막박리도 접힌 부분이 있지만 많이 펴졌다고 했다. 발병 후 지금까지 좋은 얘기라고는 "지켜보자!", "더 커지지 않았다", "미세하지만 줄었다" 정도가 가장 좋은 소식이었다. 오늘도 전과 다르지 않았다. 나도 당장 조급한 마음을 갖고 완치를 바라는 것이 아니니 이 정도의 결과에도 감사해야 한다.

이곳은 어린 아이들이 골수성백혈병, 림프구성백혈병, 간모세포종, 신경모세포종 등 이름도 무서운 질병을 가슴으로 먼저 받아들이고 성실하게 치료를 받고 있는 곳이다. 이식 없이는 치료가 어려운 질병이 더 많다. 하루하루 피검사로 인한 수치 하나 가지고 목숨을 담보로 싸운다. 실낱같은 희망만 보여도 치료를 멈추지 않고 받는다. 예상치 못한 결과와 상황에서도 결코 희망을 놓는 법이 없다. 보호자나 의료진 모두 같은 마음일 것이다.

어제는 옆 침상에 가발을 쓴 아가씨가 들어왔다. 26살. 나중에 물어보니 아가씨가 아니라 애 엄마였다. 소아 때 백혈병으로 내내 치료받았고, 완치하여 결혼도 하고 아기도 낳고, 최근까지는 모유

수유도 했단다. 그렇게 완치되어 살다가 다시 재발이 되었다고 했다. 홀로 큰 캐리어 가방을 하나 끌고 와서는 고용량 항암제로 항암치료를 받고 있다. 치료를 받는 동안에도 자주 어린 딸아이와 영상통화를 했다. 그 모습을 보는 같은 병실 백혈병 환아 엄마들은 일제히 이놈의 백혈병은 평생 짊어지고 같이 살아가야 하는 질병인거냐며 탄식 섞인 소리를 했다. 혼자 이렇게 와서 항암을 받고 자식을 위해, 가족을 위해, 무엇보다 본인 스스로를 위해 이겨보려는 마음에 고개가 절로 숙여진다.

오른쪽 침상엔 지난 12월 림프구성 백혈병으로 입원한 6살 여아 유정이네가 있다. 유정이는 어느 날 갑자기 자리에서 못 일어나고 허리가 아픈 증세를 보여 3곳의 정형외과를 다니다가 피검사로 백혈병을 발견했다. 척추뼈 11개가 주저앉아서 작년 12월 이후로는 앉아보지도 못했고, 누워서 항암을 받으니 갖가지 부작용을 겪고 있다. 그중에 췌장염은 가장 큰 부작용인데 췌장염 치료를 위해 24일간 금식을 했다가 어제부터 미음을 먹기 시작했다.

빈이가 항암 중에도 병동을 어찌나 헤집고 다니는지 지쳐있던 나였다. 그런데 오늘 유정엄마의 이야기를 듣고는 급히 반성했다. 그 엄마 소원은 유정이가 병동 다른 아이들처럼 병동을 뛰어 다녀서 자기가 피곤하도록 따라 다녀봤으면 좋겠다는 것이다. 누구에게는 일상이 누군가에게는 소망이 되는 일이다. 폐렴 증세가 보이니 하루 더 입원해 있다가 가라는 의사선생님의 말씀대로 하루 더 있는 동안 빈이는 구내염이 왔다. 그래서 어젯밤에 그리도 열이 났나 보다. 구내염으로 칭얼대는 빈이의 요청에 따라 병동을 몇 바퀴째 돌았는지 나는 다리며 허리까지 아팠다. 나는 참을성이라고는 제로인 엄마라는 걸 수시로 깨닫게 해주는 곳이 딱 암병원이지 싶다.

어제는 같은 병동에서 치료받던 7살 백혈병 환아가 하늘나라로 갔다. 그 소식을 듣고 하루 종일 맘이 안 좋다. 말은 많이 안 해봤지만 나도 안면이 있던 터라 더욱 심란하다. 우리는 입원 중이 아니라서 병동에는 없었지만 병동에 있던 엄마들은 맘이 많이 동요되고, 힘들었을 것이다. 언제든 죽음을 옆에 두고 살아가는 것은 아프든 아프지 않든 누구에게나 매한가지겠지만 아무래도 126병동은 늘 좀 더 가까운 것이 사실이다. 내 아이가 아프지 않았더라면 조금은 먼 이야기라서 동요가 덜 되었을지도 모른다. 그런데 우리는 이미 아픈 아이를 보살피고 있고, 비슷한 또래의 아이들을 키우고 있는 입장이니 이런 일이 생길 때마다 만감이 교차한다. 잠시 친분이 있었던 그 가족에 대한 예우로 오늘은 말도 적게 하게 되고, 차분한 마음으로 보낸다.

다음 주면 다시 입원이다. 매 순간이 다 중요하긴 한데, 이번 검사와 치료는 정말 중요하다. 그 생각을 하면 긴장되고 염려부터 된

2부

다. 그래서 빈이에게 물어본다. "우리 빈이 잘 할 수 있나요?"라고. 그럼 정말 씩씩한 목소리로, "네!네!"라고 대답해준다.

　이번 주는 틈틈이 읽던 책도 잘 안 읽힌다. 책의 글자들이 춤을 추듯 눈에 들어오질 않으니 진도가 나가질 않는다. 그래서 자꾸 몸을 움직일 만한 일을 만들고, 뭐든 집중해 보려고 하고, 외출하고, 만나고, 먹고, 얘기하면서 일상을 지낸다. 이럴 때 만날 수 있는 내 곁들이 있어서 좋다.

소아혈액종양과 의사선생님

빈이 치료를 맡고 있는 의사선생님만 여섯 명이다. 진료 받는 곳이 안과, 소아혈종과, 성형외과, 피부과, 이비인후과, 안성형안과까지 여섯 과이기 때문이다. 그 외에도 세세한 부분까지 챙겨 주시는 간호사부터 인턴, 레지던트까지 많은 의료진들이 빈이에게 신경써 주시고 있다. 오늘도 외래진료로 다섯 과를 거치면서 새삼 빈이가 어려운 질병과 싸우고 있다는 것을 다시 깨달았다.

눈에 관한 검사는 주로 안과 망막센터에서 진행되고, 항암치료는 소아혈액종양과에서 받는다. 치료기간 내내 가장 많이 마주하는 의사선생님들이다. 주된 과는 망막센터이지만 항암치료를 혈액종양과에서 받기 때문에 혈액종양과 의사선생님을 모든 치료기간 내내 마주하게 된다. 오늘도 외래갔다가 마지막 진료를 혈액종양과에서 보게 되었다. 가장 긴 시간 진료를 본다. 빈이에게도 병동 간호사들을 제외하면 가장 익숙한 분일 것이다. 얼굴이 익어서일까 진료 보는데도 장난기가 가득한 빈이다. 편안하게 배려해준 의사선생님께 감사했다. 진료 후 빈이랑 사진 한 장 함께 찍어달라고 요청했다. 이렇게 먼저 이야기 해주어서 고맙다고 하셨다. 그리고 이렇게 같이 사진찍자고 먼저 사진기 들이미는 보호자는 처음이라며 웃으셨다. 게다가 셀카 찍자고 들이미는 엄마도 내가 처음이라면서 막 재밌어 하셨다. 나는 인생은 뭐, 그렇게 재밌는 거라면서 얼른 셔터를 눌렀다. 몇 달 입·퇴원을 반복하며 의사와 보호자로서 참으로 친숙해지고 편안한 사이가 되었다.

의사선생님이라고 해서 자주 볼 수 있는 것은 아니다. 이렇게 친숙하게 된 데에는 레지던트들보다도 부지런히 자기 환자에 대한 애착과 관심을 가지고 회진 일정이 아니더라도 밤이고 낮이고 수시로 찾아나서는 의사선생님의 책임감이 한 몫 했다고 생각한다. 젖먹이 엄마들은 보통 보호자 침상에서 침상커튼을 치고 수유를 하는데, 어느 날 몰래 커튼을 열고 조심히 노크하는 선생님 때문에 놀란 것도 여러 번이라며 우스갯소리를 하기까지 했다. 나도 그와 비슷한 경험으로 당황을 했던 적이 여러 번 있었다. 밤 11시가 넘는 시간에 배고파서 컵라면에 물을 부어서 한 젓가락 떠서 입에 넣으려는 순간 커튼을 조심히 여시는 선생님과 눈이 마주쳐서 당황한 적이 그 첫 번째였다. 또 지난 1차 안동맥 항암으로 나나 빈이나 상심하고 얼굴이 퉁퉁 부어 힘들어하던 어느 날 밤, 빈이랑 꼭 끌어안고 자고 있는데 선생님이 조용히 와서 보면서 서 계셨던 적도 있었다. 빈이가 고열로 응급실에 갔을 때도 폐 관련하여 CT 찍는데 조용히 내려와 초조한 우리 옆에 서 계셨다. 나만 그런 게 아니라 여러 엄마들이 겪었다면서 박장대소하며 웃었다. 모두들 알고 있다. 선생님이 다른 의도가 있어서 그렇게 하셨던 것이 아니라는 것을. 그만큼 담당하고 있는 환자에게 관심을 갖고 있다는 뜻이기에 보호자 입장에서 감사한 부분이다. 그런 모습은 아이들을 대할 때 더 잘 느껴진다. 가식 없이 아이들을 안아주고 보듬어주는 모습에서 더 따뜻함을 느낄 수 있었다. 그 진심 덕분에 아이들도 선생님을 잘 따른다. 빈이도 다른 선생님은 무서워해도 담당 선생님은 무서워하지 않는다. 어쩌면 다른 의사선생님이나 간호사처럼 직접 아픈 시술이나 주사바늘을 찌르지 않으니 안심하는 것인지도 모르겠지만 말이다. 이런 분을 비롯한 다른 훌륭한 의료진들을 만나 빈이가 치료를 받고 있어서 진심으로 감사하다. 완치되어 건강한 모습으로 선생님과 만났으면 더욱 더 좋겠다는 상상을 한다. 우리 모두 웃을 날을 기대해 본다.

2부

어린이집 등원

4월이 어느새 말일로 접어든다. 진단받은 지가 벌써 4개월을 지나 5개월에 접어든다. 지금보다 좀 더 어렸던 17개월일 때는 링거 맞는 것도, 약 먹는 것도, 구내염이나 기타 다른 부작용들도 감당하기가 참 어려웠는데 그래도 조금 컸다고 잘 적응하며 지낸다. 아이들은 어른들보다 환경에 적응을 더 잘하는 것 같다. 이제는 아침에 어린이집에 갈 때 마스크와 모자 쓰는 걸 내가 챙기지 않아도 빈이가 먼저 챙긴다. 빈이가 챙겨 쓰는 걸 형아 쭌군도 함께 챙긴다. 황사나 미세먼지 때문에라도 아이들이 마스크를 쓰긴 하지만 더 근본적으로는 동생 빈이가 혹여 안 쓰고 나갈까 봐 모범을 보이는 형아 쭌군이다. 빈이는 이제 마스크가 내려가면 올릴 줄도 안다. 귀에서 줄이 벗겨지면 초반엔 줄이 벗겨졌다고 엄마를 줄기차게 불렀는데 이제는 다소 시간은 걸리지만 혼자 귀에 알아서 끼운다. 이런 작은 노력들이 빈이가 회복하고 완치하는 데 밑거름이 되었으면 하는 바람이다.

볕 좋은 아파트 단지를 따라서 나란히 손을 잡고 등원하는 쭌군과 빈이의 다정한 모습을 본다. 아파트 단지에 가득 핀 꽃과 나무, 나비와 벌, 길바닥의 개미까지 살피느라 어린이집 가는 길이 길다.

빈이가 아프지 않았더라면 아침부터 부산을 떨며 얼른 등원하라고 재촉하기 바빴을 나다. 그런데 빈이가 아프고부터는 모든 일에 여유가 생겼다. 어린이집 등원 준비가 늦어지도록 밍기적거려도, 현관에서 신발을 스스로 신는 것을 한없이 기다려준다. 저렇게 온 주변을 살피며 시간이 오래 걸리는 등원도 재촉함이 없다. 여러 가지 삶의 변화 중에 하나다.

아파트에 있는 작은 어린이집. 이곳은 우리집 세 아이와 조카들 셋까지 오랫동안 인연이 깊은 곳이다. 이곳의 원장님과 선생님들은 빈이가 진단받기 전 빈이의 눈 상태에 대해서 먼저 이야기해주신 고마운 분들이다. 빈이가 진단을 받았을 때도 나를 끌어안고 누구보다 뜨거운 눈물을 흘리셨다. 빈이의 또 다른 어머니라는 생각이 들었다. 빈이가 치료를 받으면서도 틈틈이 출석해서 또래 아이들과 어울릴 수 있었던 것도 이 분들 덕분이다. 면역력이 최하로 떨어져서 눈 밑이며 콧잔등과 손가락 사이, 머리 둘레를 따라 띠를 이룬 물집이 잡혀서 고생하던 때도 다른 아이들과 격리해서 따로 돌봐주시기도 했다. 또한 어린이집 활동을 할 때에도 따로 소독을 해서 빈이가 참여할 수 있게 해주셨고, 입맛이 없을 때도 따로 영양죽을 끓여서 입맛이 돌게 해주셨다. 정말 감사한 일이다.

빈이는 치료 중에도 특별히 어려움이 없으면 어린이집에 등원한다고 했더니 병원 엄마들이 경악을 금치 못했다. 또래들과 어울리는 공간은 아무래도 다양한 세균에 노출되기 쉽기 때문이다. 다행히 빈이는 어린이집을 다니는 동안 건강상에 어떤 어려움도 겪지 않았다. 소아암을 앓고 있는 아이들에게 감염은 큰 문제를 일으킬 수 있으므로 어린이집 등원은 선뜻 결정할 수 있는 일은 아니다. 그러나 의사선생님의 허락도 있었기 때문에 나는 빈이가 너무 힘들어 할 때 빼고는 어린이집에 등원을 시켰다.

의료적인 치료뿐 아니라 아이가 일상적인 생활을 하고 그 안에서 또래들과 즐겁게 놀고 재밌게 지내는 것도 치료의 과정이라고 생각했다. 다시 일상으로 돌아왔을 때도 자연스럽게 적응해 나갈 빈이의 앞날도 중요했다. 이런 나의 간절한 바람이 지켜질 수 있었던 것은 전적으로 어린이집 덕분이다. 우리집보다 더 자주 소독하고 관리하는 어린이집을 믿었고 빈이에 대한 사랑과 관심을 알고 있었다. 원장님과 선생님들의 배려가 컸고, 내가 신경 쓰지 못한 부분까지 세심하게 관심 가져주신 것을 알기에 지금 다시 돌아보아도 정말 감사한 일이다. 그런 노고를 알기에 빈이가 더 잘 이겨냈다는 생각이 든다.

또 한고비, 5차 입원

항상 3주마다 입원이었는데, 이번엔 4주 만에 입원이다. 병원 지하주차장에 들어서니 울먹거리면서 안 들어간다고 심통이 단단히 난 빈이다. 어르고 달래서 엘리베이터를 타고 12층 병동으로 올라왔다. 다행히 병동에 들어서니 씩씩하게 인사한다. 간호사 선생님들을 시작으로 각 병실마다 다니면서 누나, 형, 이모들한테까지도 입원신고식을 제대로 치르고 있다. 몸무게는 큰 변화가 없지만, 키는 지난달에 비해 6센티나 자랐다. 좀 자란 느낌이긴 했는데, 한 달 만에 6센티나 자랐다는 것이 가능한 일인가 의심스럽다. 대부분의 아이들에게 항암 치료가 성장발달의 저해 요인으로 작용하는데 다행히 빈이는 또래들의 평균보다는 좀 뒤처지지만 꾸준히 성장하고 있었다. 이런 상황에서도 아이들은 성장한다. 좋은 징조다.

역시나 밤 12시부터 금식이다. 내일 아침 일찍 안저검사가 있다. 4주 동안 빈이는 또 얼마나 암과 싸워 이겨냈는지 확인하는 시간이다. 아침 일찍 30분간의 검사를 마치고 약 10여 분 안과 의사 선생님께 검사 결과를 들었다. 지난달에 비해서 전체적으로 암조직 자체가 약간씩 줄었고, 석회화 진행이 많이 되었다고 했다. 나머지 항암치료를 다 받고, 무엇보다 내일 하는 안동맥치료를 꼭 받길 권했다. 안내주사[17]나 레이저치료[18]를 하기에 상당히 애매한 상황이라 오늘은 보류했다고 했다. 함박웃음을 웃을 만큼 큰 호전은 없어도 아주 미미하지만 줄어들고 나아지고 있어서 희망적이다.

내일은 아침 5시부터 금식이다. 내일 오후 진료 첫 타임인 오후 1시 30분에 빈이는 안동맥 항암이다. 지난 안동맥 1차 항암이 실패였던지라 내가 더 긴장이 된다. 자꾸 안절부절 못하게 된다. 빈이에게 들키지 않으려고 최대한 보호자 침대에서 책을 띄엄띄엄 읽었다. 눈에 들어오지도 않는 책을 같은 페이지만 벌써 몇 번째 맴도는지 모른다.

오후 늦게 막내 고모에게 전화가 왔다. 저녁 먹지 말고 기다리라면서 말이다. 저녁 7시에 일혼이 넘은 고모가 따뜻한 밥을 싸들고 병실로 문병을 왔다. 병원 밥 먹다보면 매콤한 거 먹고 싶을 거라면서 알싸한 제육볶음에 상추쌈, 순무김치 등 참 소박한 밥상이 내 입맛을 당겼다. 내일 중요한 치료인 데다가 체력도 많이 소모될 텐데 걱정이라면서 자꾸 더 먹으라고 내 밥그릇에 밥과 반찬을 놓아준다. 고모도 아직 경제활동을 하는지라 일 끝나고 힘들고 지쳤을 것인데 웃는 얼굴로 나타나서 내 걱정부터 해준다. 얘기도 들어주고, 빈이도 봐준다. 덕분에 내가 할 일을 처리할 수 있었다. 어릴 적 내 손톱을 내 맘에 들게 깎아주고, 세 고모들 중에 내 맘을 가장 많이 헤아려주었던 좋은 기억이 많은 고모다. 어쩌면 우리 할머니

---

17 안내주사(유리체내주입술): 안구 내에는 유리체라는 액체가 들어 있는 유리체강내로 약물을 직접 주입하는 치료.
18 암조직에 레이저를 쪼여서 암을 치료하는 방법.

를 제일 많이 닮아서 내가 더 따르고 좋아하지 않았나 싶다. 늘 긍정적인 에너지와 밝고 건강한 몸과 마음을 가진 고모를 보면서 참 멋있다는 생각이 든다. 나도 고모처럼 곱게 늙고 싶다.

빈이는 병실 창가를 참 좋아한다. 그런데 창가 자리는 늘 만석이다. 우리가 창가를 좋아하는 것처럼 다른 집들도 마찬가지다. 겨울엔 창틀 사이로 찬바람이 살짝 들어오기도 하고, 여름엔 볕에 뜨겁긴 하지만 다른 자리에서는 누릴 수 없는 볼거리들이 많다. 장기 입원을 하는 환아들과 보호자들에게는 매일 똑같은 창밖 풍경도 삶의 활력이 될 때가 있으니까 말이다. 그래서 길면 일주일 정도 입원하는 우리는 창가자리를 장기 입원 환아에게 양보한 적도 더러 있다. 우리는 잠깐 있다가 퇴원하니 필요한 아이들에게 양보하는 것이 좋겠다는 생각에서 입원을 반복할수록 그렇게 했다. 병실 안쪽 침상을 배정받아도 우리는 언제고 휠체어든 유모차든 산책이 가능하니 햇볕을 쪼이고 창밖을 보는 일은 양보할 수 있었다.

빈이는 창밖으로 보이는 기차며, 자동차, 거리를 걷는 사람들, 꽃과 나무, 분수에 높고 낮은 건물들, 밤에는 모래알처럼 반짝이는 불빛까지 매일 보는 것들인데도 신기해하고 감탄사를 연발한다. 매번 처음 보는 것처럼 빈이의 감탄사는 반응이 크다. 의자에 앉아서 창밖을 내내 쳐다보는 빈이의 뒷모습이 오늘은 짠하면서도 어찌나 귀여운지 모르겠다.

드디어 안동맥 항암을 위한 인터벤션실 입장이다. 오후 첫 타임인 1시 30분에 시작이다. 빈이는 컨디션이 좋다. 대기실에 도착하니 빈이가 말이 없다. 이동침대 위에서 졸려 하길래 자장가 불러주면서 토닥이니 내 무릎을 베고 잠들었다. 1시 40분에 마취하는 거보고 나는 나왔다. 두근두근하다. 내가 걱정하고 고민한다고 해결될 일은 아니라는 걸 이미 아는데도 자꾸 긴장이 된다. 복도 대기실 커다란 화면에 빈이의 시술 상태가 40분이 넘도록 대기중이다. 약 2시간가량 걸린다고 했는데 뭔가 진행이 안 되고 있는 것인지 맘이 힘들다. 들고 있는 책도 눈에 들어오지 않아서 접어둔 지 오래다.

'대기중'에서 '시술중'으로 떠야 하는데 내내 '대기중'으로 뜨다가 '회복중'으로 바뀌자마자 인터벤션실 앞으로 뛰어 갔다. 간호사한테 물으니 의사선생님이 동맥지혈중이니 잠시만 기다리란다. 동맥지혈? 긴 5분이 지나고 의사선생님이 나오셨다. 안동맥의 잔가지만 보이고 굵은 동맥을 찾을 수가 없어서 한참 찾다가 지난번처럼 더 안 좋은 상황이 될까 봐 시술을 종료했다 한다. 듣자마자 하늘이 노랗고 다리에 힘이 풀려서 그 자리에 주저앉았다. 눈물도 나오지 않는다. 너무 무서웠다. 주저앉아서 일어나지 못하는 나를 간호사 둘이 와서 일으켜 대기 의자에 앉힌다.

조금 있으니 인터벤션실에서 나와 회복실로 향하는 마취된 빈이를 보니 억장이 무너지는 것 같다. 회복실에서 40분이 지나자 빈이가 나왔다. 40분을 혼자 어찌 기다렸나 모르겠다. 그렇게 내내 회복실 앞에 서 있는데 자꾸 다리에 힘이 풀린다. 자꾸 정신이 나가려 한다. 앞으로 어떤 일이 우리 앞에 펼쳐질지 예상할 수 없어 두려웠다. 모든 게 무거운 바윗돌처럼 정지 상태다.

회복실에서 나와 병동으로 옮겨졌다. 빈이는 8시간이 넘는 금식을 견디고, 전신마취를 회복하고, 자기 몸만큼 무거운 모래주머니를 양쪽 다리에 차고는 바르게 누워서 12시간을 보내야 한다. 언제나 그렇듯이 빈이는 불평도 없이 보채는 것도 없이 그렇게 7시간을 바르게 누워서 놀고, 먹고, 웃다가 잠들었다. 새벽 3시 반까지 바르게 누워있어야 동맥 출혈이나 다른 부작용이 없다. 이왕 그 긴 시간을 버틸 거라면 안동맥 항암이 성공이었으면 좋았을 텐데… 아쉬움과 안타까움이 막을 길 없이 밀려온다. 얼굴이며 속이 새까맣게 탄 나를 오후 3시부터 막내 고모가 와서 시중 들어가며 지켜주었다. 자꾸 먹고 힘내라며 입에 뭘 갖다 넣어주고 울면 휴지를 갖다 준다. 내내 침대 한편에 돌아누워 훌쩍거리고 있는데 전화가 온다. 진영언니다. 자식이 같은 병을 앓고 있는 준우엄마 진영언니는 대치동에서 자기 일을 모두 제치고 달려와 주었다. 누구보다 우리의 처지와 상황을 잘 아는 편이라 전화기 너머 짧은 내 목소리만 듣고도 단숨에 달려왔다. 많은 말을 하지 않았지만 언니가 옆에 있다는 것만으로도 나는 이미 큰 위로와 위안을 받고 있었다. 언니의 위로는 내게 과하지도 않고 부족하지도 않은, 배려와 이해가 녹아든 진심 그 자체였다. 작은 고모, 진영언니, 같은 병실 엄마들, 무엇보다 우리 빈이가 옆에 없었더라면 나는 벌써 지옥에 가 있었을 것

2부

이다. 함께라는 것이 이렇게 나를 버티게 한다.

빈이에게 벌어진 일을 최대한 단순하게 생각하기로 했다. 최선의 선택을 하기 위해 또 다시 마음의 준비가 필요했다. 안동맥 항암이 성공하여 암 조직을 단숨에 줄일 수 있었더라면 좋았겠지만, 일단 실패라니 또 다른 시작을 준비해야 한다. 일단은 남은 일정인 전신 항암을 다 받아야 한다. 그리고 전신항암약을 변경하여 치료하겠다는 스케줄에도 빈이가 잘 이겨낼 수 있도록 나는 옆에서 잘 돌봐야한다. 안동맥이 정상적인 일정으로 진행되었다면 내일 퇴원이었겠지만 전신항암까지 받고 가려면 이번 입원은 길어질 듯하다.

전신 항암이 시작되었다. 항암 1일차, 침대에서 고스란히 7시간을 놀았다. 달아놓은 수액이 많으니 어디 가는 건 상상하기 힘들고, 유리병도 있어서 깨지기라도 하면 문제가 커지니깐 자제했다. 그런데 어제 단 유리병 항암제는 약 자체가 거품이 많이 생기는 약이라서 약병 속 공기가 빠져나올 수 있도록 병 입구에 주사바늘을 꼽아두었는데, 그곳에서 항암제가 새어나와서 정말 당황스러웠다. 대부분의 항암제는 시간을 수시로 체크하고 투여되는 양을 수액 펌프기로 넣기 때문에 쉽게 체크할 수 있지만 혹시라도 생기는 항암제 소실은 극소량일 경우 체크하기 힘들다. 게다가 그만큼씩 제조가 안 되기 때문에 그 약은 못 맞는 경우도 생긴다. 다행히 빈이의 항암제는 폴대 받침에 똑똑 떨어져서 모아진 양이 있으니 소실량을 체크할 수 있었고, 간호사가 수액량을 체크한 지 얼마 지나지 않았으므로 소실량 측정이 가능했다. 14ml 소량이라서 다시 투여는 안 해도 된다고 하니 다행이다. 오늘도 오전 10시에 24시간 짜리 한 병, 오후 1시에 3시간짜리 한 병, 오후 4시에 3시간짜리 한 병. 오후 7시가 되어야 오늘 항암이 끝난다. 월요일에 입원을 했는데, 벌써 금요일이다. 어쩜 이리 병원의 시간은 빠른지 모르겠다. 빈이는 오심이 나서 아무것도 못 먹는다. 나도 밥맛이 없다.

토요일 오후, 신랑이 왔다. 빈이는 아빠를 목이 빠지게 기다렸다. 창밖에 지나다니는 KTX만 보면 아빠가 온다고 법석을 떨었다. 그렇게 기다리는 아빠가 왔으니 빈이는 천군만마를 얻은 듯 어깨가 으쓱하다. 병원에서의 주말은 늘 아빠의 커다란 그늘이 빈이를 힘내게 했다. 아빠가 오니 엄마인 나는 찬밥신세다.

그 틈을 타서 나는 병실의 엄마들과 함께 준무균실에 다녀왔다. 병동에서 치료받던 친한 환아들이 준무균실로 이동해서 고용량 항암치료를 받고 있었다. 그래서 필요한 물품과 먹을거리를 사들고 문병차 간 것이다. 준무균실은 무균실과는 다르게 휴게실에서 짧은 시간 문병이라도 할 수 있으니 그나마 낫다. 익숙한 얼굴들을 보니 반갑고 고맙다. 동종골수이식[19]과 자가골수이식[20]을 하려면

---

19 동종골수이식(동종조혈모세포이식): 조직적합항원(조직형)이 맞는 타인에게서 골수나 조혈모세포를 기증받아 행해지는 이식. 적합한 타인은 가족(혈연)내에서 찾아질 수도 있고 비혈연인 경우 골수은행을 통해 찾아질 수도 있다. 소아에서는 재발한 림프구성백혈병이나 고위험 골수성 백혈병 치료에 주로 시행된다. (출처. 연세암병원)

20 자가골수이식(자가조혈모세포이식): 자신의 골수나 조혈모세포를 미리 채취하여 동결해 놓았다가, 필요할 때 해동절차를 거쳐 자신에게 주입하는 이식 치료. 수술, 방사선, 일반적인 항암요법 등으로 치료 이후, 재발의 위험성을 막기 위해 기존 용량보다 대폭 강화한 고용량항암

우선 고용량 항암으로 준무균실과 무균실에서 준비와 치료를 해야 한다. 일반 환아들과 격리되어 있는 좁은 공간에서 위생에 신경 쓰며 40일을 꼬박 지내야 하니 감옥이라면 감옥이다. 준무균실에만 가 봐도 외부인의 접근에 경계가 삼엄한데, 무균실은 밖과 완전히 차단되어 지내야 한다. 의사도 간호사도 모두 들어 갈 수 없고, 인터폰으로 모든 걸 해결한다. 아픈 아이의 몸속에 있는 암을 다 없애기 위해서 사용하는 항암제가 너무 강력하기 때문에 면역력이 심하게 떨어져 무균실에서 이식을 하면서 긴 시간을 보낸다. 그래서 이곳에서는 아이가 새로 태어나는 것과 같다고 해서 그날을 제 2의 생일로 삼는 엄마들까지 있다고 하니 정말 쉽지 않은 일을 해내고 있다. 그 어려운 걸 견디는 아이들이며, 그 곁을 묵묵히 지켜주는 엄마들이 존경스럽다.

　준무균실로 병문안을 다녀오니 아빠와 빈이는 찰떡궁합으로 신나게 놀았나 보다. 까르르까르르 난리다. 그런데 그렇게 좋은 아빠가 일요일에 빈이 삼촌 결혼식이라고 저녁에 집에 갔다. 아빠가 타고 내려간 엘리베이터 앞에서 어찌나 서럽게 울던지 나도 울 뻔했다. 빈이의 울음은 항상 더 서럽게 느껴진다. 그런 빈이가 안쓰러워서 휠체어에 태우고 30분째 엘리베이터만 타고 내려갔다 올라가기를 반복했다. 이미 빈이도 안다. 병원 밖으로는 못 나간다는

요법을 시행한 뒤, 자신의 조혈모세포는 사라져 골수가 혈구를 생산하는 기능을 할 수 없기 때문에, 미리 동결보관된 조혈모세포를 주입받음으로써 골수 기능이 회복될 수 있다. 따라서 이식 자체가 목적이라기보다는 고용량 항암요법으로 미세 잔존암을 치료하는 것이 목적이다. 소아에서는 뇌종양, 신경모세포종, 재발된 고형종양에서 시행된다. (출처. 연세암병원)

것을…. 병원에서 지내면서 빈이는 체념이 빨라졌다. 어린 빈이가
몰라도 되는 것을 벌써 알아버린 것 같아 마음이 좋지 않다.

울화가 치밀어 오르다

빈이가 안동맥 항암 1차에 이어 2차까지 실패한 뒤부터 줄곧 마음이 복잡했다. 다른 무언가를 하다가도 울컥하면서 눈물이 나기 일쑤였다. 일도 손에 안 잡히고 불안하고 지쳤다. 감사하고 고맙던 것들도 불평의 대상이 되었다. 끊임없이 속에서 끓어오르는 화가 그치질 않았다. 자다가도 벌떡 일어나서 하늘에 대고 기도를 해도 부족한 판국에 삿대질을 하며 이를 부득거렸다. 내 안에 좋은 에너지가 과연 있었던 것일까 하는 의구심마저 들었다. 혼 빠진 사람처럼 멍했다. 깊은 잠은 이미 잊은 지 오래였고, 쪽잠이라도 잠들었다 싶으면 소스라치게 깜짝 놀라 한두 번씩 깨서는 멀뚱멀뚱 천장만 쳐다보고 있을 때가 많았다. 정신없는 내가 아이들의 소풍을 잊어서 도시락을 못 싸줬던 사태도 있었다. 크고 작은 건망증이 생기고, 식욕은 없었고, 이명 증세에 안면마비까지 생겼다.

안동맥 항암이 빈이에게 그만큼 중요했던 치료였다. 그런 항암의 실패라니, 진단받았던 작년 12월로 되돌아 간 듯 무섭고 두렵고, 견딜 수 없이 힘겨운 나날이었다. 지난 1월말 빈이가 안동맥 항암 1차를 실패했을 때, 같이 치료받았던 어린 돌쟁이 준우도 안동맥 항암에 실패했었다. 준우는 시도조차 못하고 실패로 끝났고, 빈이는 시도는 했지만 약한 혈관에서 주입한 항암제가 누출돼서 관자놀이에 화상을 입어 치료 중이다. 결국 빈이도 실패였다. 그리고 이번에 준우가 먼저 안동맥을 2차로 성공하고, 빈이가 실패했다. 상황으로 보자면 준우는 양안에다가 재발도 했었던 상황인지라 빈이에 비해 더한 상황일 수도 있다. 하지만 안동맥 항암의 성공 여부에 따라서 치료의 전망은 많이 달라진다. 2차 안동맥 항암에 성공한 준우가 그렇게도 부러울 수가 없었다. 살면서 누군가를 그렇게 부러워 한 적이 있었을까 싶은 생각이 들 정도로 2차 안동맥을 하고 안내주사니 레이저 치료니 뭐든 치료받고 있는 준우가 부러웠다. 빈이는 전신항암을 제외하고는 안내주사나 레이저치료 같은 국소치료는 아직 받지 못했다. 그만큼 그런 치료를 하기에 암조직이 작아지지 않아서 시도하기에 애매한 상황이었다.

어쩌면 비교대상인 준우를 마음에 두고 있었기에 더욱 내 마음이 무거웠는지도 모른다. 또 다시 시작된 내 안의 "왜?"라는 물음은 나를 수없이 괴롭혔고, 슬프게 했다. 왜 우리 빈이에게 이런 일이 생겼는지, 왜 빈이만 안동맥 항암이 실패하게 된 것인지 등 나를 휘감은 질문의 끈들이 나를 옥죄어 왔다. 환자마다 경우가 다르기 때문에 비교대상이 될 수 없다는 것을 알면서도 마음의 실망감과 상실감이 사라지지를 않았다.

집안일은 또 왜 그렇게 많은지, 잔뜩 화난 마음으로 집안 청소를 하고, 빨래를 해서 널고, 설거지를 하는 등 바삐 움직였다. 아침에 아이들을 등원시켜주고 마트에 들러서 오이김치를 담글 요량으로 찬거리를 몇 가지 사들고 들어왔다. 돌아오는 차 안에서 갑자기 울컥하는데 서러움과 분노가 겹쳐서 나 스스로 주체할 수가 없었다. 결국 지하주차장에 차를 세워두고는 복받쳤던 것들을 한순간에 쏟아내며 엉엉 울었다. 눈물이 샘물처럼 멈추지 않아서 언제나처럼 여동생에게 전화를 했다.

여동생과 나는 각별하다. 서로에게 친구 같고, 엄마 같고, 할머니 같은 깊은 정이 있다. 그 깊은 정으로 지금까지도 같은 아파트 같은 동에 동고동락하는 사이다. 서로를 너무 잘 아는 우리는 수학기호로 따지면 이퀄(=)이다. 그만큼 닮은꼴이다. 외모나 체질을 비롯한 여러 가지가 비슷하다. 또한 긴 세월 기쁘고 슬픈 일을 같이 겪어온 우리는 애 낳을 때도 같이 했고, 서로 애 셋씩 키우면서도 늘 의지하며 지냈다. 이번에 빈이가 아픈 후로는 내가 더 여동생에게 의지했다. 그런 나를 언제나 받아주고 보듬어주는 여동생은 어쩌면 동생이지만 나보다 더 어른 같았다.

전화기 너머로 엉엉 울어대는 내 울음을 내내 듣고 있다가 "에구… 또 터졌구나… 어디야?"라고 한다. 지하주차장으로 나를 데리러 내려왔다. 여동생의 얼굴을 보자마자 또 주저앉아 울고, 여동생도 같이 운다. 그런 나를 부축해서 자기 집으로 데리고 들어가 따뜻한 밥을 해주고, 차를 내어주고, 내 얘기를 들어준다. 무너지는 내 모습을 묵묵히 바라보면서 안타까워하는 여동생은 내가 의지할 수 있는 버팀목 중에 하나였다.

괜찮겠느냐는 여동생의 물음에 고개를 끄덕이며 장바구니를 들고 집으로 왔다. 오이를 썰어 절이고 야채들을 다듬어서 김치를 담갔다. 말없이 손을 움직이다 울다 또 하는 일련의 과정들이 습관처럼 익숙하다. 김치를 담가두고, 식탁에 앉았다. 가만히 나를 돌아보았다. 며칠째 어찌나 울었는지 눈 근육이며 입 주변까지 떨리고, 안면마비까지 와서 내 얼굴의 살이 남의 살 같았다. 침을 안 흘리는 게 다행이지 싶었다. 식탁 한편에 놓아둔 손거울로 나를 보니 원래의 나는 온데간데없고, 귀신 같은 내가 있었다. 매번 다시 털고 일어나던 난데, 이번엔 좀 더 힘들고 오래 걸린다. 같은 망막모를 앓고 있던, 빈이보다 치료기간이 더 길었던 아이 엄마가 얘기했듯이 치료받는 동안 한 번씩 그렇게 긴 슬럼프가 있었는데 그런 시간도 지나면 또 괜찮아지더라는 말이 떠올랐다. 내가 너무 유난인 건가 싶은 마음이 들었다. '괜찮아진다고 하니 괜찮아지겠지… 괜찮아져야 해.'

더 독한 항암제, 6차 입원

오후 5시까지 입원이라 2시쯤 출발했다. 차가 좀 막혀서 예정시간보다 늦게 도착했다. 친정 쪽 작은어머니가 오늘 입원한다는 소식을 들으시곤 3시부터 내내 기다리셨다. 친정식구인 작은어머니를 보니 눈물이 왈칵 쏟아져 나왔다. 내 어릴 적 기억 속의 외모만큼이나 내게 부드럽고, 친절하고 한없이 예쁘고 좋았던 작은어머니가 와서 격려해주고 이야기를 들어주니 마음이 편해졌다. 편지까지 곱게 적어 내 주머니에 넣어주고 가시는데 다시 힘이 솟아났다. 헤어지고 보니 왜 같이 사진 한 장 못 찍었을까 하는 아쉬움도 남았다.

빈이는 입원하자마자 항암 전 기본검사를 했고, 안동맥 항암이 실패한 탓에 전신항암에는 좀 더 강한 약으로 변경을 해야 했기에 혈액종양과 의사선생님과 면담을 했다. 빈이는 현재 안동맥 항암의 실패로 할 수 있는 대로 전신항암에 집중해야 할 때라고 한다. 면담이 끝나고 난 후 그동안의 슬럼프에서 쑥 빠져나와 맘이 굳건해졌다. 전장에 나가는 군인처럼 각오가 단단했고, 전투력이 상승했다. 그러면서도 약이 독해진다고 하니 긴장이 되었다. 자꾸 기도가 나왔다.

입원 이틀째다. 오전엔 항암 전 검사로 심장초음파를 했다. 좀 더 강해지는 항암제에 대한 사전 준비였다. 오후 2시엔 빈크리스틴이라는 항암제를 맞았고, 오후 3시엔 독소루비신(doxorubicin)이라는 빨간색 항암제, 오후 4시엔 엔독산(Endoxan)이라는 무색 투명한 항암제를 맞았다. 빈크리스틴은 지난 항암 때도 맞았던 약이지만 용량이 좀 더 올랐고, 간격도 짧아졌다. 앞으로 일주일 간격으로 3번을 맞아야 한다. 독소라는 약은 원래 이름이 독소루비신이고, 애드리아마이신이라는 상표의 주사제이다. 위험 수준이 높은 빨간색의 주사로, 약 30분간 맞았다. 색깔만큼이나 부작용도 가지가지에다가 특히 심한 구토가 증상 중에 하나라고 했다. 대부분의 항암제가 그렇듯 혈관 밖으로 유출되었을 경우 조직에 침투해서 세포를 손상시킬 수 있는데, 독소라는 약은 그 정도가 좀 더 강하다고 했다. 싸이클로포스파마이드라는 성분명의 엔독산을 정확히 3시간을 맞는다. 부작용을 방지하기 위해서 상표명이 유로미텍산인 메스나[21]라는 주사를 항암 투여일에 항암제 투여 30분 전과 3시간, 6시간, 9시간 후에 4회 투여받는다.

익숙하지 않은 이름의 약들을 새로 처방받아 투여 받는 첫날이라 내심 빈이의 컨디션이 더욱 신경이 쓰였다. 오후 3시까지는 빈이가 낮잠을 깊게 자니 빨간 항암제를 맞는 동안에는 안심하고 맞았다. 약이 강해지니 부작용 방지 주사제도 몇 가지나 더 맞았다. 저 작은 몸이 그런 강한 약들을 받아내고 이겨내는 걸 보니 대견하

---

21 메스나(MESNA, mercaptoethanesulfonate): cyclophosphamide 등의 항암제가 유발하는 출혈성방광염을 예방하는 약제.

다. 오심은 늘 항암 하는 동안 달고 있는지라 역시나 음식을 권해도 고개만 절레절레 흔든다. 개구리 뒷다리라도 먹겠다면 서울 시내 논바닥을 다 뒤져서라도 잡아다가 해줄 판이었다. 그동안에는 오심이 나도 잘 땐 괜찮았는데, 약이 바뀌고부터는 자면서도 오심이 나는지 욱욱거린다. 다른 잔일을 제쳐두고라도 하염없이 자는 아이만 쳐다보게 된다. 오로지 빈이에게만 집중하게 된다. 출입이 뜸해진 나를 보고 병실 엄마들이 무슨 일이 있냐면서 묻는다. 일은 없는데 약이 바뀌어서 빈이가 힘들어하는 듯하다고 재차 얘기했더니 모두 아는지라 고개를 끄덕인다. 마냥 자는 아이만 쳐다보고 시간이 가기만을 기다리는 밤이다. 곤히 자던 빈이는 그나마 먹은 분유까지 아낌없이 토해버렸다. 자다가도 구토가 나올 정도면 빈이는 많이 힘든가보다. 침대시트며 베갯잇, 환자복까지 새로 교체했다. 빈이를 품에 안고 누워 토닥였다. 기력이 없는지 어떤 저항도 없이 잔다.

이번에 입원한 병실은 1253호다. 오늘은 종민맘 언니가 한 턱 쐈다. 종민이는 11살이고, 10개월 전인 작년 8월 중순에 뼈암인 골육종을 진단받았다. 8월말부터 항암을 시작해서 14차 항암을 어제 끝냈다. 그 기념으로 언니는 병실식구들에게 대접을 했다. 오랜만에 침상 커튼들이 걷히고 모두의 얼굴을 마주할 수 있었다. 언니는 마지막 항암 병을 간호사가 거두어갈 때 가슴이 벅차오르면서 기쁨의 눈물이 흘렀단다. 약 1년간 종민이네 식구들이 얼마나 잘 견디고 이겨왔는지 모두가 알고 있었다. 잘 이겨 내준 종민이가 대견하고 자랑스럽다면서 병실 식구들이 한마디씩 했다. 끝날 것 같지 않았던 긴 시간이 기분 좋은 결말을 맞이했다고 하니 우리도 덩달아 기분이 좋았다. 언니가 벅차오르는 감정을 다 말로는 설명하기 어렵다고 했지만 병실 식구들 모두 언니가 어떤 심정인지는 이미 같은 마음으로 느낄 수 있었다.

빈이는 식욕이 너무도 없었다. 결국 식욕촉진제인 메게이스[22]를 먹였다. 그 후로 조금씩 식욕이 오르더니 시간이 지날수록 식욕이 왕성해졌다. 저녁에 병실에서 대접받은 치킨 한두 개를 집어 먹는데 뼈까지 씹어 먹었다. 우유와 분유도 번갈아 가면서 많이도 먹는다. 항암을 받는 아이들은 항암으로 인해서 생기는 부작용 때문에 식욕이 급격하게 생겨서 불필요한 살이 찌는 경우도 많다. 심한 아이들은 흡사 미쉐린 같은 환아도 있다. 그런데 빈이는 워낙에 빼빼 마른지라 뭐라도 먹어주니 식욕촉진제가 잠깐은 고마운 터였다. 너무 먹어서 살이 찌는 게 걱정되기보다 당장 탈이 나지는 않을까 걱정이 되어 자청해서 먹겠다는 것도 자꾸 선별해서 주게 된다.

항암제가 바뀌고부터 빈이는 땀을 많이 흘린다. 6월의 날씨치고는 덥긴 했지만 병실은 에어컨이 가동되고 있어서 그렇게 덥지는 않았다. 그런데도 땀을 비오듯 쏟아낸다. 혹시라도 땀이 식으면서 감기나 폐렴이 생기지는 않을까 걱정이 되어 밤에도 잠을 물리치

---

22 메제스트롤(megestrol acetate): 식욕촉진제 목적으로 사용되는 저역가의 프로게스테론 합성유도물질.

2부

면서 살펴주었다. 게다가 독한 항암제를 배출시키는 이뇨제를 전보다 더 자주 맞기 때문에 침대시트를 하루 저녁에 7번 이상 갈아대길 며칠째다. 아침이면 밤새 갈아댄 기저귀와 침대시트, 환자복이 바닥에 산처럼 쌓여 있다. 그렇게 수시로 땀에 젖은 옷을 갈아입혔는데도 감기에 걸렸는지 기침을 사정없이 해대느라 깊은 잠도 못 잔다. 등이 따뜻해지면 기침이 덜 하길래 등 뒤에서 꼭 안고 재웠다. 나의 수고와 상관없이 각종 수치가 낮아지니 기침은 더 심해진다. 엑스레이를 찍는 간격이 짧아졌다. 항암을 하는 아이들에게 폐렴이나 폐혈중 같은 폐질환은 치명적이기 때문에 빈이가 기침을 할 때마다 나는 신경이 곤두섰다. 이제 오심으로 인한 부작용을 억제하는 항구토제는 하루 종일 수액펌프기로 맞기 시작했다. 구토방지제는 필요시마다 정맥주사제로 투여하는데, 빈이는 이제 오심을 달고 있으니 필요시마다 맞아야 하는 시점을 넘어서서 지속적으로 투여해야 하는 상태까지 이르렀다. 빈이는 짜증도 많아졌다. 어린 빈이에게 당연한 것이라 여겨졌다.

　머리털이 다 빠지고, 눈썹도 다 빠지고, 입술은 허옇고, 손발가락과 몸의 접히는 부분은 피부가 검다. 누가 봐도 아픈 아이인 우리 빈이가 안쓰러웠다. 옆 병실 언니가 김이 솔솔 나는 금방 찐 옥수수를 건네고 간다. 지난번에 빈이가 입맛 없을 때 옥수수를 잘 먹었던 게 생각났다면서 갖다 준다. 언니도 아이 때문에 여유가 없을 텐데 그런 세세한 부분까지 기억해주는 게 고마웠다. 뜨거운 옥수수를 조금 식힌 뒤 빈이에게 먹겠냐고 물으니 달라고 한다. 빈이는 옥수수를 고사리 같은 손으로 알갱이를 하나씩 따서 절반이나 먹었다. 두 번이나 찐 옥수수를 갖다 준 그 언니는 빈이에게 '옥수수이모'가 되었다. 옥수수이모는 그 후로도 빈이에게 갖가지를 챙겨주었다. 고마운 마음을 말로다 표현할 수 없는 인연이다.

병원 입원 엿새째다. 오전에는 주사 줄 교체와 케모포트 소독을 하는 날이다. 일주일에 두 번 한다. 이제 이런 소독은 엄마 품이 아니어도 가능하다. 침대에 바르게 누워서 알아서 받는다. 내가 빈이 옆에, 빈이 눈에만 보이면 빈이는 저항 없이 모든 치료와 시술을 받았다. 그리고 항상 입원할 때마다 가지고 다니는 곰돌이 인형을 끌어안고만 있으면 괜찮았다. 병원으로 오는 차 안에서도, 입원 기간 내내 먹고 자고 할 때도 곰돌이 인형은 늘 빈이 손에 쥐어 있었다. 빈이가 뭐라도 의지하고 있다는 것이 다행스러웠다.

병원 입원 일주일째다. 이른 아침 첫 타임으로 안저검사를 했다. 지난번보다 암 크기가 작아져서 레이저치료를 받았다. 무슨 치료라도 받았다고 하니 마음이 좀 놓였다. 안과 수술실에서 검사를 하고 레이저 치료를 받고 나오는데 다른 병원에서 전원을 온 요셉이도 안저검사를 하는 날이라고 대기 중이다. 오늘따라 이른 아침부터 망막아들의 검사와 수술이 많다. 나는 어젯밤부터 급체를 해서

2부

몸이 불편했다. 병원 생활이 길어지고 걱정이 쌓일수록 내 소화력은 좋지 못했다. 마음의 걱정이 고스란히 몸으로 나타난다. 몸은 거짓말을 안 하는가 보다. 이번 급체는 어제 들은 6살 도훈이의 적출 수술로 인한 것 같다. 단안으로 치료받다가 결국 마지막 선택으로 적출 수술을 택했다. 남의 일 같지 않았다. 도훈이는 오늘 적출 수술을 받았다. 수술 후 얼굴이라도 보러 가야 하나 고민이 되었다. 안 그래도 힘든 마음이라는 걸 알기에 맞은 편 병실에 있는 줄 알면서도 선뜻 발걸음이 나서지지 않았다. 도훈이가 수술하고 퇴원할 때까지 병실에 가보지 못했다. 용기가 나지 않았다. 마음으로 도훈이와 그 부모를 위해서 기도했다. 내가 해줄 수 있는 최대한의 예우였다. 마음이 숙연해진다.

　빈이 생일이 내일인데, 하루 전에 퇴원을 하게 되었다. 빈이 두 돌 생일인데 병원에서 보내지 않았다는 것만으로도 기분 좋게 퇴원을 했다. 집에 돌아와 여동생네 집에 열 식구가 모여 빈이 생일 파티를 했다. 이렇게 모인 것도 오랜만이지 싶다. 아이들 여섯이 스머프들처럼 옹기종기 모여서 복닥거리는 시간은 늘 소중하게 느껴진다. 빈이가 아픈 후로 양쪽 집 10명이 모두 모이는 일은 예전보다 어려웠다. 모인다고 해도 빈이랑 나는 대부분 불참이었다. 일상이었던 일이 특별해지고 나니 모든 것들이 소중해졌다. 그래서 여섯 명의 스머프 친구들이 머리 맞대고 노는 모습이 참 좋아보인다. 생일파티 후에 어른들은 어른들끼리, 스머프 친구들은 스머프

들대로 모여서 오랜만에 여유로운 저녁을 보냈다. 시끌벅적한 스머프들의 웃음소리와 티격태격하는 말소리까지 소중하지 않은 것이 없는 저녁이었다. 그렇게 아이들도 빈이를 있는 그대로 받아들이고 아껴주고 배려해주고 있었다. 우리 모두 아픈 빈이의 생일이라고 해서 더 특별한 것도 다른 것도 없었다. 언제나처럼 평범한 저녁을 보내는 것이 더 이벤트 같은, 함께 해서 따뜻한 순간들이었다.

2부

새벽, 응급실로 가다

퇴원해서 빈이 생일도 보내고, 이렇게 아무 일도 없이 지나가는가 싶었다. 낮잠을 자고 일어난 빈이가 갑자기 열이 나서 39.5도까지 올랐다. 밤 10시가 되어도 39도에서 떨어지지 않는다. 다시 해열제를 먹이고 좀 떨어지는가 싶더니 밤 12시가 지나고 나니 여전히 39도. 신랑과 둘이 얼음팩을 둘러주고, 젖은 수건으로 온몸을 닦아주었다. 체온이 높으니 입안의 구내염이 순식간에 올라온다. 볼거리처럼 얼굴이 붓고, 자꾸 잠만 자려고 한다. 새벽 3시 30분쯤 되니 온몸이 불덩어리 같다. 열이 지속적으로 나니 오한이 나서 사시나무 떨듯 한다. 빈이를 챙겨 안으면서 신랑에게 침실에 싸둔 캐리어 가방을 차에 실으라고 했다. 첫째 둘째 아이를 여동생네 맡겨두고, 셋이서 병원으로 출발했다. 가는 차 안에서도 애는 곧 어떻게 될 것처럼 부들부들 떤다. 1시간이 좀 넘게 걸려서 응급실에 도착했다. 검사 결과 염증 수치가 상당히 높고, 백혈구 수치와 호중구 수치가 너무 낮았다. 백혈구 수치를 올리는 주사제와 항생제, 진통제를 지속적으로 들이붓듯 맞는데도 39도 아래로 떨어질 생각을 하지 않는다. 아침 9시가 되어서야 병실이 나서 병동으로 이동했다. 퇴원 후 이틀 만에 다시 입원이었다. 열에 시달려서 정신을 못 차리는 빈이. 그런 빈이를 보면서 더 정신을 못 차리는 나. 병원에 데려다주고 출근하러 부랴부랴 내려가는 신랑. 누구하나 제정신이 아니었다.

빈이는 그 다음날도 40도가 넘는 고열에 만신창이가 되었다. 41도 42도를 넘나드는 고열이 며칠씩 지속되는 건 살면서 처음 보는 일이다. 진통제, 항생제, 해열제를 이렇게 들이붓는데도 차도는 없었다. 당장 애가 어떻게 될까 봐 무서워서 잠은커녕 긴장만 며칠째다. 39도를 넘어서니 빈이는 보채지도 않았다. 자기 의사표현을 해야 하니 말도 더 잘하는 것 같다. 물도 알아서 찾아 마신다. 곰돌이 인형도 내내 끌어안고 잔다. 그렇게 또 한밤이 고열과 함께 지났다.

아침 9시 회진에 혈종과 의사선생님이 빈이 얼굴을 보자마자 사탕 먹냐고 물으신다. 열이 나고 구내염이 심해서 부은 거라고 하니 얼마나 아팠냐면서 안쓰러워한다. 입안을 살펴보고는 이 정도였음 모르핀을 줬어야 한다며 같이 회진 온 레지던트들에게 한마디 한다. 새벽에 검사한 피검사 수치를 보면서 백혈구 수치와 혈소판은 괜찮은데 헤모글로빈 수치와 호중구 수치가 낮아서 수치 올리는 주사제를 투여하고, 수혈까지 처방했다. 의사선생님은 이런 상황에서도 빈이가 뭐라도 조금씩 먹으니 그나마 스스로 컨디션 조절하고 앉아있기라도 하는 거라며 토닥여준다. 체온은 조금만 방심하면 38도를 웃돈다. 어제는 체온계 속에 숫자 7이 그리도 그립더니 오늘은 숫자 8만 봐도 반갑다. 오전 회진 후 급격히 늘어난 수

2부

액은 폴대에 팩을 걸어둘 자리도 없이 빼곡했다. 그 많은 수액 팩과 주사제들이 무색하게도 열은 늘 39도 언저리다. 그래도 40도만 넘지 않으면 앉아서도 잘 논다. 놀다가 볼을 부여잡고 울면서 아프다고 호소하는 것 빼고는 말이다. 구내염이 정점을 찍는지 자다가도 "엄마 아파!", 잘 놀다가도 "엄마, 아파"라며 울상을 짓는다. 내가 해줄 수 있는 건 그런 빈이를 꼭 안아주고 쓰다듬어 주는 것뿐이다. '기분 좋아', '행복해' 같은 말을 자주 하는 빈이인데, 요즘은 '아프다'는 말을 더 많이 한다. 그나마 자기 아픈 거 표현해주는 게 내겐 고맙다. 열이 나흘째 떨어지지 않아서 입원한 후로 꼼짝없이 침대에 붙어 지냈다. 나흘이 지나고 나니 그나마 37.3으로 행운의 7을 만났다.

밤 11시에는 곤히 자는 빈이의 케모포트가 막혀서 바늘을 다시 꽂아야 하는 상태가 왔다. 간호사는 빈이가 며칠 만에 곤히 자는데 어쩌냐며 안타까워한다. 할 거면 얼른 하고 재우자는 생각에 자는 애를 들쳐 안고 처치실에서 바늘을 다시 꽂았다. 평상시 같으면 혼자 누워서 맞았는데, 자다가 당한 봉변이라서 애가 놀랐는지 울고불고 난리다. 내 품에 안고 상황설명을 했는데도 이미 무서워서 운다. 3살 애한테 뭐하는 건가 싶다가도 이러면 치료를 제대로 못 받으니 안 된다는 마음에 다시 달랬다. 그런 빈이를 달래서 케모포트 바늘을 인턴이 꽂는데, 잘 안 되는지 3번이나 다시 시도해서 겨우 꽂았다. 속에서 욕이 나온다. '이런 젠장. 맨날 꽂는 그거 하나를 못

해서 애꿏은 빈이만 잡네. 어휴.' 그동안 여러 가지로 쌓인 내 감정들이 그 한마디로 응축되어 쏟아져 나왔다. 그나마 마지막으로 꽂은 것도 제대로 안 되었는지 주사약이 원활하게 들어가다가도 멈추는 등 불안정했다. 어느 방향으로 몸을 움직이면 수액이 안 들어가니 낭패다. 케모포트 바늘을 다 꽂고 나니 빈이도 나도 온몸이 땀범벅이다. 애는 또 놀라서 어깨를 들썩이며 내 품에서 잔다. 자다가도 "엄마, 아파! 엄마 많이 아파!"라고 한다. "응, 우리 빈이 많이 아팠지? 잘했어. 잘했어. 엄마가 빈이 옆에 꼭 있을게."라고 하면서 엉덩이를 토닥여준다. 빈이는 엄마가 옆에 있는지 연거푸 확인하고는 안심이 되는지 잠이 들었다.

지난밤 그 난리를 겪고도 밤새 잘 자고 일어난 빈이는 오전 시간 동안 침대에서 한가롭게 뒹굴거렸다. 그런 빈이를 보는 나도 오랜만에 맘이 편안했다. 어질러져 있는 침대 주변을 정리하고 있는데, 빈이가 나를 다급하게 부른다. 빈이가 손가락으로 뭘 집어서 내게 내민다. 항암치료 후 나름대로 깔끔 떠는 날 보고는 따라하는 게 몇 가지 있는데, 침대에 내 머리카락이 떨어져서 그걸 주워주나 싶었다. 가까이 가서 보는데, 세상에나 입안에서 떨어져 나온 내 엄지손톱만 한 살점을 내게 준다. 깜짝 놀라서 간호사 호출 버튼을 눌렀다. 간호사가 급히 뛰어왔다. 암 병동 간호사들은 호출에 대한 응답이 다른 곳보다 빠르다. 간호사가 달려와 보더니 떨어져 나온 점막을 거즈에 싸들고 의사선생님께 보여드리러 갔다. 의사선생님도 깜짝 놀라시며 구내염이 심하다 심하다 이렇게 점막이 떨어져 나온 것은 처음 보았다고 했다. 그 와중에도 뭐든 자꾸 먹으려고 노력하는 빈이가 더 대단할 지경이다. 점막이 떨어지고 나서 1시간 뒤에 다른 쪽 점막도 떨어져 나왔다. 역시나 내게 살점을 건네주는 빈이다. 어쩜 저리 숟가락으로 떠놓은 듯 헐었는지 회진 때 의사선생님께 보여드리려고 사진과 동영상으로 남겨놓았다.

입원 닷새째 새벽, 문자로 오는 피검사 결과를 보니 모든 수치가 오르기 시작했다. 오르기 시작하면 점차 빨리 증가하는 것이 수치라서 조금은 안심이 되었다. 지난번 항암 후 일주일에 한 번씩 맞는 항암제가 있는데 외래로 맞아야 했던 걸 오늘 맞고 퇴원할 예정이다. 그런데 그 항암제 부작용이 열나는 거란다. 또다시 걱정이다. 며칠 만에 떨어진 열인데….

수치가 올라가는 시점이라서 그런 것일까? 빈이는 항암제를 맞고도 부작용 없이 입원 일주일 만에 퇴원했다. 곧 다음 주에 입원이라 휴가 받아 집에 다녀오는 기분으로 퇴원한다.

무더운 7월의 시작

7월이 시작되었다. 퇴원 후 일주일이 채 못 되어 정기 항암입원이다. 시간이 갈수록 입원도 잦아지고, 입원기간도 길어진다. 이번엔 또 얼마나 입원이 길어질까 싶어 퇴원 날짜는 아예 헤아려 보지도 않았다. 입원 이틀째인 오늘은 마음이 절구에 마늘 찧어 놓은 듯 아리고 정리되지 않아서 힘들다. 같은 망막모를 앓고 있는 돌쟁이 아가 준우는 양안인데 왼쪽 눈은 완치가 되다시피 암조직이 다 죽어서 시력도 있다. 그런데 오른쪽 눈은 치료 중에도 재발을 해서 항암을 하는데도 도리어 암 크기가 커졌다고 한다. 결국 적출 수술을 결심해야 했다.

망막모세포종은 다른 암에 비해 생존율은 높지만 MRI나 안저검사를 해도 눈 속에 어느 정도까지 암 조직이 퍼져 있는지 안구를 꺼내보지 않고는 알 수 없는 게 이 병의 최대 단점이다. 적출 수술을 결심하고 수술을 하더라도 시신경이나 눈 속 조직에 암세포가 퍼져 있거나 암세포가 만든 신생혈관이 있을 수 있기 때문에 그런 경우는 수술을 하더라도 항암을 더 해야 한다. 그리고 일정시간이 지나면 특수기구인 의안을 착용해야 한다는 점도 마음 아픈 일이다. 의술이 발달하고 과학이 발달해서 의안도 많이 좋아졌다지만

2부

본래 가지고 태어난 자기 안구를 갖고 있는 것하고는 비교할 일도 못 된다. 그러니 완치를 했다고 해도 평생 의안을 착용해야 하므로 적출 수술의 결심도 쉬운 일은 아니다. 암 조직이 사멸되어 완치 판정을 받아도 낮은 확률이지만 10년 뒤까지 재발 가능성이 있고, 완치를 해서 자신의 안구를 갖고 있더라도 안구위축증[23]처럼 안구가 점점 작아지거나 기능을 제대로 못해서 얼굴 변형이 올 수도 있으니 어느 것 하나를 좋은 방법이라고 선택하기가 어렵다. 결국 어느 부분에 초점을 두고 결정하느냐에 따라서 모든 게 달라지는 것이다.

준우의 일이 정말 먼 남의 일이 아니라서 어제는 준우맘 진영언니랑 밤늦게까지 얘기했고, 오늘도 병실에 가서 얘기하다가 둘이 부둥켜안고 울었다. 망막모를 앓고 있는 아이와 가족이라면 누구라도 겪을 수 있는 일이기에 더 마음이 힘들었다. 오후엔 빈이랑 둘이 침상 밖으로 나가지도 않았다. 그 언니와 준우를 볼 때마다 눈물이 솟구치니 도움이 되기는커녕 감정만 힘들게 하는 듯해서 빈이랑 침대에서만 있었다.

준우맘 진영언니, 참 긍정적이고 밝다. 힘들 텐데도 긍정적으로 생각하는 모습이 나와는 다른 세계의 엄마같이 느껴졌다. 더 이상 준우가 아파하고 독한 항암제로 인해 고통 받는 걸 바라보는 것도 못할 짓이고, 빠른 속도로 진행되는 암이 두렵기도 해서 적출 수술을 결심하게 되었단다. 의료진은 안동맥이라도 한 번 더 해보자고

---

23 안구위축(phthisis bulbi): 외상, 수술, 감염, 염증, 암, 망막 박리 등 다양한 원인으로 안구가 손상되어 위축되는 안구 질환의 말기 상태. (출처: Semin Ophthalmology 2018)

권했으나 치료 중에 커진 암이라 약이 안 듣고 있다고 판단한 것이다. 나라면 어땠을까 자꾸 생각해보았다. 생각할수록 고개만 절레절레 흔들게 하는 지극히 무서운 일이었다. 어차피 할 수술이라면 서둘러 스케줄을 잡아 달랬다며 닭똥 같은 눈물을 흘리는 언니를 보며 내가 해줄 수 있는 것이라고는 같이 부둥켜안고 울어 주는 것밖에 없다는 게 미안하고 또 미안했다. 수술 일정을 서둘러 달라고 했어도 그렇게 빠른 시간 내에 수술 일정이 잡힐 줄은 몰랐다며, 떨어지는 눈물을 훔치며 웃는다. 수술을 결정하기가 어려워서 그렇지 결정하고 나면 모든 건 우리가 생각하는 것보다 빠르게 진행되었다. 어려운 결정을 한 언니 부부를 응원하며, 앞으로 준우에게도 늘 행복이 깃들길 진심으로 마음 모아 바라고 또 바랐다. 그 부모의 오늘 밤은 무척 길 것이다. 나 역시 같은 마음이라서 오늘밤을 어찌 넘겨야 할지를 모르겠다. 하루 종일 날이 그렇게도 흐리더니 내일은 비가 많이 온다는 소식이다. 비가 오고 나면 좀 깨끗하게 모든 게 씻겨 내려갔으면 좋겠다.

다음날 준우는 적출 수술을 받았다. 나는 준우 수술 받기 전에 안과수술 대기실에 커피랑 도넛을 사들고 다녀왔다. 분명 아무것도 못 먹었을 진영언니 부부다.

지난달 수술 받은 도훈이는 시신경에 퍼진 남은 암 때문에 항암을 받으러 왔다. 복도에서 항암제를 단 폴대가 넘어지는 바람에 항암 병이 깨져서 산산조각이 났다. 다행히 아이는 다치지 않았고,

꼼꼼한 간호사들의 기록 덕분에 소실된 항암제의 잔여 분량만큼 다시 항암을 받았다고 했다. 수술을 받고도 치료가 종료되지 않은 상황을 도훈이네도 잘 이겨내고 있었다.

빈이는 예정대로 바뀐 약으로 두 번째 전신항암에 들어갔다. 모두 자신에게 맞춰진 치료 스케줄대로 무더운 7월을 맞이하며 최선을 다하고 있다.

열성경련

새벽 4시. 매일 이 시간이 되면 모든 환아들의 피검사를 위한 채혈이 시작된다. 다들 암환아들이라서 말초에서 채혈하지 않고, 치료를 위해 미리 혈관을 확보한 케모포트와 히크만에서 채혈을 하기 때문에 환아들이 자는 동안에도 가능하니 아이들 울릴 일도 없다. 피검사 결과는 매일 아침 9시 정도면 보호자에게 개별로 문자 전송된다.

2016/07/02 혈구수치는 백혈구 : 850, 중성구 : 320, 혈색소 : 8.20, 혈소판 : 27만입니다.

오늘 받은 빈이의 수치 결과다. 백혈구와 중성구 수치가 전일보다 많이 낮아졌다. 치료받는 환아들 중에는 수치가 0인 환아들도 많으니 이정도 수치는 양호하다고 보아도 될 법하다. 항암을 오래한 아이들은 이런 수치도 잘 오르지 않고 들쑥날쑥한 게 태반이다.

어제 오늘 빈이의 수치는 낮았지만 일단 컨디션이 좋고, 이번 항암도 마무리되었으니 수치 올리는 주사를 맞고 퇴원했다. 짧은 입·퇴원이라서 빈이나 나나 여유롭긴 했지만 시간이 지날수록 마음은 늘 불안의 연속이다.

　퇴원 후 일주일이 지나 외래 가는 날이다. 어젯밤부터 빈이는 열이 났다. 외래에 가면서도 입원 짐을 같이 싸가지고 다니는데 오늘은 더 만반의 준비를 하고 병원으로 갔다. 밤새 열 난 빈이 때문에 잠을 못 자서 아침 일찍 병원 오느라 빈이나 나나 많이 피곤했다. 운전하는데도 졸려서 견디기 힘들었다. 의사선생님은 열이 좀 나긴 하지만 피검사 결과가 나쁘지 않다고 하셨다. 그리고 엑스레이를 보니 폐에 가래가 좀 있긴 하지만 입원할 정도는 아니라고 하셨다. 나는 지난번 구내염을 비롯해서 혹독한 고열의 공포를 알기에 입원하겠다고 했다. 오후 1시나 되어야 병실이 나온다기에 소아외래 항암실에서 수액과 항암제를 주사제로 소량 맞았다. 낮 12시. 빈이가 자다가 갑자기 배가 아프다며 운다. 응가 싸기 힘들어서 그런가 하고 늘 하던 대로 안아줬다. 그런데 응가가 아닌가 보다. 다리를 오므리면서 배가 아프고 무릎이 아프다고 난리다. 10분 후 빈이는 오한이 나서 떨고 있다. 입술도 파래지고 온몸이 순식간에 파랗게 됐다. 좀 전에 37.8도였는데 15분 사이 39.5로 고열이다. 아까 맞은 항암제의 부작용이 제대로 나타나나 보다. "엄마, 아파! 엄마, 무서워!"를 내내 입으로 뱉어내던 빈이는 아예 정신이 혼미한가 보다. 간호사를 급히 불러서 처지 요망하고, 의사선생님을 불러달라고 했다. 해열제를 놓고 나니 30분 동안 떨던 애가 좀 덜하다.

그동안 의사며 간호사들이 수시로 왔다 갔다 한다. 입술과 온 몸이 파래서 떨고 있는 빈이를 이불로 꽁꽁 싸매고 핫팩까지 했다. 나도 같이 무서워서 떨린다. 12시 50분. 열이 떨어졌는지 내 품에서 잔다. 자는 빈이를 쳐다보고 앉았다가 잠깐 자리를 바꾸려고 하는데, 자던 빈이가 깨서는 내 옷자락을 잡는다. "엄마, 무서워. 엄마, 아파!", 움직이려던 나는 다시 고쳐 앉아서 빈이를 끌어안고 "그래, 엄마 꼭 빈이 옆에 있을게. 꼭 같이 함께 있을게. 그러니깐 괜찮아." 내 말이 떨어지기 무섭게 빈이 눈이 돌아가고 몸이 경직되고 난리다. 열성경련, 경기를 한다. 미친 여자처럼 간호사를 부르고 혹시라도 기도가 막힐까 봐 고개를 돌려 기도를 확보하고 주무르고 내가 할 수 있는 것은 다 했다. 삽시간에 의료진이 달려들어 응급처치를 했다. 그 짧은 시간이 어찌나 길게 느껴지던지 애가 곧 죽을 것만 같은 공포가 엄습했다. 다행히 애가 숨을 고르게 쉬고 눈이 돌아오고 정신이 돌아와 날 찾은 시간을 보니 오후 1시 2분이다. 약 1~2분 동안 벌어진 일이었다. 산소 호흡기를 꽂고, 심전도를 붙이고, 산소포화도 측정을 위한 전극테이프를 발가락에 감았으며, 혈압기를 팔에 장착해서 30분 간격으로 자동체크 되게 했다. 링거로는 수혈도 되고 있었다. 빈이가 안정이 되는 걸 보니 맥이 풀렸다. 멍하니 정신을 못 차리니까 간호사는 내가 링거를 맞아야겠다며 웃는다. 나도 덩달아 웃었다.

　빈이는 열이 급격히 올라 뇌가 놀라서 열성경련을 일으킨 것이었다. 15분 이상 경련을 할 경우 뇌에 산소가 공급이 되지 않아서 매우 위험하다. 생후 3개월에서 5세까지 뇌가 미성숙한 연령에서는 급작스런 고열이 열성경련을 일으키는 일은 빈번하다. 하지만 24시간 내에 다시 일어난다면 뇌파검사, 척수검사, MRI 등의 정밀 검사를 해봐야 한다고 했다. 다행히 빈이는 일시적인 것으로 약 1분간의 발작이었고, 고열로 인한 거라 발달이나 발육에는 지장이 없을 거라고 안심하라고 했다. 또한 발작 중에도 숨을 쉬고 있었기 때문에 더 다행이라 한다. 급작스런 뇌의 사용으로 빈이는 깊은 잠을 잤다.

이런 애를 데리고 의사선생님 말씀대로 집에 갔으면 어쩔 뻔 했나 생각만 해도 사지가 벌벌 떨렸다. 나는 고속도로에서 운전을 하고 있는데 아이가 뒷좌석 카시트에서 발작을 일으켰다고 상상하니 끔찍하기만 했다. 극구 입원하겠다고 한 게 얼마나 잘한 일인지 모르겠다.

레지던트 4년 차가 급히 병실을 알아봐주겠다며 기다리라고 한 지가 한참이 되었다. 오후 6시 30분이 되어서야 병실이 나왔다. 아침 9시부터 오후 6시 30분까지 소아외래 항암실에서 수시로 바이탈[24] 체크를 했고, 많은 양의 수액을 맞았다. 더 일찍 병실로 올라가고 싶어도 혈압이 낮아서 기계를 뺄 수 없었다. 계속 혈압을 체크하다가 약간의 안정적인 혈압수치가 보였을 때 총알같이 병실로 올라가 달고 있던 기계들을 다시 다 달았다. 빈이는 집에 가는 줄 알았는데 병실로 올라오니 집에 간다고 서럽게 운다. 나도 같이 울

---

24 활력징후(vital sign): 혈압, 맥박, 체온, 호흡수 등 주요 생명 기능을 나타내는 몇 가지 지표.

고 싶다. 그렇게 10여 분을 울더니 단념하고 침상으로 올라갔는데 그러고도 또 피검사며 혈압에, 오만가지 검사를 했다. 저녁은 먹는 둥 마는 둥 하더니 뻥과자를 하나 들고 즐겁게 먹는다. 낮에 그 난리통을 겪고도 지금 이렇게 밝게 웃고 있는 빈이를 보니 고마워서 눈물이 왈칵 쏟아져 나왔다. 그동안 힘들어도 되도록 빈이 앞에서는 울지 않으려고 했는데, 나도 모르게 빈이를 끌어안고 내내 울었다. 내가 우니 빈이가 울지 말라고 토닥여주고 눈물을 닦아준다. 그리곤, "뚝, 엄마, 뚝!"이란다. 쏟아지는 눈물이 빈이 말대로 그쳤다.

저녁 9시가 좀 넘으니 빈이가 잔다. 자는 모습이 천사가 따로 없다. 열은 없지만 혹시라도 열이 오르거나 발작을 할 수 있으니 언제나처럼 빈이를 끌어안고 누웠다. 하루가 몹시도 길다.

2부

엄마 되기

병원에서 보내는 시간이 길어지는 만큼 빈이 외에 꽃남매들과 보내는 시간은 그만큼 줄었다. 병원에서 보내는 시간 동안 꽃남매들은 이모네집이나 할머니댁에 맡겨졌고, 주중에는 할머니가 오셔서 보살펴주셨다. 여동생과 어머님의 도움이 컸다. 병원에 있는 동안 나는 기껏해야 전화로 아이들의 스케줄을 체크해주는 정도였다. 그도 내가 컨디션이 좋고, 빈이가 괜찮을 때 가능한 일이었다. 신랑이 회사를 다니면서 저녁에 아이들을 챙겨준다고 해도, 많은 업무량을 감당하면서 아이들을 돌보는 일도 어렵긴 마찬가지였다. 퇴원을 하고 집에 와도 빈이를 신경 써서 돌보다보니 꽃남매들에게 소홀해지는 부분이 많았다.

늘 아무 걱정 없던 서영이의 작은 행동이 내 눈에 거슬리기 시작하면서 잔소리를 하고, 꾸중을 한 것이 벌써 3개월이나 흘렀다. 3개월이라는 시간 동안 나는 나대로 최선을 다하고 있었다. 그런데 자꾸 여러 가지 집안의 문제들이 불거져 나오는 것이 몹시도 불편하던 중이었다. 딸아이와 대화가 필요하다는 생각이 들었다. 처음엔 내 눈에 거슬렸던 사안에 대해서 지적하고 약간은 꾸짖으면서 타이르듯 이야기를 하다가 시작된 대화였다. 그런데 서영이와 대화를 하다 보니 내가 '엄마'라는 게 너무 부끄럽게 느껴졌다. 나 나름대로 엄마노릇을 잘한다고 생각했었고, 아이 마음을 어느 정도는 잘 알아주는 썩 괜찮은 엄마라고 생각했는데 그건 나만의 착각이었다. 딸아이의 마음을 읽어주지 못했고, 서영이가 어떻게 학교생활을 하고 있는지, 어떤 생각을 하는지, 친구들과의 사이는 어떤지 나는 전혀 감을 잡을 수 없었다. 그런데 그런 서영이의 불편한 모든 생활이 근본적으로 엄마인 나와의 문제였다는 것을 알게 되고는 뒤통수를 얻어맞은 듯 했다. 아이에 대한 엄마의 인정, 무한한 지지와 신뢰 등이 아이의 생활에 큰 영향을 미친다는 사실을 머리로만 알고 있었나보다. 그 많은 육아 도서에서 흔하게 읽었던 주제였는데 정작 내 육아에는 빈이가 아프다는 이유만으로 예외로 미뤄두었던 것이다.

서영이와 깊게 대화하면서 내 생각을 말하기보다 딸아이가 하는 말에 귀를 기울였다. 서영이의 말을 듣고 안아주었다. 미안함을 감출 수가 없었다.

"서영아, 너 정말 많이 힘들었구나. 엄마가 네 맘 못 알아줘서 미안해. 엄마가 너무 널 헤아리지 못했어. 너는 최선을 다했고 노력했는데 사랑스러운 눈으로 바라봐주지 못해서 미안해. 너는 정말 엄마한테 최고의 딸이야. 넌 정말 잘하고 있어. 그래서 엄마가 너무 고마워. 사랑해. 내 새끼…."

안아주면서 토닥여 주었다. "서영이가 많이 힘들었구나"라고 내가 말해주기 시작하니 어깨를 들썩이며 내 품에서 서럽게 울기 시작했다. 엄마의 사랑이 많이도 아쉬웠던 아이다. 그래서 힘들었던 건데, 나는 아이에게 꾸지람만 하고 있었으니 얼마나 서러웠을까 싶었다. 나도 모르게 너무 미안해서 같이 부둥켜안고 울었다. 한참 동안 부둥켜안고 울고 나니 서영이는 딸 나이로 한 살 더, 나는 엄마 나이로 한 살 더, 한 뼘씩 자라난 듯 편안해졌다. 언제든 자신할 수 없고, 방심할 수 없는 '엄마 자리'는 늘 노력해야 하는 자리임을 다시금 느끼게 되었다. 엄마는 아이의 나이로 다시 나이를 먹는다는 말이 맞는 듯싶다. 나는 그냥 딱 10살 짜리 엄마일 뿐이었는데 너무 자신만만했다.

서영이와의 일이 있은 뒤부터 좀 힘들더라도 자주 더 꽃남매들을 돌보았다. 신랑도 아이들을 더 살갑게 보살피는 노력을 함께 해 주었다. 완벽한 가족은 없다. 언제고 삐걱거릴 수 있고 틀어질 수 있는 게 가족이다. 늘 노력과 배려가 필요하다. 우리는 각자의 자리에서 서로에게 맞춰가며 성장했다.

중환자실에 있는 친구

다시 찍은 MRI 검사 결과가 나왔다. 지난 12월과 비교한다면 이번엔 제대로 왕눈이 개구리 모양을 보인다. 4월과 비교했을 때 암 조직이 작아진 것뿐만 아니라 망막박리가 많이 호전되어 망막이 붙은 부분도 보이고, 좋아졌다고 했다. 좋아졌다는 말에 덩달아 좋아할 일도 아닌 것이, 눈이라는 게 MRI만으로는 다 볼 수도 없거니와 안저검사에서 의사선생님이 직접 보아야 좀 더 자세히 알 수 있는 부위다. 그러므로 MRI와 상관없이 내일 받는 안저검사에서 의사선생님의 소견이 다를 수도 있기 때문에 자꾸 마음을 다잡았다.

다음날 아침, 언제든지 검사할 때는 가슴이 두근반세근반 조마조마하다. 조금만 검사시간이 지나도 떨려서 못 견딜 지경이다. 어떤 결과이든 너무 호들갑 떨며 좋아하지도, 두려워하지도 않으려고 기도한다. 기도가 닿았을까? 검사 결과가 좋다. 크게 줄어들거나 다른 암세포가 자라지 않은 것으로 보아 좋아지고 있는 것으로 보인다는 소견이다. 암세포 전체의 90% 정도가 줄어든 상태고, 앞으로 전신항암 2번 정도 더 한 후 다시 치료 일정이 정해지지 싶다. 상태가 더 호전적이라면 항암 종료 후 관찰치료로 지켜보며 갈 것 같고, 치료 중에도 상태가 더 악화되는 경우라면 불가피하게 수술

2부

을 피할 수 없다고 했다. 전신항암으로는 비교적 변경한 약이 잘 든는 경우라고 했다. 안심하고 항암을 받을 수 있을 것만 같다.

이번이 9차 항암이고, 약이 바뀌고는 3번째이다. 아침에 받은 수치도 좋은 편이다. 지난주부터는 젖병도 뗐고, 이번 주에는 기저귀를 떼려나 보다. 진단 직전인 생후 17개월에 이미 다 뗐던 것들인데, 치료와 동시에 다시 시작해서 이제야 모두 다시 뗀다. 아픈 와중에도 이렇게 조금씩 성장하는 빈이를 보면서 생명의 위대함을 다시 새삼 느낀다. 항암을 하게 되면 발육이 잠시 정지하거나 늦어지거나 하다가 항암을 종료하면 다시 성장한다고는 하지만 실제로 발육이나 성장이 정지 상태를 보일 때면 가슴이 철렁한다.

같은 병실을 쓰던 고등학생 형은 며칠 밤을 힘들어 하더니 어제 중환자실로 이동해서 치료받기로 했다. 같은 병실에서 며칠이나마 정이 들었는데 상태가 악화되어 헤어지니 마음이 안 좋았다. 지난주에는 그동안 입원할 때마다 친하게 지냈던 영준이가 중환자실에 갔다는 소식을 들었다. 암 병동에서 오랜 시간 입원치료를 받았는데 병원균 감염으로 격리병동으로 옮겨 치료받다가 지난주에 중환자실로 옮겼다고 했다. 그래서 그동안 그렇게 얼굴 보기가 힘들었구나 싶었다. 중환자실에 입원해있다고 하니 영준이는 못 보더라도 영준 엄마라도 볼 생각으로 기회를 자꾸 엿보는데 나도 빈이를 돌봐야 하는 입장이라 좀처럼 시간이 나지 않았다. 다행히 저녁에 빈이가 일찍 잠들었길래 옆 침상 엄마에게 부탁을 하고는 중환자보호자실로 갔다. 보자마자 내가 울기라도 하면 안 되겠기에 맘을 단단히 다잡고 갔다. 영준 엄마는 나를 보자마자 운다. 안아주었다. 영준 엄마를 안아주는데 영준이 얼굴이 아른거려서 나도 울고 말았다. 긴 시간 면회도 어려웠다. 10분 남짓 얼굴을 마주하다 영준이 가족들이 들이닥치는 바람에 자연스럽게 인사를 하고 병동으로 돌아왔다. 막상 자려고 누우니 영준이와 영준 엄마 얼굴이 떠오른다. 뒤척뒤척 잠을 못 이루다가 어느새 잠이 들었을까… 자는 나를 누군가 툭툭 친다. 옆 병실 웅이 엄마다. 시계를 보니 새벽 2시가 다 된 시간이었다. 새벽 2시가 채 되기 전에 영준이는 천사가 되어 하늘나라로 갔다는 슬픈 소식을 웅이 엄마가 전해준다. 미리 생각하지 못한 일은 아니지만 이렇게 순식간에 빨리 닥쳐온 영준이의 소식에 뭐라 말을 해야 할지 몰랐다. 그저 안타깝기만 했다. 장례식장이 가까이 있었지만 내 자식을 돌보는 일이 먼저이니 마음으로 영준이와 가족들을 위해 기도했다.

병원 생활이 길어지니 힘들고 절망적인 사연부터 희망적이고 기적 같은 사연까지 많은 일을 겪게 된다. 이렇게 가끔씩 친하게 지내던 아이의 마지막 소식을 들은 날엔 특히나 여러 생각을 하게 된다. 삶에 대해 좀 더 진지해지고 매 순간 충실하게 살아가고자 다짐한다. 죽음은 우리 곁에 가까이 있기에, 그 앞에서 늘 겸손해진다.

병동은 이런 소식을 아는지 모르는지 평소처럼 잘만 돌아간다. 나도 그 안에서 매일이 그랬던 것처럼 하루하루를 보낸다.

부디 잘 지내렴.

너랑 지낸 짧은 시간 정말 즐거웠고, 고마웠어.

이모가 더 많이 못 놀아주고, 더 많이 안아주지 못해서 미안해.

언제나 그랬던 것처럼 밝고 건강하게 지내렴.

만나서 반가웠어.

계속 이동, 결국 입원

외래를 가는 날이다. 수치가 낮아서 걱정했는데 수혈하기 전에 체온이 37.7도였고, 수혈을 한참하고 있는 저녁 7시 40분에 38.3도다. 소아외래 항암실의 사용시간이 저녁 6시 30분 종료라서 빈이는 성인외래 항암실로 이동했다. 아직 못다 맞은 수액과 수혈이 있었고, 열이 났기 때문이다. 성인항암실에서 1인실을 배정해주어서 편안히 있었지만 빈이는 지속적으로 열이 올랐다. 게다가 식은 땀을 줄줄 흘리면서 나를 끌어안고 변을 2번이나 보았다. 지난 항암제 부작용이 변이 딱딱해지는 증세라서 변 완화제를 미리 먹었고, 프로바이오틱스를 먹었음에도 변을 보는 걸 너무 힘들어 했다. 변을 볼 때마다 울면서 "엄마, 똥꼬 아퍼!"를 얼마나 얘기했나 모른다. 그럼 나는 꼭 끌어안고 응가를 다 하고 좀 편안해 할 때까지 안아주고 쓸어주고 했었다. 흡사 출산 과정에서 진통하는데 옆에 있는 것과 같은 심정이랄까? 여튼 그만큼 안쓰러웠다. 겉으로 보기엔 괜찮아 보여도 약은 발라주고 있었다. 항문 안쪽으로 많이 찢어진 듯싶었는데, 오늘 기저귀 갈다 응가 싼다길래 보고는 깜짝 놀랐다. 식은땀이 안 날 수가 없을 만큼 심각해 보였다. 기침이나 구내염도 없는데 열이라니 결국 항문 상처가 열나는 원인이지 싶었다. 수치가 낮다 보니 항문 상처가 잘 안 아물어서 그리 열이 올랐나 보다. 상처가 아물 만하면 변을 보아야 하는 때가 되니 상처가 잘 낫지를 않았다. 열이 떨어지지 않아서 성인항암실 간호사에게 해열제를 달라고 부탁했다. 성인항암실이다 보니 소아해열제도 없거니와 늦은 시간이라 본관까지 가야 된다는 간호사의 말에 어찌할지를 몰랐다. 결국 내가 소아암 병동으로 가서 빈이랑 같은 연령의 다른 애 엄마한테 해열제를 얻어다가 먹였다. 해열제 복용 후 열이 떨어졌으면 좋았을 텐데 열이 안 떨어지니 성인항암실 간호사가 입원을 권유한다. 빈이가 수치도 낮고, 수혈도 고열 때문에 미뤄둔 상태고 다 맞으면 새벽일 테니 입원이 도리어 나을 것 같다고 한다. 게다가 빈이 하나로 인해서 인턴과 간호사 3명이 퇴근을 못 하고 있으니 간호사 입장에서 그렇게 권유한 것이 도리어 나을 수도 있겠다 생각했다. 차에는 늘 입원 준비가 되어 있는 상태이니 당장 입원하더라도 큰 문제는 없었다. 그렇게 입원하기로 결정했고, 간호사가 입원실을 알아봐주었다. 이미 소아암 병동엔 입원실이 없었고, 15층 VIP병동에만 3개 정도 있는데, 모두 1인실이고, 가격이 45만 원, 98만 원, 108만 원으로 3가지라고 했다. 고민을 하다가 어쩔 수 없어서 45만 원짜리 1인실에라도 입원할 요량으로 결정했는데, 그 사이 그마저도 환자가 입원을 해서 108만 원짜리 병실뿐이란다. 고민이 되었다. 병원에서 보낸 시간이 그나마 오래라고 퍼뜩 응급실의 격리실이 떠올랐다. 응급실에 연락을 부탁하고 격리실에 자리가 있는지 알아봐 달라고 했다. 자리가 있었다. 어쩜 그때 그 상황에서 응급실 격리실이 생각이 났는지 내가 다시 생각해도 신기할 따름이다. 빈이는 응급격리실로 오니 열도 잡히고 나름 여유로워졌다. 단지 변을 볼 때마다 항문이 아프다는 것을 빼고는.

응급격리실에서 잠든 빈이를 쳐다보는데 그동안의 일들이 주마등처럼 지나간다. 빈이가 진단을 받고 항암치료를 시작한 지도 벌써 꽉 찬 7개월이다. 그동안 빈이는 정말 씩씩하게 잘 견뎌주었다. 무섭다는 주사도 내 품에서 다 맞았고, 각종 크고 작은 검사도 다 해냈다. 불편한 응급실에서 딱딱한 침대며 시끄러운 환경에도 잘 지냈다. 무엇보다 항암을 잘 견뎌주었다. 빈이는 늘 엄마인 나만 옆에 있으면 다 이겨내었다. 특별히 무엇을 해주지 않고도 그저 옆에만 있어줬는데도 빈이는 나를 하나님처럼 의지했다. 엄마인 나랑 있는 곳이면 어디든 즐거워했고 잘 놀고 잘 견뎌 주었다. 나를 믿고 견뎌주는 빈이가 오늘따라 정말 고마웠다. 좁은 응급격리실 딱딱한 침대에서도 쌔근쌔근 잘도 잔다. 이런 빈이를 위해 힘들어도 주저앉지 않도록 더 건강해져야겠다.

꼬박 하루를 응급격리실에 있다가 소아암 병동 2인실로 이동했다. 전체적인 수치가 낮아서 내내 잠만 잔다. 5인실을 신청해두었으니 곧 자리가 날 것이다. 내가 원하는 자리가 배정되면 좋겠다. 이런 중에도 이런 자질구레한 기대와 설렘, 행복이 있다는 게 그나마도 하루하루 살아가게 해주는 버팀목이다.

아침부터 빈이는 병원놀이 중이다. 엄마 아빠를 진료해주고, 주사도 놔준다. 가끔씩 오는 간호사들도 진찰해준다. 그동안 내내 본 것이 병원뿐이니 놀 때도 병원놀이다. 오후엔 2인실에서 5인실로 병실을 이동했다. 내가 병실 이동을 할 동안 빈이는 아빠와 병원에 새로 생긴 휴게공간으로 산책을 갔다. 실내라서 안전하고 식물들이 많아서 꼭 식물원 같다. 빈이는 아빠랑 신났겠지만 수치가 낮으니 휴게공간의 식물들도 나는 덜 반갑고, 많은 사람들 속에서 돌아다니는 것도 달갑지 않다. 오후 늦게 신랑은 KTX를 타고 집으로 갔다. 집에 있는 아이들의 방학숙제도 돕고, 할 일도 많다면서 내려갔다. 벌써 사흘이나 입원했다. 여름휴가 차 미국학회에 참석했던 혈액종양과 의사선생님께서 돌아오셨다. 아무래도 내일은 퇴원하라고 하지 싶다. 빈이의 수치가 낮은 것보다 VRE[25]가 더 걱정스러운 선생님은 퇴원을 적극 권장하는 편이다. 분명 내일 가라고 할 텐데 가도 괜찮을지 이래저래 걱정이다.

---

25 반코마이신 내성 장알균(Vancomycin-Resistant Enterococci, VRE): 반코마이신 또는 테이코플라닌 등 글리코펩티드 계열 항생제에 내성인 장알균에 의한 감염 질환. 장알균은 장내 정상균무리(상재균)로 장, 입안, 질, 요도에 서식하며 건강한 정상인에서는 감염을 일으키지 않으나, 노인, 면역저하환자, 만성기저질환자, 병원 입원환자 등에서 기회 감염을 일으킨다. 요로감염, 창상감염, 균혈증 등 감염 종류에 따라 다양한 증상을 보이며, 균혈증이 심한 경우에는 사망할 수도 있다. (출처: 감염병포털, 질병관리본부)

코드블루의 공포

"126병동 코드블루[26], 코드블루, 126병동 코드블루, 코드블루."

저녁에 빈이를 재워두고 하루를 마무리하고자 하는 내게 병원 안내방송은 극도의 불안감을 준다. 낮에 검을 대로 검어진 얼굴을 한 아들을 태운 채 하염없이 울며 아들의 휠체어를 밀던 엄마의 얼굴이 스쳐지나간다. 코드블루 앞에서 그 아이의 생명이 보전되기를 간절히 바라는 마음이 앞선다.

코드블루를 외치는 안내방송은 내게 언제고 사형선고처럼 두려웠다. 특히나 밤중에 울리는 코드블루는 나를 쥐 잡듯이 재촉하는 비명같이 느껴졌다. 불안해진 나는 씻으러 가려던 젖병과 세면 바구니를 내려놓고 침대 위로 올라가 아이 옆에 누워 잠든 빈이를 꼭 끌어안았다. 누군가 샛별 빈이를 데리고 갈까 봐 두려움이 가득하다. 나도 모르게 흐르는 눈물이 쉴 새 없이 흐른다. 약 15분, 20분쯤 흘렀을까, 코드블루 종료 안내방송이 나온다. 방송과 동시에 나는 끌어안았던 빈이를 가만히 내려놓았다. 그리고 줄곧 부들부들 떨리는 나를 팔로 감아 안았다. 이제 익숙해질 만도 한데, 나는 늘

---

26 병원응급코드(hospital emergency code)의 한 종류로, 심장마비 환자가 발생할 때 사용한다. (출처: 위키디피아)

두려움과 공포 속에서 시간이 가기만을 기다린다.

암 병동 특성상 365일 24시간 칸막이 커튼이 특별한 날이 아니면 열릴 날이 없다. 유아들의 침상은 따로 유아침상이 아닌 어른 침상에 안전보호대까지 사방으로 설치해서 사용한다. 그 침대에 빈이랑 내가 누우면 딱 맞는 공간이 생긴다. 어느 날은 그 침대가 꼭 시체가 누워있는 관 속같이 느껴져 운 적도 있다. 하지만 다음 날이면 언제 그랬냐는 듯이 빈이의 기상과 동시에 밝은 얼굴의 엄마가 되어야 했다. 우리 샛별 빈이가 얼마나 기다렸을 아침인가! 아침에 눈을 뜬다는 사실에 새삼 감사하며 나는 빈이를 내내 바라보고 또 바라보았다.

그런데 어김없이 밤이 되고, 특히나 코드블루가 126병동에 울리고 나면 나는 공포를 끌어안고 밤을 지새워야 했다. 그나마 잠이 들었다가도 소스라치게 놀라 곤히 자고 있는 아이가 혹여 숨을 안 쉬지는 않을까 싶어 코에 손을 갖다 대어 보고, 가슴에 귀를 대고 심장 뛰는 소리를 확인하고 나서야 다시 눈을 감고 잠을 청할 수 있었다. 그리고 버릇처럼 빈이의 가슴에 손을 얹고 잠을 잤다. 숨소리와 심장 뛰는 느낌을 느껴야 잠을 이룰 수 있었다. 그 소리가 내게는 그 무덤 같은 병원 침상에서 유일한 자장가였다.

나를 버티게 해 준 것들

　하루가 다른 불안함 속에서 나는 잠시 잠깐이라도 환기가 필요했다. 그래서 어느 날부터 하루가 마무리되는 밤이 되면 잠든 빈이 옆에 누워서 스마트폰으로 단순게임을 했다. 내가 하는 게임은 정말 단순해서 게임하는 동안엔 다른 생각을 하지 않을 수 있었다. 어느 날은 친한 언니랑 안부통화를 하다가 단순게임에 심취하고 있다고 하니 언니가 게임머니를 왕창 선물해준 적도 있었다. 내가 단순게임으로 잠시라도 다른 것에 정신을 옮길 수 있다며 좋아하니 그렇게 해준 것이었다. 그때부터 습관처럼 잠들기 전에 했던 단순게임 5판은 4년이 넘는 시간 동안, 그 이전의 게임 이력까지 하면 약 8년간, 하루를 마무리하는 하나의 의식이 되어버렸다. 처음 게임하는 동안엔 집중하느라 아무 생각도 못했다. 그런데 익숙해진 뒤부터는 게임을 하는 동안 하루의 일과를 떠올리고 정리하는 지경에 이르렀다. 그렇게 단순게임을 하며 수없이 드렸던 기도와 마음정리들은 내게 그 어떤 것보다 도움이 되었다.

　단순게임을 넘어서 내가 또 몰입할 수 있었던 것은 책이다. 기억에 남는 문구를 적고, 느낌과 생각도 적어가며 읽었다. 병원에서 아이를 돌보는 일 외에는 책만 읽은 듯싶다. 바쁜 일상 중에도 매년 약 100권 정도의 책을 읽었던 나는 병원에서 보내는 시간과 아이 투병하는 기간 동안에는 두 배 이상의 책을 읽었다. 책이 재밌기도 했지만 책을 읽다보면 현실에서의 내가 조금은 홀가분해지는 느낌이 들어서 마음이 안정되었다. 책은 내 마음을 훨훨 날 수 있게 해주었고, 세상과 소통할 수 있는 강력한 통로가 되어 주었다. 처한 환경 속에서 한없이 편협하고 옹졸해질 수 있는 내게 좀 더 배려하고 이해하는 법을 가르쳐준 것도 바로 책이었다. 아이의 질병으로 불안한 감정이 높아져 있을 때 내게 이성을 찾아 준 귀중한 자산이었다. 아이와 함께 아이의 투병생활 속에서 나를 찾을 수 있는 통로가 책이었다는 것은 돌아보면 참 감사한 일이다.

빈이가 진단을 받자마자 지인들이 하나같이 카톡이며 전화로 안부를 물었다. 일상생활에 지장이 될 정도로 오는 연락들은 어느 순간 고마움을 넘어서 내게 부담이 되었다. 일일이 답변하고 전화를 받다 보니 빈이를 돌보는 데 방해가 되었다. 그래서 일단은 내가 평소에 활동하던 SNS에 선포해버렸다. '우리 빈이는 이런 병명을 진단받았고, 앞으로 이런 치료를 받게 될 것이다'라고 말이다. 가깝게는 양가부모님까지도 불안하고 걱정되는 마음에 자주 하시던 연락이 뜸해졌다. 그만큼 샛별 빈이의 일거수일투족, 치료 동안의 기록을 상세히 SNS에 남겨놓았다. 염려와 걱정으로 가득했던 카톡과 전화, 메시지들은 SNS상의 응원 덧글로 바뀌었다. 응원 덧글은 내게 더없는 힘이 되었다. 그리고 SNS상에서의 기록은 일기와도 같아서 하루 일과 중 기억이 될 만한 것들을 글감으로 찾고 기록했다. 또한 SNS는 쉽게 만날 수 없는 지인들과 소통하는 공간이 되어 주었다.

빈이의 진단 이후 걱정하고 염려했던 일들이 수없이 많았지만 내가 속했던 환경에서 내쳐지는 것, 배제되는 것, 지인들 틈에서 잊히는 것, 내 존재감이 없어지는 것은 마치 내가 죽은 것처럼 느껴질 만큼 두렵고 무서웠다. 다시 일상으로 돌아가리라는 생각을 하루에도 수없이 하고 있는데, 만약 내가 긴 시간 동안 자리를 비웠다고 해서 내 자리가 사라져 있으면 어쩌나 하는 쓸데없는 걱정까지 하고 있었던 것이다. 그런데 SNS 활동은 그러한 염려를 덜어주었고 안도감을 느끼게 해 주었다. 언제고 내 일처럼 걱정해주고, 아이 셋을 내 아이처럼 생각해준 나의 SNS 친구들에게 많이 고마웠다고 말하고 싶다.

산책도 내가 빈이와 가장 많이 한 일이다. 병원 침상에서의 지루함을 달래기 위해 병동을 돌던 것이 어느새 내게 힘이 되어 주고 있다는 사실을 알게 되었다. 빈이는 하루에도 만보가 넘는 걸음을 걷도록 병실을 나가자고 보챘다. 빈이의 보챔이 도리어 내게 좋은 영향을 남겨주었다. 격리되어 못 가는 곳을 제외하고는 병원 어디든 빈이랑 유모차나 휠체어만 있으면 헤매고 돌아다녔다. 걷다가 힘들면 벤치에 앉아서 쉬다가 다시 걸었고, 밤이고 낮이고 가리지 않고 다녔다. 기분을 좋게 하는 호숫가나 등산로였거나 숲이었다면 더 좋았겠지만 병원을 돌아다니는 것도 그리 나쁘지만은 않았다. 자주 돌아다니다 보니 빈이랑 나랑 자주 가는 우리만의 아지트까지 생겨났다. 지금도 가끔 머리가 복잡하거나 마음이 불편한 일이 생기면 아파트 단지를 따라 난 농로를 따라 걷기도 하고, 호숫가를 걷기도 하면서 마음을 정리한다.

그렇게 단순게임, 책, 빈이의 하루와 내 감정을 기록한 SNS, 산책은 병원 생활을 하는 동안 어느 정도의 평온을 찾아주었고, 치료에 집중할 수 있도록 도와주었다. 또한 이렇게 책을 출판하게 된 초석이 되어 주었다.

까만 작은 손

지난 목요일 외래 항암 후부터 전체적으로 충혈이 생겼다. 특히 오른쪽 눈 안쪽으로는 주변 공막보다 충혈이 심하다. 피곤하면 좀 심해지고 좀 쉬면 또 사라지기를 반복했다. 목요일에 외래를 다녀오는 길에 온 식구가 병원 근처 박물관을 다녀왔고, 토요일에는 물고기 좋아하는 빈이를 위해 아쿠아리움을 갔던 게 힘들고 피곤해서일까? 아니면 항암치료약이 작용하는 한 과정인 것일까? 빈이의 충혈된 눈을 보면서 오만 가지 생각이 든다.

저녁에 잠자리에 들어 언제나처럼 빈이랑 얼굴 마주보며 누웠다. 충혈된 눈을 보니 컨디션 조절을 못 해준 미안한 맘과 걱정되는 맘이 들었다.

"빈아, 아퍼?"

"아니."

"빈아, 아프지마!"

"왜?"

"우리 샛별 빈이 아프면 엄마가 많이 속상하고, 엄마두 아프거든."

"으응!"

"그러니깐 아프지 말라구⋯."

"응!"

정말 알아듣고 대답하는 것인지 모르지만, 일단 대답을 하는 것을 보니 제법 말이 통하고 의사표현도 되는 듯 조금은 안심이 된다. 내일은 입원하러 간다. 화요일은 검사와 항암치료다.

벌써 8번째 안내검사다. 이제 안과수술실 선생님들이 나와 빈이 얼굴은 익숙하다면서 웃는다. 안약도 잘 넣고, 금식도 잘 하는 빈이는 이제 수술실에서도 울지 않는다. 항상 같은 코스지만 늘 눈물을 달고 다니는 다른 아이들과는 다르게 제법 의젓하다. 언제나처럼 수술실에 아이를 두고 나오면 만감이 교차한다. 또 기다리는 시간은 천년 같다. 30분 만에 안과 의사선생님이 호출하신다. 원래 있던 암 조직은 별 변화가 없으나 주변에 안보이던 새로운 암세포 씨앗들이 서너 개 생겨서 레이저 치료를 시행하셨다고 한다. 아직 수술하기엔 이르지만 항암 중에 생긴 씨앗들이라서 수술에 대한 마음의 준비는 늘 하고 있으라 하신다. 불안한 내 눈빛을 본 의사선생님은 당장은 아니니 좀 더 지켜보자고 나름 강조하며 안심시켜 주신다. 무슨 말을 해야 할지 몰랐다. 닷새 전부터 보인 충혈된 눈이 결국 이런 결과를 안겨주었다는 생각에 더욱 할 말이 없었다. 지금은 살아 있는 건강한 왼쪽 눈을 지키는 것이 더 중요하니 왼쪽 눈은 건강하냐고 질문하고는 긍정적인 대답을 들은 뒤 물러났다. 적출수술에 대한 마음의 준비야 진단받은 후로 매번 검사 때마다 나온 가슴 서늘한 이야기였다. 그런데 이번엔 정말 뭔가 맘을 굳게 먹어야 할 시기가 온 것만 같았다. 나는 의사선생님과의 무덤덤한 미팅을 끝내고 회복실에서 빈이를 품에 안은 채 휠체어에 앉았다. 이동간호사가 밀어주는 휠체어 위에 앉아 흘러가는 주변을 바라보며 병실로 올라왔다.

아직 아침회진 전이다. 빈이가 검사 끝나고 우유 먹고 싶다고 해서 우유를 주고 다 먹을 때쯤 혈액종양과 의사선생님이 회진을 오셨다. 이렇게 아침 일찍 안과 검사가 있는 날은 우리가 안과수술실에서 검사를 하고 안과 의사선생님께 결과를 먼저 듣기 때문에 혈종과 의사선생님이 내게 물으셨다.

"새로운 녀석이 몇 개 생겨서 레이저 치료를 하셨다네요." 말하고 싶지 않은 대답을 했다. 이내 의사선생님도 나도 얼굴이 굳어졌다. 내성이 생겨 쓰고 있는 항암제가 반응하지 않는 걸로 보는 혈종과 의사선생님은 안과 의사선생님과 얘기해보고 다시 얘기하잔다.

아침회진을 마치고, 우두커니 앉아있었다. 지난번 복도에서 의사선생님과 심각한 대화를 하고는 아픈 자식 앞에서 눈물을 보이지 않으려고 화장실에서 혼자 울던 어느 엄마와, 우는 엄마 얼굴을 아이가 볼까 봐 휠체어에 아이를 태운 채 하염없이 울면서 병동을 돌던 엄마가 떠올랐다. 이미 마음의 준비를 했다고 생각했는데 쏟아지는 눈물을 주체할 수 없었다. 빈이는 깨서 앞 침상 8살 석이 형이랑 재밌게 논다. 그런 빈이를 보면서 울다 웃다 한다. 어디로든 마음에 고인 눈물이 쏟아져 나와야 속이 시원할 것만 같았다.

빈이가 산책을 가자 한다. 언제나처럼 휠체어에 앉히고는 울면서 병동 탑돌이를 했다.

'나 어떡하냐고, 우리 샛별 빈이 어쩌냐고…'

그런 내 맘을 아나 모르나 빈이는 스마트폰에서 흘러나오는 동요에 엉덩이를 들썩이고 두 손 두 발 다 들어가면서 춤까지 추며 즐거워한다. 병동의 아무나 찾아가서 실컷 울며 넋두리라도 하고 싶었다. 나 좀 안아달라고 하고 싶었다. 그러나 병동 어디에도 내 울음을 받아줄 만하고 기댈 수 있는 처지의 여유 있는 엄마는 없었다. 어쩌면 나는 그저 이만하길 다행이라면서 감사하지 못하고 투정이나 부리는 철부지 엄마로 보일지도 몰랐다. 아이와 눈을 마주치는 일이 오늘처럼 곤혹스러울 수가 없었다.

조용한 오후, 빈이를 눕혀 기저귀를 갈다가 나도 모르게 내가 울고 있었나 보다.

"엄마! 울어?"

"…"

"엄마! 엄마 우냐고? 왜 울어? 응?"

"응?!"

"왜? 때찌. 땟찌. 땍!"

누가 그랬냐며 빈이는 혼내주겠다는 뜻으로 인상까지 써가면서 침대를 손바닥으로 세 번이나 내려친다.

"으응. 빈이가 쉬를 너무 예쁘게 잘 싸서. 예뻐서 울어."

"으응."

바지를 올리려고 일으켜 세우는데, 항암으로 온통 까만 작은 손으로 내 눈물을 훔쳐내 준다.

"엄마, 뚝!"

"…."

아무 말도 못하고 그냥 애를 끌어안아 주면서 하염없이 울었다.

"엄마… 뚝해… 뚝… 아이참!"

샛별 빈이가 옆에 없었더라면 그 자리에 그냥 주저앉아 땅으로 꺼질 것만 같았다. 그렇게나마 나를 안아주고, 내 눈물을 닦아주는 어린 3살 빈이가 이렇게 사랑스럽게 날 바라봐주고 걱정해주는데 내가 먼저 놓을 수 있는 문제가 아니었다. 누가 엄마를 강하다고 했을까? 이렇게 의연하지 못한 내가 바보 같았다.

'나 어쩜 좋아… 나 어떻게 해야 해….'

오후 회진엔 의사선생님은 안 오시고 4년차 레지던트만 왔다. 말을 들어보니 의사선생님은 일이 바쁘기도 했겠지만 깊은 고민을 하고 계시리란 걸 느낄 수 있었다. 안과 의사선생님의 의견에 따라 항암을 더 진행해보는 걸로 결론이 나고 있다는 얘기와 더불어 내일 오전 회진에서 앞으로의 치료 진행 방향을 말해주실 것 같다고 전달해 준다. 이제 바뀌어 얼굴 몇 번 못 본 4년차 레지던트를 붙잡고 또 아무 말도 못하고 소리죽여 울었다. 나도 울고 4년차 선생님도 울고, 같이 온 선생님들도 눈가가 촉촉했다.

2부

빈이가 낮잠을 길게 자 주었다. 긴 빈이의 낮잠만큼 나도 길게 울었다. 어찌되었든 좀 울고 나니 마음이 많이 정리가 되었다. 하지만 수술만 생각하면 부들부들 온몸이 떨리고 정신이 아득해지기는 마찬가지였다. 매번 언젠가 수술이 찾아오게 되면 이렇게 울고불고 하지 않겠다고 마음을 다독였는데도 속절없이 이렇게 요동치고 있다. 당장 오늘 결정 날 일은 아니지만, 나나 우리 빈이, 우리 가족이 겪어내기에는 너무 버거운 일이다.

3부

마음의 눈을 얻고

2016년 8월 - 현재

수술 - 다시 일상

마음을 먹다

사람이 마음을 먹는다는 건 참 어렵다는 걸 다시금 깨달은 오늘이었다. 왜 마음을 '먹다'라고 표현했을까? 마음먹기까지 힘이 들어 식음을 전폐하게 되니 그런 걸까? 마음의 결정을 하게 되면 음식도 입에 들어갈 만큼 편안해지니 '마음을 먹는다'고 표현한 것은 아닐까 생각했다.

나는 오늘 마음먹는 일이 정말 힘들었다. 하루가 천년같이 길고 멀고 어두웠다. 어느 것이 먼저랄 것도 없이 휘몰아쳐 다가오니 숨 쉴 틈도 없었고 다급하고 초조하기만 했다.

아침 회진에서 혈종과 의사선생님의, "좀 어려울 것 같아요"를 듣는 순간, 8개월 동안 참아왔던 모든 것이 봇물이 터지듯 주저앉아서 꺼이꺼이 울었다. 이성을 잃었던 것 같다. 이미 알고 있는 일이었지만 의사선생님의 입에서 확실한 대답을 듣는 순간 못 박히듯 모든 것이 무너져 내려앉았다. 여러 의사선생님, 간호사, 방식구들까지 병실 바닥에 주저앉아 꺽꺽대며 울고 있는 나를 누구도 뭐라 할 수 없었다. 곧 죽을 것만 같이 숨 가쁜 울음을 그치지 못하는 나를 그저 바라보거나 소리 없이 같이 울어 주었다. 보다 못한 수간호사와 레지던트가 나를 부축해 보호자 침상에 앉혔다. 의사 선생님은 그렇게 결정하기 힘들다면 한 번 더 항암을 해보겠느냐고 물었다. 이미 그 단계를 지나쳐 왔다는 걸 나도 아는데 그게 무슨 소용이 있겠는가! 머리로는 아는 사실을 가슴으로 받아들이지 못했다. 좀 더 다른 방향의 최선의 방법이 있지는 않았을까 하는 후회의 마음과 적출해야 한다는 공포, 앞으로 빈이가 평생 장애를 안고 살아야 한다는 생각에 마음이 미어졌다. 의료진들은 더 이상 아무 말도 하지 못한 채 내내 울고 있는 나와 빈이를 뒤로하고 병실을 벗어났다.

얼마나 울며 보냈을까? 엎친 데 덮친 격으로 서영이가 지난달에 맞춘 드림렌즈를 세척하다가 세면대 앞에서 잊어버렸다고 울먹이며 연락이 왔다.

'눈. 눈. 눈. 대체 나한테 왜 이러는 거야!'

알았다고 하고는 전화를 끊었다. 온통 서럽기만 했다. 정신을 못 차리는 와중에 작은 고모가 밥을 싸들고 왔다. 뭐라도 먹으라며 자꾸 내 입에 떠 넣어준다. 모든 것이 귀찮다. 이런 상황에 내가 밥을 먹어야 한다는 것이 사치스럽게 느껴졌다. 고등학교 동창 친구부부가 아이들 셋을 데리고 병문안을 왔다. 퉁퉁 부은 내 얼굴을 보자마자 나를 끌어안고 같이 울어준다. 늘 새벽마다 빈이를 위해 기도하는 고마운 친구다. 친구부부의 병문안으로 정신을 차렸나 했는데도 여전히 마음이 무겁고 불안하다.

신랑에게 메시지를 보냈다. 지금 빈이는 이런 상황인데 생각해 보아야 할 시간이 왔다고. 신랑은 읽었는데 답이 없다. 이미 아침 회진 후에 통화하면서 아무 말도 없었던 그때부터 울고 있었을 거라는 걸 안다. 오후가 되어 KTX를 타고 병원으로 오고 있을 시간에 장문의 메시지가 왔다. 우리가 같은 생각으로 같은 방향을 바라보고 있는 것을 확인하고 나니 도리어 고맙고 의지가 되면서 다행이라는 생각이 들었다. 나만 힘들 줄 알고 내 짐이라고만 생각했었다는 걸 다시금 알게 되었다. 나는 빈이 옆에서 병간호를 하며 힘들면 울고 글도 쓰고 전화통을 붙잡고 누군가에게 쏟아내기라도 하는데, 신랑은 회사에서 일을 해야 하니 바빠서 마음을 돌아볼 시간도 없고, 울컥 쏟아지는 눈물 같은 건 상상도 못할 일이라는 걸 안다. 나중에서야 알았지만 출퇴근길에 혼자 차 안에서 앞이 안 보이도록 매일 매일 울었다고 했다. 우리는 그렇게 같이 울고 있었다. 그리고 같이 견뎌내고 있었다.

오후 4시 혈종과 의사선생님이 찾아오셨다. 선생님이 말씀하시기 전에 우리의 뜻을 전했다. 의사선생님도 덤덤히 받아들이셨고, 이런 선택이 빈이랑 우리가 좀 더 오래 함께 할 수 있는 길임을 확인하고 또 확인했다. 그런 중에 신랑이 충혈된 눈으로 도착했다. 못 다한 이야기를 셋이 나누었다. 면담을 끝내고 나니 짐을 하나는 덜은 듯 조금은 가벼워졌다. 또 한 고개를 우리가 같이 넘고 있다는 사실에 안도되었다.

빈이는 아빠가 와서 신이 났다. 어제 오늘 하루 종일 말도 없이 울기만 한 엄마와 있다 지치기라도 한 듯 아빠를 더욱 반가워했다. 빈이를 휠체어에 태우고 셋이서 산책을 했다. 우리 셋이 함께 걷는 거, 참 오랜만이었다. 늘 곁에 있어서 당연하게 여기고 있었지만, 신랑은 내게 가장 큰 버팀목이 되어주고 있었다. 무거운 발걸음으로 혼자 걷던 산책길을 신랑과 둘이 걸으니 한없이 가볍게 느껴졌다. 마음을 먹고 나니 그제야 배가 고팠다. 셋이 밥을 맛있게 먹었다. 배가 든든하니 더욱 편안하다.

대학 때부터 단짝인 친구가 한달음에 달려왔다. 오전에 나한테 전화하고는 우는 목소리에 부랴부랴 올라왔다. 중국 상해에 사는 친구는 마침 휴가차 한국에 들어와 있었다. 이 친구는 대학 때부터 줄곧 내가 가장 힘들 때, 늘 꼭 크게 홈런으로 다가오는 그런 친구다. 오늘도 이렇게 달려와 준 이 친구와 휴게실에 마주앉아 주거니 받거니 울기도 하며 두런두런 얘기를 나누었다. 다른 사람이 나한테 한 이야기도 이 친구한테 들으면 늘 마음에 보석처럼 박힌다. 친구의 말이 위로가 되었다. 친구와 신랑은 돌아가고, 다시 빈이랑 둘이 남았다.

"빈아. 샛별 빈아. 오늘 하루 고마워. 안약 넣는 거 힘든 데도 잘 이겨주고, 마취도 잘 하고 또 레이저 치료도 잘 받고, 밥도 점심, 저녁 모두 잘 먹어주고, 쉬도 잘 싸고, 응가도 예쁘게 싸고, 수치도 올라가고, 모두 고마워. 오늘 아주 멋졌어. 사랑해."

"으응. 엄마 좋아. 많이!" 저녁에 잠자기 전에 기저귀 갈아주면서 오늘 하루도 진심으로 눈물 나게 고마워서 하나하나 조목조목 얘기해주니깐 빈이도 내가 많이 좋다며 엄지척을 해주었다. 연이틀 제정신이 아닌 엄마 눈치 보느라 스트레스 받아 낮잠 한 번 깊이 못 잔 빈이가 잔다.

2박 3일 만에 씻었다. 힘들고 어려운 생각, 부정적인 생각도 같이 씻겨 보냈다. 개운하다. 뭔가 좋은 일이 보인다. 아침에 신경질을 부린 딸내미에게도 미안하다고 사랑한다고 메시지를 보냈다. 올 것 같지 않던 평화가 찾아왔다. 언제 또 성난 파도처럼 요동칠지 몰라도 당장의 평안에 감사하게 되었다. 내가 갖고 있는 밑바닥 어딘가에 있는 쪼가리 긍정이라도 끄집어내서 긍정하기로 했다. 어제 오늘 메시지로 전화로 위로해준 따뜻한 손길들. 이 따뜻함에 오늘도 내가 버텨내고 있다. 결국 버티는 게 이기는 것이다.

안성형안과에 가다

수술을 결정하고 나니 모든 것이 일사천리였다. 제일 먼저 오전 중에 안성형안과 협진으로 외래를 가야했다. 대기실 앞은 인산인 해다. 유독 한쪽 눈을 가린 환자들이 많이 보였다. 거즈로 가린 사람, 안대를 한 사람, 짙은 선글라스를 쓴 사람, 두꺼운 안경을 쓴 사람 등 가지각색이다. 진료실 밖에서 울컥거리는 것을 진정하고, 저 승사자를 만나러 들어가는 마음으로 안성형안과 의사선생님을 만났다. 지금 시점에서 다른 과 의사선생님보다도 안성형안과 의사 선생님은 우리 빈이에게 정말 중요한 분이라는 게 분명한데도 거부감부터 일었다. 그러나 진료실에서 표정이 밝고 미소가 예쁘며 말씨도 고운 40대 여자선생님을 보자 마음이 놓였다. 진료실로 들어서는 내 얼굴이 많이 굳어 있었나 보다. 긴장한 기색이 역력한 날 보자마자,

"저는 이 수술을 성공적으로 아주 잘해요. 그러니 수술 걱정은 안 하셔도 돼요."라며 웃으면서 나를 안심시켜 주신다. 내가 가장 걱정하고 있는 부분을 콕 집어서 묻지도 않았는데 먼저 대답해 주셨다. 뭔가 많은 것을 여쭤 보아야 할 것만 같았지만 이미 내 속에 울음주머니가 울컥거려서 더 많은 질문은 하지 못했다. 그렇지만

일단 수술에 자신 있으니 염려 말라는 말에 안심이 되었다. 진료실 밖이며 진료실 안이며 굉장히 바쁘고, 선생님도 바빠 보여서 짧은 면담으로 진료실을 나왔다.

수술코디네이터에게서 좀 더 자세한 이야기를 들었다. 빈이가 적출 수술을 받은 후 안구를 채울 공간에 들어갈 안와보형물에 대해서도 모형을 보여주면서 설명해주셨다. 예전에는 무거운 유리소재로 안구를 채웠는데, 이런 소재는 안구의 기형이 많이 발생했고 2차, 3차 수술을 필요로 했지만 지금은 의료의 발전으로 인공안구의 소재도 많이 변화가 된 상태라고 했다. 빈이가 넣을 안와보형물은 치아 임플란트를 하는 소재로 가볍고 반영구적이라서 추후에 특별한 질환이 발생하지 않는다면 수술이 별도로 필요하지 않다는 설명을 들었다. 전문적인 용어가 많아서 내가 이해한 부분은 거기까지였다. 빈이가 일주일 남짓 남은 기간 동안 주의할 것은 평소에 먹고 있는 오메가-3만 먹지 않는 것이었다. 오메가-3 성분이 수술 후 일시적으로 과다출혈을 불러일으킬 수 있기 때문에 그것만 주의한다면 크게 문제될 것은 없다고 했다. 마지막으로 수술일정을 다시 체크했다.

8월 18일 입원, 19일 수술, 22일 퇴원 예정.

8개월의 기나긴 과정을 지나 드디어 서막을 끝내고 다음 막을 기대할 차례였다. 이제 수술을 결정했으니 그 후의 일들을 고민하고 어떻게 살아가야 할지 생각해보아야 했다. 치료받는 동안의 시간만큼 앞으로의 나날은 더욱 소중하고 고귀한 시간이 될 것이다. 차근차근, 천천히 한 발짝씩 걸어보기로 했다.

기다리는 시간

수술을 결정하고, 수술 전 검사와 면담을 마치고 나름 가벼운 마음으로 퇴원했다. 이번 퇴원길은 다른 퇴원길과는 다른 느낌이었다. 병원 입·퇴원이 한두 번도 아니고 더 길게 병원에 있었던 적도 많았는데, 이번엔 꼭 감옥에 있다가 출소한 느낌이었다. 이제는 고속도로의 풍경이 외워질 만큼 익숙한데도 오늘따라 낯설게 느껴지고 어색했다. 왠일인지 샛별 빈이도 더 즐겁게 흥얼흥얼 콧노래를 부르면서 카시트에 얌전하게 앉아있다.

밤에 잘 땐 선선하더니 아침이면 언제 그랬냐는 듯 무더위의 연속이다. 내 생전 이런 지독한 여름은 처음이지 싶다. 얼른 이 무더운 여름이 지나갔으면 좋겠다. 날이 더워서 그런지 밤엔 잠을 설쳤다. 잠든 빈이에게 얇은 이불을 덮어주고 부채질 해주며 밤을 지새웠다. 그렇게 며칠 째 밤을 보내느라 피곤이 쌓일 대로 쌓였다. 하룻밤 사이에도 악몽을 여러 번 꿨다. 식은땀이 어찌나 났는지 오한이 나고 온몸이 난리다.

'괜찮다, 괜찮다, 다 괜찮다. 곧 다 괜찮아진다. 너무 두려워하지 않아도 된다. 조금 혹독하게 지나갈 뿐이다. 이런 두려움조차도 다행이었다고 가슴을 쓸어내리는 날이 올 거다. 그러니 조금만 참자. 우리를 지금까지 지켜주시는 그 분이 우리와 함께 하실 거다. 괜찮다, 괜찮다, 다 괜찮다.'

　주문 외우듯 중얼중얼 해본다. 그러다가 명치끝 울음주머니가 링거액 떨어지듯 툭 떨어지면 소리 없이 운다. 침실을 나와 꽃미남들 방문을 열었다. 쭌이랑 빈이가 서로 얼마나 좋으면 코딱지만 한 베개 하나를 베고 마주보면서 잔다. 빈이의 어깨에 놓인 쭌이의 손 하나가 동생을 향한 형아 쭌군의 마음같이 다가온다. 언제나 그와 같은 다정함이 있는 형아 쭌군이 있었기 때문에 빈이가 잘 버텨냈는지도 모른다. 형만 한 아우 없다는 말이 그냥 있는 말은 아니지 싶다. 두 녀석에게 마냥 고맙다. 느닷없이 애 셋을 낳길 정말 잘했다는 생각이 들었다.

　수술을 위한 입원 날짜까지 일주일 남았다. 수술 날을 기다리는 동안 무엇을 해야 할까 고민이 되기 시작했다. 가장 먼저 생각해 낸 것은 가족여행이었다. 빈이가 아프지 않았더라면 매주 전국 어디든 떠났을 우리였는데, 빈이가 아픈 후로는 여유롭지 못했다. 무엇보다 빈이가 응급실을 가야하는 상황이 올 수도 있어서 해외여행은커녕 국내여행도 멀리 떨어진 곳은 갈 수가 없었다. 물론 지금도 불안하기는 마찬가지였다. 수술 전에 아프기라도 하면 큰일이라서 빈이의 컨디션 조절은 가장 고려해야 할 사항이었다. 그래서 당일로 다녀올 수 있는 코스를 정했다. 집에서 약 3시간 거리에 있는 불빛축제였다. 유난히 반짝이는 빛을 좋아하는 빈이에게 불빛축제는 더없이 좋은 시간이 될 수 있을 것 같았다. 내가 어릴 적 무더운 여름밤 시골에서 보았던 하늘을 가로지르는 은하수를 보여주고 싶었다는 것이 더 솔직한 마음이었다. 이미 오른쪽 눈에는 시력이 없어서 수술 후에 보는 것과 다르지 않을 텐데도 나는 무슨 심리인지 수술 전에 더 많은 것을 보여주고 싶었다. 불빛축제가 열리는 곳 근처의 박물관도 들렀고, 꽃남매들이 좋아하는 맛있는 식사도 했다. 어둠이 몰려오는 저녁시간을 기다려 불빛축제공원 곳곳을 누볐다. 꽃남매들이 좋아하는 캐릭터며 각종 조명과 불빛들이 빈이의 반짝이는 눈을 더욱 반짝이게 해주었다. 형형색색의 불빛 속에 있는 빈이는 딱 3살 여느 또래와 다를 바 없었다. 그걸 바라보는 우리 모두 즐거웠다. 거창하고 특별한 곳은 아니더라도 샛별 빈이가 이렇게나 좋아하니 오길 잘했다는 생각이 들었다.

두 번째 생각한 것은 가족사진이었다. 해마다 찍는 가족사진이지만 올해는 좀 더 특별하고 의미 있는 가족사진이 될 터였다. 수술 날짜가 며칠 남지 않은 상태라 스튜디오를 잡는 일도 쉽지만은 않았다. 다섯 군데 스튜디오에 전화한 끝에 한 곳에 시간이 맞아서 예약할 수 있었다. 집에서도 가깝고 분위기도 좋고, 직원분들도 친절하니 마음에 들었다. 우리의 지금을 기념하기에 더없이 좋은 곳을 선택하게 되었다면서 어린애처럼 좋아했더니 신랑이 오랜만에 내가 웃는 걸 본다면서 덩달아 좋아한다.

　무더운 8월 15일 광복절이다. 부랴부랴 급히 준비한 가족티를 입고 무더운 여름을 달려 스튜디오에 도착했다. 뭔가 꾸미고 구상할 시간조차 없었지만 우리 다섯 식구가 다 같이 함께 웃을 수 있다는 것이 행복한 일이었다. 꽃남매들의 행복한 웃음소리를 간만에 들으니 살아 있는 것 같았다. 약 8개월이 넘는 시간 동안 힘겹게 달려 온 우리 꽃남매 가족에게 자찬의 박수를 보냈다. 앞으로 8년 80년 더 많이 오래 오래 빈이의 다름을 함께 짊어지고 나누면서 가길 진심으로 바랐다. 빈이가 잘 이겨내 주기를 바라는 다짐과 격려, 응원을 가득 담아 우리의 무더운 8월을 가족사진으로 남겼다.

이별하다

　8월 18일. 수술을 위해 입원하러 간다. 입원 전에 망막센터 안과 외래가 잡혔다. 머리가 하얀 할아버지 의사선생님. 빈이는 할아버지 선생님을 잘 따랐다. 진료 받는 동안에도 얌전했고, 3살 같지 않은 예의가 있었다. 일주일간 복잡했던 마음이 선생님을 뵙고 나니 좀 더 편안해졌다. 우리가 이 선생님을 찾아 선택한 것에 대해 다시 한 번 행운이었다는 것을 실감했다. 무엇보다 매번 빈이를 중심으로 생각해주시는 마음이 늘 내게 닿았다. 망막모세포종이라는 질병 앞에서 부모인 우리보다 더 안타까운 마음을 가지고 회복되길 바라고 계셨다. 늘 최악의 상황에서 따뜻한 말 한마디로 우리를 격려해주신 것을 잊을 수 없을 것이다. 편안한 마음으로 진료실을 나와 레지던트 4년차와 면담했다. 내 마음이 전해진다면서 눈가가 촉촉해지더니 운다. 남자선생님의 눈물이 나를 더 울게 만들었다. 조금은 낯선 이가 우리를 위해 잠시 울어주었다는 것에 더없이 감사했다. 냉정하게 병중에 대해, 수술에 대해 설명하고 나면 그만이었을 수도 있는 그런 의료진과 보호자의 관계인데도 질병으로 고통 받았을 빈이와 우리 가족이 안타깝다면서 흘린 눈물은 잊을 수 없을 것 같다. 레지던트의 말에 의하면 내일 의사선생님이 수술 전에 안저검사를 다시 하겠다고 하셨단다. 수술 시간이 좀 꼬이긴 하겠지만 꼭 다시 빈이의 눈을 확인하고 수술을 진행하시겠다고 아쉬움을 표현하셨다 했다. 그만큼 빈이의 상황에 안타까움을 갖고, 미련을 두고 계신 거라는 걸 레지던트는 알고 있었다. 나는 끝까지 적출수술을 피해갈 수 있을 거라는 기대를 버리고 싶지 않았다. 하지만 이 병이 그 수술로 완치되어야 비로소 마침표를 찍는 것이라면 이제 모든 걸 받아들이기로 했다. 어떤 수술이라도 어쩔 수 없이 감내해야 했다.

오전 진료를 마치고 병원 식당에서 빈이랑 점심을 먹었다. 점심을 먹은 후 병원숲휴게실에 자리를 잡고 앉았다. 병원 천장까지 뻗어 있는 나무들 사이로 귀를 간질이는 선선한 바람이 불어오는 것처럼 느껴졌다. 정말 오랜만에 느껴보는 편안한 쉼이었다. 빈이도 이젠 벤치에 앉아서 쉬는 법을 안다. 내 옆에서 다리를 쪽 뻗고 앉아 내 얼굴과 주변을 번갈아 쳐다보면서 내게 이런 저런 말을 걸어오는 샛별 빈이가 오늘따라 더 사랑스럽게 느껴졌다. 민머리에 눈썹도 다 빠지고 입술은 하얗고, 항암으로 인한 착색으로 검어진 피부와 빼빼 마른 몸, 아픈 눈이라고 믿어지지 않을 만큼 샛별처럼 반짝반짝 빛나는 눈을 한 빈이가 내게 엄마라고 불러주는 게 더 없이 고마웠다. 샛별 빈이도 알아듣는 듯 나를 보고 웃어준다.

내일 드디어 수술하는 날이다. 빈이도 뭔가 아는지 자정이 좀 넘어서야 잠이 들었다. 아침 7시 30분. 여느 날보다 대기시간이 길게 느껴졌다. 수술실로 이동해서 8시 8분부터 약 15분간 안저검사를 했다. 안과 의사선생님이 수술실에서 나왔다. 내내 빈이에 대한 미련이 많이 남으셔서 수술 직전까지 끈을 놓지 못하셨다고 말씀하신다. 수술 전에 안저검사한 아이는 빈이가 유례없이 처음이라신다. 안저검사 결과는 지난번 레이저 치료가 잘 유지되고 있는 상태라고 하셨다. 그러나 지금 유지되고 있더라도 언젠가는 수술을 피할 수 없게 될 거라는 말에 수술은 예정대로 진행하기로 했다. 수술시간은 대략 2시간, 3시간.

지난 8개월 동안 익숙하게 드나들던 수술실에 빈이를 눕히고 볼에 뽀뽀를 해주었다.

'빈아, 푹 자고 일어나면 모두 괜찮아질 거야. 엄마 빈이 옆에 있을게.' 마취가 되는 중에도 나를 보며 고개를 끄덕인다. 마취 후에 참았던 눈물이 또 쏟아진다. 수술실을 나가지 못하고 서 있는 나를 간호사가 부축해서 데리고 나온다. 간호사의 손을 뿌리치고 다시 수술실로 달려가서 애를 안고 어디론가 홀연히 사라져버려야 하나 하는 생각이 들 정도로 이 상황을 피하고 싶었다. 애를 살리려는 수술이 꼭 애를 죽이는 것만 같아서 눈물이 멈춰지지 않았다. 늘 내가 문제다. 빈이는 언제나 한결같이 잘해내고 있는데 말이다. 마음속에서 내게 이러면 안 된다고, 오래 빈이랑 함께 하려면 지금 내가 이러면 안 되는 거라고 다그쳤다. 빈이 머리맡에 앉아 있는 안성형안과 의사선생님께 눈물을 삼켜가면서 부탁했다.

"우리 빈이 수술. 꼭 잘해주세요. 부탁드려요. 선생님."

아픈 아이 엄마는 창피함도 없었다. 지금 당장 빈이만 생각하게 되었다. 나를 부축해주는 간호사와 함께 수술실을 나와 대기실에서 신랑 옆에 앉았다. 신랑의 어깨에 기댔다. 내내 참고 날 위로하던, 나보고 그만 울라던 신랑도 결국 울음을 터뜨렸다. 같이 견뎌낼 수 있는 신랑이 있어서 다행이고, 고맙고 감사했다.

빈아!
사랑하는 빈아!
내 안의 샛별 같은 빈아!

네가 내 곁에,
우리 곁에 있어줘서 정말 감사해.

어떤 모양,
어떤 방법으로든
우리 곁에 있어줘서 진심으로 고마워!

우리 이렇게
서로 곁에 있으면서
행복하게 웃으면서 살자!

사랑해.

생각보다 빨리 수술이 끝났다. 회복까지 2시간 정도 걸렸다. 기다리는 동안 아무 말 없이 신랑이랑 주거니 받거니 하며 울었다. 수술이 끝나고 회복실에서 회복 중이라고 데스크 간호사가 얘기해 준다. 회복실에 들어가려는데 간호사가 나랑 눈을 마주치자마자 펑펑 운다. 그동안 검사 때마다 봐서 정들었는지 나보다 더 운다. 자기도 빈이랑 같은 개월수의 아들이 있다면서 내내 차트가 올라올 때마다 관심을 갖고 있었다 한다. 여느 날처럼 안저검사겠거니 했는데 오늘따라 시간이 길어져서 다시 차트를 보고는 놀랐다고 울음을 참지 못했다. 회복실에 들어가는 나를 꼭 안아준다. 수술을 잘 끝내고 회복 중인 빈이를 보러 들어가기 전에 일단 눈물부터 닦았다. 수술실로 가니 샛별 빈이가 누워 있다. 얼굴의 절반을 가려 놓은 두툼하고 하얀 거즈가 보인다. 수술하느라 입이 말라 입술이 거칠하다. 마른 입술로 제일 먼저 "엄마"를 부른다. 손을 잡아주고, "응. 빈아, 엄마 여깄어. 빈이 정말 잘했네. 대견해. 멋져." 빈이는 마취 때문에 눈은 제대로 뜨지도 못 했다. 내 목소리를 들은 빈이는 안정이 되었는지 잠깐씩 통증 때문에 얼굴을 찌푸리는 것 말고는 울지도 않는다.

안성형안과 선생님이 회복실에 나와서 나를 보자마자 밝은 얼굴로 수술이 잘 되었다고 안심시켜준다. 조직검사 결과를 봐야겠지만 일단 현재까지는 모든 것이 좋다고 했다. 애를 품에 안고 병동으로 올라오는데 왠지 모를 홀가분함에 기쁘기까지 했다. 곧 수술한 눈을 보며 다시 맘 아파 울지언정 이만하길 다행이라고 생각했다. 긴 8개월의 터널 끝에서, 무서운 암에서 빈이를 구해낸 것 같은 안도감이 몰려왔다. 안고 있는 빈이를 혹여 누가 뺏어 갈까 봐 더욱 꼭 끌어안았다.

병실로 돌아와서도 빈이는 내내 잔다. 아파서 잠깐씩 깨다가도 내가 옆에 같이 누워 있는 것을 확인하면 또 앓는 소리를 하면서 잠이 들었다. 15분마다 무통주사 버튼을 눌러 주는 일, 빈이 옆에 내내 누워 있는 일, 사랑한다고, 괜찮다고 자꾸 속삭여 주는 일, 그게 병실로 돌아와 하루 종일 빈이에게 내가 한 전부였다. 정말 아픈 수술이라는데 빈이는 가끔 아프다는 말뿐 정말 대견하리만치 잘 이겨내준다. 그런 아픈 빈이에게 내가 해줄 수 있는 일이 지극히 제한적인데도 빈이는 내가 곁에만 있음 잘 이겨냈다. "엄마, 좋아. 옆에 누워." 스스로 견뎌내는 데 없어서는 안 될 끈이기라도 한 듯 나를 꼭 잡고 있는 느낌이다. "그럼. 엄마는 언제든지 빈이 옆이야."

수술을 담당했던 안성형안과 의사선생님이 다녀가셨다. 수술은 오전에 말한 대로 잘되었단다. 암세포 때문에 눌려서 안압이 올라 생각보다 안구가 컸다고 했다. 혹시 모를 시신경 침투에 대해서도 안전하게 처리했고, 기존의 암세포로부터 전이에 대한 안전책으로 시신경도 7센티 부근까지 다 끊어냈다고 했다. 시신경까지 암세포가 퍼지게 되면 뇌로 암세포가 전이되는 것은 시간문제라고 했다. 특이 소견은 없지만 일단 조직검사 결과가 나와 봐야 더 자세히 알 수 있다고 기다려보자고 했다. 혈액종양과 의사선생님도 다녀가셨다. 아이들마다 다른데 빈이는 피가 좀 많이 배어 나온다며 드레싱 때까지 지켜보자고 하고, 빈이가 아프다고 하니 진통제를 추가로 더 처방해주셨다.

빈이는 밤새 회복하는 동안 얼굴은 찌푸릴지언정 아프다고 우는 일은 한 번도 없었다. 견뎌내는 빈이가 다시금 대견했다. 정말 오랜만에 빈이도 나도 편안한 밤을 보냈다. 새벽에 한 피검사 수치도 항암을 안 해서 그런지 좋다. 이른 아침 안과 외래가서 드레싱도 받고 이제 조금씩 움직이기 시작했다. 아직 얼굴은 붓기가 있었고, 입술은 하얗고 다 터졌다. 그만큼 어제의 수술이 힘들다는 걸 얼굴로 보여주었다. 하지만 생각했던 것보다 훨씬 빨리 회복하고 있다.

빈이의 안정을 위해서 2인실에서 며칠을 보내고, 5인실로 이동했다. 이번이 암 병동으로는 마지막 입원이기에 기차가 다니는 창가 침상에서 지내게 해주고 싶었는데 꼭 그리되었다. 오전엔 외갓집식구들이 다녀갔다. 정이 많은 빈이는 헤어질 때 꼭 운다. 병원에 있는 동안에도 주사나 검사, 수술이 아파서 운 것보다 병문안을 다녀간 사람들과 헤어질 때 더 많이 울었다. 그래서 더 많은 이들의 사랑을 듬뿍 받았나 보다. 수술 후 사흘째. 그제보다는 어제가, 어제보다는 오늘이 더 나았다. 빈이는 말도 많아지고, 웃는 일도 더 많아졌다. 다시 샛별 빈이로 돌아가고 있었다. 내일은 더 나아질 걸 아니까 나도 마냥 웃음이 떠나지 않았다.

벌써 병원에서의 마지막 밤이다. 그동안 정들었던 사람들, 휴게실, 창밖 풍경, 심지어 화장실조차도 헤어지기 아쉽다. 정 많은 빈이처럼 나도 그동안 정들었던 병원의 모든 것이 그리워질 것만 같다. 특히나 눈에 보이지 않는 것들이 더 그러하지 싶다. 수많은 사색과 번뇌의 시간에서 얻은, 평생 가도 깨닫기 힘든 인생의 교훈들은 앞으로 더 많이 가슴 아플지도 모를 내 미래의 커다란 밑거름이 되어 줄 것이다.

우리가 집으로 돌아간 뒤에도 우리를 비롯해 집으로 돌아간 환아들만큼 새로운 환아들이 들어올 것이라는 사실에 마음이 아프다. 되도록 이곳에 많은 아이들이 안 왔으면 좋겠고, 지금 있는 아이들도 얼른 회복해서 일상으로 돌아가길 진심으로 두 손 모아 기도한다. 빈이도 오늘은 잠이 안 오는지 내내 중장비 놀이로 쫑알대며 놀다가 스스로 정리하고 잔다. 암 병동 12층 침상에 누워서 보니 오늘은 달도 보인다. 처음 이곳에 치료받으러 오던 날 밤에 본 창밖 밤풍경은 지금과 별반 다르지 않았을 텐데 그땐 불빛들이 물방울처럼 맺힌 서러운 눈물방울 같았었다. 그런데 오늘은, 형형색색 찬란한 불빛들이 어둠과 어우러져서 참 예쁘고 아름답다. 모든 것은 눈으로 보는 것 같지만 어쩌면 마음으로 먼저 보는 게 아닐까 싶다. 달빛이 비치는 창가에 빈이가 장난감을 가지런히 정리해두었다. 이곳 생활이 마지막이라는 걸 거듭 실감한다.

퇴원하는 날 아침이다. 키를 재보니 92cm, 몸무게는 12kg. 이제

폭풍 성장만 남았다. 정확히 7개월 4일 만에 병원과 이별했다. 망막모세포종과도 이별이다. 너무 큰 대가를 치르고 한 이별이니까 다시는 아파서 오지 말자. 샛별 빈아!

뚜찌빠찌

　퇴원해서 병실을 나서는데, 같이 치료받던 8살 석이가 선물이라면서 사진 석 장을 빈이 손에 쥐어준다. 미니언즈 사진이다. 우리 꽃남매들이 좋아하는 캐릭터다. 이미 빈이는 퇴원해서 집에 가는 것도 즐거운데 좋아하는 미니언즈 사진에 더 신이 났다. 고맙다는 인사를 하고 집으로 돌아와서 늦은 밤 짐정리를 하다 다시 사진을 마주하게 되었다. 진단받던 작년 12월이 떠올랐다. 둘째 쭌군이 그렇게도 애지중지하던 미니언즈의 오른쪽 눈이 아프다면서 치료해주던 그날 아침이 생각났다. 나도 그 미니언즈 인형을 끌어안고 펑펑 울던 그날 말이다. 그날 이후 그 인형은 우리집에서 못 버리는 인형 1호가 되었다. 그런 사랑과 보살핌을 받는 캐릭터다 보니 미니언즈 사진은 빈이에게도 익숙하고 친근하다.

　석이가 준 사진 3장 중 첫 번째 사진은 미니언즈 캐릭터들 주요 3인방이 소세지처럼 매달려 있는 사진이다. 케빈과 스튜어트, 그리고 밥이 나란히 엉뚱한 표정을 지으며 대롱대롱 매달려 있다. 셋이 꼭 꽃남매들 같다. 미니언즈들의 자존심 엄청 센 리더 케빈은 서영이 같았다. 치명적으로 귀여운 소심대마왕이면서 무한긍정 에너지로 기죽지 않는 캐릭터 밥은 쭌군을 닮았다. 마지막 시크한 성격의 자유로운 영혼의 소유자, 바나나와 기타를 좋아하는 강력한 외눈박이 스튜어트는 샛별 빈이였다. 꼭 같았다.

두 번째 사진은 세 미니언즈 캐릭터들이 나란히 서 있는 사진이다. 세 번째 사진은 외눈박이 스튜어트가 브이를 하면서 서 있는데 머리 위에 영어로 'I love you'가 쓰여 있다. 드디어 내 입가에 웃음이 번졌다. 정말 마음이 더 괜찮아졌다. 8개월 전과 달라진 것이라고는 빈이의 오른쪽 눈뿐이었다. 다른 모든 것은 그대로였다. 긴 터널을 지날 동안 멈춰있던 우리집 시계가 다시 째깍째깍 소리를 내면서 흘러가는 것이 느껴졌다. 귀여운 세 미니언즈 캐릭터들과 함께 다시 일상으로 돌아왔다. 빈이는 이제 여느 아이들과는 다르다. 그렇지만 그 다름은 사람들 저마다의 생김이 다른 것과 별반 다르지 않다는 마음으로 받아들이고 지낼 생각이다. 가끔은 또 그런 것들을 잊고 의기소침하고 우울해질 수는 있겠지만 다시 살아내면 그뿐이었다. 이제 우리에게 다른 미니언즈가 아닌 특별한 미니언즈가 돌아왔다. 빈이는 다른 아이가 아닌 특별한 아이가 되어 우리 곁에 돌아왔다.

8살 석이의 마음이 전해져왔다. 병원에서 지내면서 몹시도 살갑게 지내던 석이랑 빈이였다. 석이는 뇌종양이다. 조용한 성격의 속 깊은 석이는 꼭 엄마를 닮았다. 엄마처럼 정이 많고, 배려할 줄 알고 나눌 줄 아는 아이였다. 더 이상 어렵겠다던 그날 아침회진 때 오열하는 나를 보았던 석이는 여느 날처럼 빈이와 친구가 되어주고 놀아주었다. 내가 불편하지 않게, 빈이가 무서워하지 않게 그렇게 우리를 배려해주었다. 그리고 나와 빈이에게 미니언즈를 선물해주었다. 미니언즈를 통해 우리 빈이가 '다른' 아이를 넘어 '특별한' 아이라는 사실을 내게 깨닫게 해준 8살 석이의 선물은 그 어떤 위로의 말보다 강해서, 앞으로도 두고두고 잊지 못할 것이다. 깊은 밤, 미니언즈들의 노랫소리가 들리는 듯하다.

뚜찌빠찌~뚜찌빠찌뽀찌~

꽃남매들

아이들이 꽃같이 예쁘다는 말을 요즘 새삼 느끼게 된다. 특히 빈이를 보면 더욱 그렇다. 긴 항암치료 동안 머리카락도 다 빠지고, 피부도 색소침착으로 까매지고, 입술도 하얗고 파랗고, 식욕도 부진한 데다가 잠도 잘 못자고 했으니 매일 생기 넘치기는 힘들었다. 그런데 지난달 항암을 끝으로 수술을 하고 더 이상의 항암치료가 없어지니 물 만난 고기처럼 활기가 넘쳤다. 수치도 안정적이고 정상으로 돌아오니 무엇보다 표정이 밝고, 생기가 있으며 식욕도 왕성해지고, 피부도 더러 뽀얘졌다. 덩달아 잘 자고 잘 싸고, 까맣게 거뭇거뭇 올라오는 머리까지 빈이의 작은 몸에서 만물이 소생하는 봄을 보았다. 빈이의 봄. 빈이는 조금씩 만개해가는 꽃처럼 화사해진다는 표현이 어울렸다. 꽃보다 더 예뻤다. 그 옆에서 같이 피어주는 서영이와 쭌군도 정말 예쁜 꽃이었다. 그래서 나는 세 아이들을 "꽃남매들"이라고 부른다. 그리고 형아 쭌군과 빈이는 "꽃미남"이라고 부른다. 식상한 표현일 수 있지만, 나는 꽃남매들이 피어나는 것을 지켜보는 엄마다. 그러니 내게 아이들은 꽃이다. 동생을 배려하는 마음과 맑은 웃음이 담긴 꽃. 특별히 무엇을 하지 않고도 그 모습 그대로 꽃 자체가 보는 이로 하여금 기쁨을 주듯이 내게 꽃남매들이 그런 존재다. 이 꽃 같은 아이들이 없었더라면 그 시간들을 어떻게 견디고 보내왔을지 아찔하다.

빈이는 수술한 눈에 아이패치를 붙이고 지낸다. 두꺼운 거즈를 붙이고 있던 것도 이제는 아이패치로 바꿔서 붙일 만큼 회복이 되었다. 그런 모습도 웃음 가득한 얼굴이니 안 예쁠 수가 없다. 수술 후 일주일 만에 외래에 다녀왔다. 안과, 안성형안과, 소아혈액종양과의 진료를 모두 보았다. 조직검사 결과 아주 깨끗해서 더 이상의 항암은 안 해도 되겠다는 말을 들으니 마음이 한 번 더 낮은 곳으로 내려가 안정되었다. 이제 정기적인 검사만 하면 된다. 진정 완치다.

병원 친구인 형우는 빈이랑 비슷한 개월수고, 사는 곳은 마산이다. 이미 치료는 종료했고, 매달 정기적인 검진만 하고 있다. 오늘도 형우는 검진입원이고, 우리는 외래라서 만났다. 못 만날 수도 있었는데, 약 처방 오류로 우리가 2시간을 지체하다 보니 반가운 얼굴들 상봉이다. 우리가 항상 입원이고, 형우는 외래검진이었는데, 시간이 흐르니 이제 이런 모습으로 만난다. 엄마들이 얘기하는 동안 빈이는 형우가 갖고 온 장난감도 공유하면서 주변을 뛰어다니며 사이좋게 논다. 가까운 곳에 살면서 자주 만나 놀면 참 좋겠다는 생각이 들었다.

빈이는 외래로 본 안성형안과 진료에서 그동안 꿰맸던 눈의 실밥을 풀었다. 집으로 돌아와 저녁에 소독을 해주느라 눈을 풀고 보니 작지 않은 빈이 눈이 유난히 더 커보여서 도드라져 보였다. 좋아지는 중인데도 수술로 인해 눈두덩이가 시퍼런 것까지 맘이 안좋았다. 빈이는 종이테이프 알러지가 있다. 그래서 눈에 거즈를 붙이거나 아이패치를 붙이고 나면 붙인 자리가 붉어지고 심한 경우엔 진물도 났다. 외출을 안 하고 상처를 열어두는 것이 가장 좋은 방법이지만 에너지 넘치는 빈이를 집에만 둘 수도 없었다. 어린이집은 빈이가 누리는 최고의 놀이터였다. 그런데 어린이집에 가려면 아이패치를 붙여야 하니 난감했다. 그래서 집에서는 아이패치를 떼어 두었다. 그래야 다음날 어린이집에도 갈 수 있고, 눈도 쉴수 있으니까 말이다. 그런데 실밥을 풀고 나서 걱정이 되는 것은 빈이의 수술한 눈을 보게 되는 꽃남매들의 반응이었다. 빈이 수술을 결정하고 나서 빈이 수술만큼 꽃남매들의 반응도 걱정된 것이 사실이었다. 되도록 의연하려고 미리 마음의 준비를 단단히 했다.

그날 저녁 빈이 눈을 소독하고 열어두었다가 결국 꽃남매들이 각자 방에서 나오기 전에 안 되겠다 싶어서 다시 거즈로 붙여 주었다. 저녁시간을 보내고 아이 셋이 모두 잠이 들고 나서야 불을 켰다. 그리고 빈이 눈에 붙여둔 거즈를 떼었다. 눈 주변에 처방받은 연고를 발라줬다. 잘 때만이라도 거즈의 불편함에서 자유롭게 해주고 싶은 마음이었다. 아이 셋이 나란히 자는 모습을 하나씩 바라보는데 한동안 참았던 눈물이 난다. 밤새 울면서 고민하고 걱정되었다. 당장 내일 아침엔 어떻게 해야 할지를 몰랐다.

아침이 되었다. 꽃미남들의 아침은 늘 이르다. 새벽 6시면 일어나는 부지런한 아이들이다. 도리어 내가 아침잠이 많아서 대부분 아침이 늦다. 내가 눈을 뜨자 쭌이는 내가 깨길 기다렸다는 듯이 달려온다.

"엄마, 빈이가 눈을 이제 다 떴어요. 아픈 눈이 조금 더 나아졌나 봐요."

나는 애써 태연한 척 하며,

"그래? 빈이가 정말 나으려나 보다. 그치?"

쭌군의 기쁨에 찬 목소리가 나를 도리어 당황스럽게 했다. 빈이 눈이 이상해졌다고 할 줄 알았는데 쭌이 눈에는 지난번에 꿰맸던 빈이 눈보다 지금이 한결 편안해 보였는지 반가움으로 가득했다. 내가 걱정했던 것보다 쭌이가 빈이의 쾌유를 간절히 기다리고 있었다.

"민준아, 빈이 수술하느라 좀 달라졌는데도 이상하지 않아?"

"왜요? 빈이가 아파서 그런 건데요. 뭐. 이제 나을 거잖아요. 기다리면 되죠. 걱정하지 마세요. 엄마."

"빈이 보면 어떤 생각이 들어?"

"불쌍하죠. 얼마나 아팠겠어요. 교회 선생님께 들으니까 빈이가 한 수술이 엄청 어려운 수술이라던데요?!"

"응. 정말 엄청 어려운 수술이지. 근데 빈이가 정말 잘 이겨냈어."

"그러니까요. 우리 빈이 고생 많았어요. 이제 아프지 마세요."

라며 옆에 있는 빈이를 꼭 안아주는 형아 쭌군이다. 그런 형아의
당부에 빈이는 "으응" 하며 웃는다.

빈이가 수술하고 다음날 쭌이랑 빈이랑 영상 통화를 했었다. 영
상 속 빈이를 보자마자 쭌이가,

"빈아, 많이 아팠어? 어려운 수술 했다면서?"

"응."

"형아가 네 사진보고서 얼마나 마음이 아프고 걱정했는지 알아?
얼른 나아서 집으로 와. 형아랑 재밌게 놀자!"라며 영상 통화했던
때가 떠올랐다.

서영이한테는 빈이가 수술하러 가기 전에 미리 조용히 얘기했
다. 그랬더니 듣자마자 펑펑 울면서 하는 말이,

"엄마, 저는 괜찮아요. 그런데 우리 빈이 어떡해요. 이제 유치원
도 가고, 학교도 가야 하는데 학교에서 시력검사라도 하면 친구들
이 알 수도 있잖아요. 그럼 빈이가 상처받으면 어떡해요."

"엄마는 빈이도 걱정이지만 그런 빈이를 보고 혹시라도 많이 놀
랄까 봐 너랑 쭌이가 더 걱정이야."

"엄마, 우린 괜찮아요. 빈이가 우리 곁에 있는 게 중요하죠. 그러
니 엄마도 힘내세요."

라며 나를 꼭 안아줬다.

"그래, 고마워. 서영아."

그리고 어제 저녁,

"서영아, 빈이 눈이 많이 안쓰럽지?"

"그렇죠. 근데 조금만 참으면 예쁜 눈 생길 거잖아요. 그럼 괜찮아질 거예요. 빈이가 아직 어려서 이런 상황을 잘 모르는 것이 어쩌면 다행인지도 모르겠어요."

수술하기 전부터 걱정스러워서 미리 꽃남매들에게 안전망을 쳤다고 생각했는데도 막상 현실에 닥치니 꽃남매들보다 내가 더 미리 걱정을 하고 있었다는 생각에 도리어 부끄러웠다.

다시 일상으로 돌아와 자연스럽게 지내고 있는 우리 가족. 빈이의 달라진 모습도 우리 가족의 일상이 되는 그런 날로 돌아왔다. 큰일을 겪고 나니 나만 성장한 게 아니라 아이들도 많이 성장해 있었다. 서로를 배려하고 이해하고 있다는 사실을 새삼 느끼니 가족이 있다는 것이 얼마나 행운이고 행복인지 모르겠다.

빈이는 그런 가족들의 따뜻함 속에서 매일 저녁엔 자유롭게 종이테이프 알러지의 고통에서 해방된다. 그래서인지 빈이의 표정은 한결 더 밝다.

제자리로 돌아가는 길

여름 같은 가을날 오후, 빈이 어린이집 원장님이 메시지를 주셨다. 여느 엄마들과 마찬가지로 나 역시도 다르지 않았다. 학교, 유치원, 어린이집에서 연락만 와도 가슴이 두근거린다. 꽃남매들에게 무슨 응급상황이 벌어진 것은 아닌지, 혹은 꽃남매들에게 어떤 칭찬을 해주시려고 하는지 말이다. 내 경험에 의하면 오전에 오는 연락의 대부분은 전자이고, 오후에 오는 연락은 후자가 더 많다. 그래서 나는 오후, 특히 아이가 하교, 하원한 후의 연락은 대체적으로 좀 더 편안한 마음으로 연락을 받는다.

오늘도 그런 마음으로 메시지를 열었는데, 열자마자 나도 모르게 꾹꾹 눌러두었던 울음보가 터져 나왔다. 빈이가 어린이집에서 놀이시간에 재밌게 놀다가 자동차를 하나 가지고 원장님한테 와서는 자동차가 눈이 아프다고 했다면서 주더란다. 아픈 곳을 건드리면 더 아프듯이 원장님도 순간 울컥해서는 빈이를 그냥 꼬옥 안아주셨다는 메시지의 내용과 함께 밝게 웃고 있는 파란색 버스 캐릭터의 사진이 있었다. 이게 무슨 사진인가 하고 자세히 들여다보니 파란 버스의 오른쪽 눈이 일부 지워져 있었다.

그 또래 아이들에게 흔하게 있을 수 있는 일이다. 그런데 공교롭게도 장난감의 아픈 곳이 눈이었다. 심지어 자동차의 아픈 눈도 어쩜 오른쪽이었다. 원장님 말씀대로 빈이는 아무렇지도 않게 말하고 행동했던 건데, 보고 있는 우리들이 더 요란스럽게 울컥하는지도 모르겠다.

눈물이란 건 여러 가지 용도가 있겠지만 마음을 치유하는 속효성 진통제 같다는 생각이 들었다. 잠시 울고 나니 마음이 좀 가라앉았다. 다시 사진을 보니 아까는 아픈 눈만 보였는데 이제는 웃고 있는 자동차의 입과 코와 표정들이 정감 있게 느껴졌다. 그리고 아픈 눈만 보이는 것이 아니라 그 주변에 보이지 않던 소중한 것들도 보이기 시작했다. 하나를 잃었어도 그 외의 소중한 것들을 더욱 귀중히 여길 수 있는 마음의 시력을 회복하기 시작한걸까.

늘 그렇듯이 절망이나 슬픔 같은 모든 힘든 것들은 감사와 행복과 같은 좋은 것들과 함께 온다. 좋은 것과 나쁜 것, 이 두 녀석은 절대 혼자 오는 법이 없지 싶다. 단지 어느 것을 더 크게 보느냐의 차이일 뿐이다. 다른 이의 삶은 어떠했는지 모르지만 내가 살아온 짧고 소박한 세월은 늘 그랬다. 다른 이의 삶도 별반 다르지 않으리라 생각한다. 사연 없는 사람이 없고, 누구에게든 아픈 구석 하나쯤은 마음 한편에 꼭 가지고 있는 게 사람이니까 말이다.

요즘 빈이를 보고 있으면, 빈이가 우리 곁에 살아있다는 사실이 정말 새삼스레 다시 고맙고 또 고맙다. 변함 없이 들리는 빈이의 웃음소리며 노랫소리, 울음소리와 숨소리, 그리고 따뜻한 온기 등등, 어느 하나 소중하지 않은 것 없는 빈이의 생기 넘치는 모습이 우리 곁에 있다. 모두 빠져버려서 언제쯤 올라올지 모르던 눈썹이 자라고, 머리카락이 솟아나고, 손발톱이 자라고, 거뭇거뭇하던 피부색이 밝아지고 있다. 내게 함박웃음으로 두 팔 벌려 달려오는 이런 것들. 살아 있지 않다면 볼 수 없는 것들. 그 사소한 것들이 내게 이렇게 위안이 되고 고마운 일이 될 줄은 몰랐다.

내일은 어린이집에 있는 파란버스의 눈을 치료해주라고 주사기라도 하나 들려서 등원시켜야 하나?

즐거운 고민에 빠져드는 밤이다.

첫째와 둘째가 어릴 땐 집에서도 여러 퍼포먼스 놀이를 함께 했었다. 당시 인터넷상에서 집안에서 할 수 있는 퍼포먼스 놀이가 유행했던 시절이다. 예를 들어 밀가루놀이, 물감놀이, 큰 종이에 그림 그리기, 종이컵 쌓기 놀이, 국수놀이, 뻥튀기놀이, 모래놀이, 두루마리휴지놀이, 신문지놀이, 풀죽놀이 등 다양했다. 주변에서 한다는 퍼포먼스는 어느 정도 집안의 어지럽힘을 감수하고서라도 자주 할 수 있게 해주었다. 그러나 빈이는 태어나서 집보다 병원을 오가며 지낸 시간이 더 많았다. 그래서 집에서 놀이를 즐기기엔 무리인 경우가 많았다. 욕조에 물을 받아 거품놀이를 하는 것도 혹여 감기에 걸리지는 않을까 조심스러운 아이였다. 위생이나 면역에 관해서도 제약이 되는 요인들이 한두 가지가 아니었다. 그래도 감사한 것은 내가 빈이에게 해줄 수 없는 다양한 퍼포먼스를 어린이집에서는 보다 안전하게 즐기게 해 주었다는 점이다. 어린이집은 빈이에게 천국 같은 곳일지도 모르겠다는 생각을 했다.

원장선생님이 말씀해주신 일이다. 어린이집에서 빵가루 퍼포먼스를 했다. 친구들이 저마다 즐거워서 야단도 아닌데, 빈이는 온몸에 빵가루가 묻는 것도 싫어할 뿐더러 손가락 끝이며 옷에 묻는 것조차도 조심스러워하고 싫어하여 종종 울상이었다고 했다. 안쓰러운 생각이 들었지만 그동안 빈이가 지내온, 예민해야 했던 시절들을 생각해보면 당연한 반응이라는 생각이 들었다. 그렇지만 선생님들이 빈이가 다가가서 놀 수 있도록 기다려주고 도와주고 하니 나중에 좀 더 신나게 친구들과 놀았다고 했다. 그렇게 하나씩 또 적응해갔다. 무조건 안 된다는 생각과 절제해야 하는 행동에 나도 빈이도 그동안 너무 묶여 있었다.

치료 종료 후, 빈이는 다섯 살을 맞이했다. 빈이가 유치원에 입학하고 담임선생님께 첫 상담을 받던 날이었다. 선생님은 빈이가 손 씻는 훈련이 제대로 되어 있더라고 하셨다. 손을 씻는 순서까지 예사 손 씻기가 아니라면서 깜짝 놀라셨다고 했다. 암 병동에서부터 손 씻는 걸 밥 먹는 것보다 더 많이 하고, 어느 것 하나라도 만지고 나면 손을 씻어야 했던 시간들이 낳은 결과였다.

그리고 치료받는 동안에 쓴 약을 달고 살았던지라 웬만한 약은 그냥 오물오물 씹어서 먹을 정도였다. 그런 빈이를 보면서 어린 게 너무 안쓰러웠다. 그 외에도 빈이가 생활하는 모습을 보면 삶의 구석구석에서 치료의 흔적들이 보일 때가 있다. 엄마인 내 몫은 그런 걸 조금씩 자연스럽게 풀어주는 일이다.

빈이가 날마다 이전과 달리 안정적으로 변해가는 걸 보며 우리 가족들도 모두 평온을 되찾고 있었다. 그런데 나는 가끔 뭔가 답답하고 쉴 때조차도 까닭 없이 불편했다.

어느 햇빛이 따뜻한 날 오후, 거실에 누워서 멍하니 천장을 바라보고 있었다. 빈이 치료를 하면서 잡스럽고 쓸데없이 생각 많던 나는 아무 생각도 안 하는 순간도 필요하다는 걸 알게 되었다. 그래서 시간이 되면 아무 생각 없이 멍때리는 시간을 즐기기 시작했는데 그 햇살 좋은 날도 그런 나만의 사치를 아낌없이 누리고 있었다. 그렇게 천장에 고정되어 있던 내 시선이 서서히 돔형을 그리며 온 집안을 둘러보기 시작했다. 그동안 나의 손길이 닿지 않은 집안 곳곳이 고스란히 눈에 들어왔다. 조금은 답답하고 질서정연하지 못한, 딱 그동안의 내 마음속을 보는 듯 했다. 그래서 빈이 치료기간 동안 돌보지 못했던 집을 좀 정리하기로 했다.

필요하지만 쓰지 않고 방치한 너무 많은 것들이 집안을 꽉꽉 메우고 있었다. 다섯 식구가 사는데, 너무 많은 짐이 주인이 되어 우릴 짓누르고 있다는 느낌까지 들었다. 다 갖다버릴 작정으로 정리를 시작했다.

일이라면 정말 끝장을 봐야 하는 나는 정리에만 사흘이 걸렸다.

준중형승용차로 꽉 채워서 네 번을 갖다 버렸다. 최근 미니멀 라이프 스타일이 유행해 많은 책이 나왔는데 나도 그중 세 권 정도 읽었다. 공감되는 부분이 대체로 60% 이상이었다. 어느 작가는 130kg을 한 차에 싣고 갖다 버리고 나니 그제야 집이 정리되었다고 했다. 나는 집안 가득 마음의 짐까지 얹어두고 있었는지도 모르겠다.

갖다버린 것이 얼마나 되는지 헤아려보니 이미 사흘 동안 130kg은 족히 버렸지 싶다. 그러나 그렇게 갖다 버렸음에도 집안은 전혀 버린 티가 나지 않는다는 사실이 나를 더 기운 빠지게 했다. 퇴근한 신랑에게 집에 변한 거 없냐고 물으니 잠시의 망설임도 없이 내게, '어딜 정리했는데? 뭘 갖다버렸는데? 정리한 것은 맞아?'라고 웃으며 농담반 진담반 되물었다. 나는 나흘째 초주검 신세인데 말이다. 웃지 못할 일이다. 한 열 번쯤 꽉 채워서 갖다 버려야 집이 정리된 느낌이 들까? 아직 갈 길이 멀긴 하다만 이 가을은 오로지 버리고 정리하는 데 온 힘을 쏟아 보리란 다짐까지 하며 갖다 버리는 일을 즐기기 시작했다.

표도 안 나는 집 정리는 연일 계속되었다. 그런데 이상하게도 이렇게 쓸어버리듯 내다 버리고 나니 스트레스가 좀 풀렸다는 것이다. 예민하고 짜증스럽던 내 말투며 행동에도 변화가 조금은 생겼다. 전에는 버리려고 하면 무조건 아까워서 쌓아두고 다시 쟁여 넣어뒀는데, 이제 버리니깐 즐겁다는 느낌까지도 들었다. 몸과 마음도 편안해졌다. 무슨 욕심과 근심이 그리도 많이 있었는지, 반성하고 내려놓을 수 있는 계기가 되었다. 그토록 바라고 원하던 '제자리'로 돌아오는 일은 사소한 것을 내려놓고 버리면서 가능해졌다.

시각장애 6급, 그게 바로 내 아들이에요

정오가 좀 지난 시각에 출발해서 오후 2시 20분쯤 진료를 보았다. 기다림은 별로 길지 않았다. 각처로 다니며 받아야 하는 확인과 제출서류들이 한두 가지가 아니라서 더욱 분주했다.

빈이의 수술을 담당한 안성형안과 의사선생님은 빈이가 상당히 독립적이고 씩씩하고 밝은 아이라면서 의안을 하면 잘생긴 얼굴이 더 빛나겠다며 기특해 하셨다. 의안은 수술 후 한 달에서 6개월 사이에 하는데, 상처가 아무는 정도의 차이에 따라 시간이 좀 더 걸릴 수도 있다. 그리고 나이가 어릴수록 안와 성장으로 인해 안면변형에 영향을 많이 주므로 시간 조절이 중요하다. 의안을 하기 직전까지는 상처가 잘 아물 수 있도록 소독을 규칙적으로 해주어야 한다. 또한 병원에서 처방받은 안약과 연고를 꼼꼼히 넣고 바르는 일에도 신경 써야 한다. 외출을 할 때는 안대를 착용하거나 아이패치를 붙이고 움직여서 미용적인 부분에도 신경을 써야 한다. 생각하기 나름이겠지만 나는 아이의 지극히 자연스럽고 당연한 부분이 다른 사람들에게는 당황스러울 수도 있을 거라 생각했다. 익숙하지 않은 것에 대한 거부반응은 남녀노소를 불문하고 생기기 마련이다. 무엇보다도 빈이가 사람들의 시선에 상처받지 않는 게 중요했다. 아이가 어릴수록 보호자가 더 신경을 써야 한다.

진료실에서 빈이의 수술한 눈을 본 의사선생님은, 상처가 잘 아물고 있고 외형적인 부분에서도 자리를 잘 잡아가고 있어서 성공적이라고 하셨다. 게다가 빈이가 붙이고 간 캐릭터 안구패치가 귀엽고 센스가 넘친다면서 이래저래 칭찬일색이다.

의사선생님은 안과 병원 내에 의안실이 있으니 상담을 받아보라고 하셨다. 의안은 수술한 병원에 의안실이 있는 경우 대체로 해당 병원 내 의안실에서 한다. 병원 내에 의안실이 없는 경우는 병원과 연계되거나 의사의 권유와 추천에 따라서 여러 곳을 알아보고 보호자와 환자가 검토 후 정한다. 혹은 보호자가 직접 알아보고 의안소를 정하는 경우도 있다. 우리는 마지막의 경우로 직접 알아보고 정했다. 병원 내 의안실은 진료와 함께 의안소를 들르기 편하다는 장점이 있고 일처리도 빠른 편이다. 우리는 일처리의 편리성보다는 앞으로 오랫동안 인연을 맺고 자주 찾아갈 수 있는 마음이 편안한 곳으로 정했다.

다시 일상으로 돌아가기 위해 꼭 거쳐야 하는 곳은 관공서였다. 아침 일찍 아이들을 학교로 유치원으로 보내고 분주하게 움직였다. 주민센터와 국민건강보험공단에 들렀다. 주민센터에서는 장애 신청과 장애인차량등록을 했다. 지난 외래 때 의사선생님께 받아온 서류를 제출했다. 그리고 국민건강보험공단에는 의안제작 비용의 일부를 지원받을 수 있으므로 지원신청을 했다.

시각장애 6급. 빈이의 장애등급이다. 한쪽 눈만 시력이 없으므로 시각장애 등급으로는 그리 중증등급은 아니었다. 한쪽 눈만 시력이 있는 경우는 다른 쪽 눈이 제 기능을 하고 있다고 보기 때문이다. 그래도 장애등급에 따라 각종 혜택이 있으니 이왕이면 신청해두는 것도 나쁘지 않다고 보았다. 내가 아는 지인 중에는 주변의 시선이나 고정관념 등의 이유로 장애등록을 안 한 경우도 있다. 그와 반대로 장애등록을 아이와 함께 한 뒤 각종 혜택에 대해서 같이 듣고 상세히 아이에게 설명해준 경우도 있다. 물론 초등 저학년의 아이였기에 가능한 일이었다. 아이가 자신이 시각장애라는 것에 대해 부끄러움 없이 받아들이고 혜택을 아낌없이 누릴 수 있도록 했다.

또한 장애인 자동차 등록을 해두면 고속도로 통행료와 주차비, 박물관 입장료 등에 대해 다양한 할인혜택을 받을 수 있다. 물론 등록한 자의 동승이 있어야 혜택을 받을 수 있다. 아쉬운 점이라면 일반 장애인 주차구역에는 주차할 수 없다. 빈이 같은 시각장애인의 경우 보행에는 문제가 없으므로 더 중증의 장애인에게 양보하게 된다. 그 외에도 남자의 경우 병역 문제 등 다양한 혜택이 있으므로 꼼꼼하게 알아보고 챙기는 것도 여러 가지로 도움이 되리라고 본다.

주민센터에서 장애신청을 하고 나오는데, 어디서 고여 있던 건지 갑자기 눈물이 쏟아진다. 이제 그만할 때도 되었고, 그러지 않아도 되는데 또 무슨 이유에서인지 눈물이 나서 사람들의 얼굴을 마주하기가 민망해졌다. 뛰다시피 승용차에 타고는 그냥 또 내내 울었다. 이제 정말 공식적으로 인정한 장애를 어린 빈이에게 안겨준 것만 같아서 마음이 아팠다. 앞으로 장애라는 이름표가 늘 빈이 옆을 따라다니며 빈이를 괴롭게 하는 것은 아닌지 걱정이 되었다. 그러나 걱정일 뿐이지 아직 일어난 일은 아니었다. 흐르던 눈물을 닦았다. 애써 눈물을 멈춰보려고 글썽이는 눈으로 주변을 두리번거리다가 순간 내 눈에 보인 커다란 글씨 네 글자.

사. 망. 신. 고.

순간 가슴이 쿵 하면서 눈물도 어디로 갔는지 멈춰졌다. 그 찰나의 순간에 내 생각을 사로잡은 네 글자는 내가 잊고 있던 감사함을 찾아주었다. 또 잊고 있었다. 저 신고가 아니길 얼마나 다행인건지, 눈을 하나 내어주고서라도 내 곁에 있었으면 좋겠다던 그 간절한 마음으로 다시 얻은 아들인데 말이다. 그렇다. 빈이는 조금 다를 뿐이다. 그리고 이제 시작일 뿐이다. 그럴 수 있다. 더 단단해지기 위해 또 한 번 내 가슴에 비가 온 것뿐이다.

빈이는 그렇게 모든 걸 이겨내고 시각장애 6급이라는 어쩌면 명예로운 편을 받은 셈이다. 모든 것은 생각하기 나름이니까, 이왕이면 빈이에게 긍정적인 영향을 줄 수 있는 쪽으로 시선을 이동하기로 했다.

토요일 아침

토요일 아침이다. 유일하게 우리집에서 늦잠이 가능한 날이다. 나 역시도 늦잠을 자고 일어났다. 따뜻한 햇살, 열어놓은 창문으로 솔솔 불어오는 시원한 바람이 코끝과 귓불을 간질여 마냥 미소 짓게 되는 가을 아침이었다. 신랑은 여느 날처럼 대청소를 하느라 부산스럽게 움직이고 있었다. 첫째는 자기 방에서 스마트폰을 하면서 헤드폰을 끼고 침대에서 노래를 흥얼거리고 있었다. 둘째도 자기 방에서 밀린 학습지를 하면서 노래도 흥얼댔다가 연필로 박자를 맞추기도 하고, 지우개를 던지고 놀면서 자기에게 주어진 시간을 즐기고 있었다. 막내 빈이는 거실에서 아빠의 청소를 돕기도 하고, 거실 한가득 늘어선 기차며, 자동차에 온갖 공룡과 동물들을 싣고는 쥬라기 월드로 갈 생각인지 입에서 침이 튀도록 열정적이다.

나는 늦게 일어난 것에 대해 아무도 뭐라 하지 않는데, 혼자 뜨끔해서는 바쁘게 아침 준비를 서둘렀다. 그렇다고 기분이 나쁘지는 않은 그런 오묘한 즐거움이 나를 이끌었다.

그렇게 여느 집과 다르지 않은 주말 아침 풍경 속에서 짤막한 대화가 오가고 있었다.

막내가 형아 쭌군에게,

"형아, 나 이것 좀 도와줄래?"

"응. 형아 이것 좀 하고 가서 도와줄게. 좀만 기다려."

딸아이가 아빠에게,

"아빠, 이따가 저 준비물 사러 가야되니까 준비물 살 돈 꼭 주셔야 돼요."

"응. 알았어."

내가 신랑에게,

"나 이것 좀 꺼내줘. 너무 높아서 내가 꺼내기는 힘들 것 같아."

"응. 알았어."

순간 가슴이 벅찼다. 별반 다를 것 없는 소소한 일상의 풍경이 우리집에 다시 찾아온 것이다. 구름 위를 걷는 것처럼 행복했다. 신랑에게 말했다.

"자기야. 우리 이제 일상으로 돌아왔어. 못 올 줄 알았는데, 이런 평범한 대화와 일상이 정말 행복하고 좋다~."

"그러게. 돌고 돌아서 결국 이렇게 왔네." 하며 너털웃음을 웃는 신랑.

빈이가 아프지 않았다면 느껴보지 못했을 이런 일상의 행복이 밀물처럼 밀려와 내 발을 적셨다. 이런 밀물이 썰물이 되지 않을까 조마조마한 마음은 있었지만, 지금은 다른 건 걱정하지 않고 나에게 주어진 이 시간을 누리기로 했다.

행복이 멀리 있지 않다던『파랑새』이야기가 우리 집의 일이 되었다. 작은 일상이 주는 소소한 행복이 이젠 어떤 선물보다도 소중하고 또 소중했다. 오늘 아침은 언제고 잊을 수 없는 행복한 순간이 될 것이다.

빨간 기차 타는 날

빈이는 아침부터 분주하다. 그토록 힘든 치료들이 빈이를 괴롭혔는데도 병원에 가자고 하면 어찌나 신나하는지 모른다. 보통은 내가 운전해 고속도로를 달려 외래를 다녔지만 어느 순간부터 운전이 힘들었다. 불안과 긴장 속에서 병원을 오가던 시간이 고스란히 남아 있어서란 생각이 들었다. 그래서 외래진료가 있는 날은 대중교통, KTX를 이용하기로 했다. 빈이가 치료받는 동안 신랑은 KTX를 타고 병원에 왔다. 회사를 다니면서 수시로 병원에 드나들어야 하니 KTX는 가장 빠르고 편리하게 병원을 오갈 수 있는 방법이었다.

우리가 치료받던 병원은 역 근처에 있었기 때문에 창문만 내다보면 수시로 알록달록한 기차들이 줄지어 지나가곤 했다. 당시 빈이는 기차에 관심이 많아져서 다른 놀거리에 흥미를 잃으면 나랑 창가에 앉아서 지나가는 열차를 보곤 했다. 색깔공부도 열차 색으로 했고, 숫자를 세는 일도 기차 수를 세는 것으로 배웠다. 빈이에게 기차는 더 특별한 의미를 갖게 되었다. 사랑하는 아빠가 타고 오기 때문이다. 아빠가 타고 오는 기차 중에서 빈이에게 가장 기억이 남았던 기차가 빨간색이었나 보다. 어느 날 병원에 도착한 아빠에게 무슨 색 기차를 타고 왔느냐고 물어 빨간색이라고 했더니 그 다음부터 빨간 기차가 지나가면 빈이는 아빠가 온다면서 그렇게 좋아할 수가 없었다. 그래서 빈이에게 빨간 기차는 아빠, 그 자체다.

오늘도 빈이가 아침에 어디 가냐고 묻길래, 병원 간다고 했더니 아빠처럼 빨간 기차를 타고 병원에 가고 싶다고 했다. 그래서 우리는 빨간 기차를 타고 병원에 갔다. 병원으로 가는 동안 창밖으로 빠르게 지나가는 풍경들도 빈이에게는 따뜻하고 편안했을 것이다. 언제나 보듬어 주는 아빠처럼 말이다.

오늘의 외래는 한 달 만이었다. 지난 한 달을 오늘에 맞춰서 살아온 것처럼 그렇게 기다렸다. 안성형안과 의사선생님은 다음 달 외래진료 때 눈의 상태를 보고 언제쯤 의안을 할지 결정하자면서 그때까지 연습의안을 착용하는 게 좋겠다고 하셨다. 성장이 빠른 시기의 빈이라서 미용상 신경 쓰는 게 좋고 얼굴 변형에 영향을 줄 수도 있기 때문에 그렇게 하자고 말씀하셨다.

빈이는 혈액종양과에 들러 케모포트로 혈액응고 방지제, 헤파린을 넣을 때도 바르게 누워 잘 하고 왔다. 키와 몸무게를 재어보니 또 어느새 자란 빈이가 보인다.

외래 후에는 의안실도 가기로 한 날이라서 더 두근반세근반으로 기다렸던 오늘이다. 언제고 우리를 반겨주는 의안사 선생님은 안성형안과 의사선생님의 말씀처럼 연습의안을 착용하면서 앞으로 한 달, 두 달 정도 지켜본 뒤에 본의안을 제작하자고 하셨다. 나는 무엇보다 빈이가 아이패치를 안 붙여도 된다는 사실이 반가웠다.

연습의안이긴 했지만 의안을 낀 빈이의 그날 모습은 시간이 지나도 잊을 수 없을 것이다. 패치에서 벗어나 새로운 눈을 가진 빈이가 어찌나 예쁜지 마음이 뭉클해지면서 눈시울이 붉어졌다. 빈이도 스스로의 모습이 보기 좋은지 싱글벙글 이리 뛰고 저리 뛰며 좋아한다. 앞으로 본의안까지 몇 번의 수정과 교정이 있을 것이고, 점점 더 자연스러워질 것이다. 집에 돌아오니 꽃남매들도 어찌나 좋아하는지 우리 가족 모두 새로운 빈이의 모습에 진심으로 축하했다.

연습의안을 처음 착용한 날 집에 와서 자려고 밤에 누웠는데,

"엄마, 눈에 벌레가 있어요."

이러면서 어둠속에서 내 손에 뭔가 건네준다. 만져보니 낮에 끼고 온 의안이다. 의안실에서 끼고 온지 딱 6시간 만에 눈 안쪽이 불편했는지 스스로 빼서 내게 주었던 것이다.

우선 방 전등을 켜고, 빈이에게 물었다.

"빈아, 이거 불편했어?"

"네. 벌레가 있었어요."

"많이 불편했구나! 그런데 빈아, 이거 불편하면 엄마한테 말하고 빼야 하는 거야. 빈이가 빼면 안 돼! 알았지?"

"네에."

순간 당황한 내 표정이 많이 경직되어 있었는지 빈이는 대답도 공손하다.

세척하고 소독해서 다시 끼워주고는 토닥여 재웠다. 빈이는 내 토닥임에 안심이 되었는지 금방 잠이 든다. 내가 걱정하고 불안해 하며 예상했던 일이 불과 몇 시간 만에 일어났다. 어떤 일이 벌어 질지 모르는 앞날이 걱정되어 나는 또 어린애처럼 울었다. 혹시 어 린이집에 가서 빼면 어쩌나, 밖에 외출했는데 불편하다고 빼면 어 쩌나, 의안을 잃어버리면 어쩌나 하며 아직 일어나지도 않은 상황 을 쓸데없이 미리 상상하고 있었다. 그런 일이 벌어진다면 잘 대처 할 수 있을까 싶은 마음에 두려웠다.

결국 날이 새도록 뒤척이다가 아침에 어린이집에 전화해서 결석 한다고 말하고 오늘은 하루 종일 빈이를 지켜보기로 했다. 눈을 뜨 자마자 빈이한테 다시 부탁했다. 꼭 엄마나 아빠한테 말하기로 말 이다. 빈이는 대답 대신 고개를 끄덕였다. 빈이를 믿어 보기로 했다.

다른 그림 찾기

연습의안을 하러 가기 전 어느 날 저녁에 세수하고, 빈이 눈 소독 해주고 약 넣고 발라주고 화장대에서 둘이 거울 보는데, 빈이가 오른쪽 눈을 가리키면서 물어보았다.

"엄마, 빈이는 없어?"

"응?"

검은 동공이 없는 눈이 어색하다는 걸 거울을 보다 느낀 것 같았다.

"응. 빈이도 곧 생길 거야. 약 잘 넣고 잘 바르고, 아이패치 잘 붙이고 있으면." 웃으며 대답해주었다. 빈이한테 이런 설명을 할 때나 대답을 할 때는 늘 미소를 잊지 않으려고 했다.

어린 아기인 줄만 알았는데, 스스로가 조금은 다르다는 걸 인지하는 듯싶었다. 맑고 순수한 눈동자로 질문하는 빈이의 눈을 보면 나는 최대한 정직하고 솔직하게 대답해주어야 할 의무와 책임을 느꼈다. 아마 시간이 흘러 아이가 성장할수록 나는 빈이한테 더 솔직한 엄마가 되어야 할 것이다.

그 후로 여러 날이 지난 어느 날, 여느 아침처럼 빈이랑 쭌군이랑 나란히 누워 일찍 눈을 떴는데 일어나기 싫어서 침대에서 뒹굴

거리고 있었다. 그러다 빈이가 자기의 오른쪽 눈을 슬쩍슬쩍 더듬어 보며 내게 묻는다.

"엄마, 빈이 눈이 딱딱해. 엄마도 딱딱해?" 그러면서 내 두 눈을 가만가만 만져본다. 수술 후 본의안을 하기 전까지 안와의 형태와 상처 보호를 위해서 연습의안(임시 임플란트)을 넣어둔다. 임플란트가 살짝 딱딱하다는 느낌을 처음으로 빈이 손으로 느끼게 된 시점이었다. 다른 그림 찾기 놀이를 즐겨하는 빈이라서 더 빨리 자신의 다른 부분을 찾아냈는지도 모르겠다.

"엄마는 안 딱딱해?" 감촉이 다른 내 눈을 만지다 재차 물어본다. 순식간에 심장이 쿵 하고 내려앉았다. 언제나처럼 당황하지 않고 빈이에게 해줄 빠른 대답을 찾아야 했다. 애써 태연한 척하며 천천히 빈이에게 말해주었다.

"응. 엄마도 빈이처럼 어릴 땐 딱딱했는데, 이제 괜찮아졌어. 빈이도 이제 조금만 기다리면 엄마처럼 괜찮아져."

연습의안이었기 때문에 딱딱한 것은 길어야 한두 달이니 아주 틀린 말은 아니었다. 나의 하얀 거짓말이 아이 앞에서 거품처럼 사그라들까 봐 걱정이 되었다.

옆에 누웠던 형아 쭌군이 한마디 덧붙인다.

"엄마, 빈이 이제 많이 나아져서 저랑 똑같이 잘생겨지는 거예요?"

"응, 잘생겨지는 거야. 그런데 지금도 못생기지 않았어." 웃으며 내가 대답해주었다.

아침 7시 20분에 빈이랑 둘이 집을 나섰다. 연습의안을 하고 한 달 만에 의안소 가는 날이다. 오늘은 드디어 빈이에게 본의안이 생기는 날이다. 9시가 좀 넘은 시간에 서울에 도착했다. 12시까지 의안사 선생님과 본의안을 맞추느라 빈이는 지루한 시간을 보냈다. 난생 처음 보는 도구들과 만들어져가는 의안이 신기했다. 왼쪽 눈의 동공색과 위치 등 내가 알 수 없는 여러 가지 조건들을 하나씩 체크해가면서 빈이 눈을 만드는 의안사 선생님의 손길은 장인의 손길이었다. 이제 굽고 광택을 내는 과정을 2~3시간 남짓 기다리면 완성된다. 의안이 완성되는 동안 우리는 전철과 병원 셔틀버스를 타고 병원외래에 다녀왔다. 병원에서 돌아오니 빈이 의안이 완성되었다.

완성된 의안을 보니 이건 정말 예술이었다. 장인의 손길과 혼이 깃든 예술작품이었다. 비어있던 빈이 눈에 샛별이 생겼다. 뭉클해서 울컥한다. 정말 누가 붙잡고 물어보지 않으면 모를 정도로 감쪽같은 빈이 눈이었다. 의안사 선생님께 절이라도 하고 싶은 심정이었다. 이제 진짜 빈이 것을 가졌다. 아직은 좀 더 적응해야 하지만 이미 너무 잘하고 있으니 앞으론 더 잘할 거라 믿는다. 의안소에서 1시간 정도의 적응시간을 갖고 빈이는 샛별 같은 눈으로 집으로 돌아왔다. 추운 날씨가 무색하리만치 빈이랑 나는 씩씩하고 당당하게 걸었다. 이제 무서울 것이 없을 만큼 마음이 넉넉했다. 모든 것이 안심이 되었다.

많이 불편했니?

주말 아침이다.

아빠랑 꽃남매는 마라톤을 갔다. 오전을 빈둥거리며 보낸 다음 오후에는 나랑 빈이, 여동생이랑 막내조카 이렇게 넷이 한 차를 타고 진천에 사는 친구를 만나러 갔다. 점심은 맛있는 막국수로 배를 채웠다. 막국수를 먹는 동안에도 우리는 즐거운 대화를 나눴다. 밥을 먹고 나서는 언제나 후식은 커피여야 한다며 커피숍으로 들어갔다.

샛별 빈이가 어린 조카와 같이 가는지라 모든 것이 여간 신경 쓰이는 게 아니었다. 대화가 깊어질수록 아이들은 어찌나 가만있지를 않는지 한 번 쳐다볼 것을 두 번 세 번씩 횟수를 늘려가며 바라봐주며 안전을 생각했다. 정말 오랜 시간 카페 안 구석에 여자 셋, 아이 둘이 앉아서, 아이들은 알아들을 수 없는 지루하고 정신없는 대화를 나눴다. 샛별 빈이도 오랜 시간 좁은 공간 안에서 어른들의 이야기를 듣자니 지루하기도 했을 것이다. 몸을 배배 꼬고 가만있지를 못했다. 게다가 카페 공간이 건조해 더욱 답답함을 느꼈을 것이다. 내 무릎에 앉아 있던 빈이, 그리고 갑자기 들려온 무언가 굴러 떨어지는 작은 소리.

또그르르….

순간 심장이 멎는 것 같았다. 의안이 빠졌다.
옆 테이블에 앉아 있던 여자 3명의 발밑으로 굴러간다.
3초 동안 어떻게 해야 할지 몰라 멈춰 있었다. 그 긴 3초가 태초
부터 지금까지의 시간보다 더 길게 느껴졌다. 본능처럼 한쪽 손
은 빈이 눈을 가려 안고 다른 한 손으로는 옆 테이블 아래에 떨어
진 의안을 주우려고 아이를 안은 채 테이블 밑으로 기어들어가 의
안을 움켜쥐고 테이블을 빠져나왔다. 그리고 여동생에게 도와달
라고 했다. 그 순간 내 손이 두개였다는 것이 안타깝고 원망스러울
정도였다.

빈이를 안고, 얼른 화장실로 갔다. 화장실로 가는 길은 또 어찌
나 긴지, 산 넘어 산이라고 매장 안에 화장실이 있는 게 아니라 밖
으로 나가서 건물을 한 바퀴는 돌아야 나오는 화장실이었다. 한탄
에 가까운 눈물 섞인 푸념이 나오기 시작했다. 큰 대로변을 나와
아이를 안고 화장실을 찾아 가는 내내 붉게 터져 올라오는 울음을
애써 눌렀다. 그 와중에 화장실 안에 아무도 없었다는 것이 큰 위
로가 되었다.

울음과 울분이 섞여 나오는 걸 참아내며 의안을 세척하고 소독해서 다시 끼워주고는 빈이 엉덩이를 몇 대나 때렸을까, 한 대씩 늘어날 때마다 내 가슴을 치면서 통곡이 나오고 말았다.

"엄마가 눈이 불편하면 말하라고 했지? 왜 말도 없이 렌즈를 빼! 응? 응?"

애도 울고, 나도 울고, 뒤늦게 따라온 여동생도 울고, 그렇게 셋이 부둥켜안고 울었다.

"엄마가 렌즈 빼고 싶으면 어떻게 말하라고 했어?"

"'엄마, 눈이 불편해요.'라고 해야 돼요."

아이도 이미 온 얼굴이 두려움과 눈물로 한가득이었다.

"그래. 그래야 되는데 왜 아무 말도 없이 그렇게 했어? 응? 빼면 돼, 안 돼?"

"안 돼요."

"그래. 안 돼, 엄마랑 있을 때, 집에서만 빼야 해. 아니면 미리 말해야 돼."

"네. 엄마, 잘못했어요. 다음부터는 꼭 말할게요."

눈물 콧물이 범벅된 얼굴 셋이 마주하고 있는데, 그냥 주저앉고 싶었다.

화장실 안에서 큰 소리도 못 내고 울음을 삼켜가며 아이를 다그치듯 한 나는 그동안 진짜 엄마이긴 했던 걸까 하는 생각마저 들었다. 미리 예상했던 일이고, 언제고 한 번은 겪을 일이었는데. 그래서 수없이 많은 상황을 혼자 그려보고 어떻게 대처해야지, 어떻게 말해야지 하고 그렇게 다짐을 했건만, 막상 눈앞에서 일이 벌어지고 나니 내 이성은 온데간데없고 감정만 고스란히 남은 채 자꾸 원망만 흘러나왔다. 눈앞이 캄캄하다는 표현을 이럴 때 쓰는 것일까? 손이 떨리고 가슴이 떨리고 눈물은 또 어찌나 나는지…. 나는 내가 아니었다.

친구를 뒤로 하고 부랴부랴 집으로 돌아오는 길. 운전을 하는 내내 어찌나 섧고 비참한지 꺼이꺼이 울어댔다. 나의 오열과 통곡이 멈춰지지 않았다. 뒷자리에 앉은 동생도 나와 함께 울고, 아이 둘도 같이 울고, 그에 맞춰서 온 세상이 우는 것만 같았다.

'왜 하필 그 테이블 밑이어야 했느냐고…!'

그 발아래 머리 숙여 의안을 주워야 했던 내가 세상 비참할 수가 없었다. 장애를 가진 엄마와 아이가 세상 앞에서 겪어야 하는 전초전이 이렇게 가혹한가 싶은 생각이 들었다. 그 순간에도 나는 아이의 안위보다는 내 자존심이 더 앞선 엄마였다고 말하는 편이 옳다. 빈이를 데리고 세상 누구도 없는 곳에 가서 둘이만 살았으면 좋겠다는 생각마저 했다. 우리가 앞으로 어떤 일을 또 겪게 될지 모르는데 그걸 나나 우리 빈이나 견뎌낼 수 있을까, 갑자기 모든 것이 불안하고 자신이 없었다.

집으로 돌아와 침대에 누워서 얼마나 울었을까….

한참을 울고 나니 폭풍전야 같던 마음이 고요해지면서 내 마음에 울리는 생각들이 들려왔다.

'이건 이미 예상했던 일이고, 생각했던 것보다 좀 더 빨리 찾아왔을 뿐이야. 그 여자 셋은 살다보면 언제 다시 만날지도 모르는 스쳐가는 사람들이었고. 나는 그 알지도 못 하는 여자 셋의 시선으로 인해서 불행을 자처했고, 내 아이의 엉덩이를 빨갛게 만들었고, 눈물콧물 범벅을 만들었어. 더 의연하게 대처했어야 하는 건데, 그게 뭐가 어때서….

너 지금 그새 잊은 거야? 불과 10개월 전만 해도 애가 죽느니 사느니 걱정하고 힘들어 했잖아. 이건 그런 것에 비하면 아무것도 아니잖아. 안 그래? 그래. 내 스스로 지옥을 만들 필요는 없는 거였어. 그건 어리석은 짓이야. 목숨을 내어주고 얻은 아이, 한쪽 눈을 내어 주고 살린 아이. 내가 그걸 감당을 못 해가지고 애를 힘들게 하고, 나를 힘들게 하고, 가족들을 힘들게 했어. 괜찮아, 이제 다 괜찮아질 거야. 엄마인 내가 무너지면 샛별 빈이는 어떻게 세상을 향해 발걸음을 내딛겠어. 나는 한 번의 의연함을 배운 거야.'

눈물을 씻고 거실로 나왔다. 여동생과 신랑에게 내 심정을 이야기했다. 듣고만 있다가 여동생이 말했다.

"언니. 그게 그 여자들 테이블 밑에 떨어졌기에 망정이지, 테이블 한가운데로 떨어졌으면 누구든 다 봤을 거야. 발밑이고, 테이블 밑인 게 얼마나 다행이야. "

'그래. 생각해보니 그게 정말 그 상황에서 최고의 축복이었어.

난 그걸 모르고 불평하고, 비참해하고, 나의 약점인 양 힘들어 했어. 진심으로 그러지 않아도 돼. 괜찮아. 다 괜찮아. 지금 너무 좋은데, 왜 그랬어? 낮엔 너무 큰 욕심을 부린 거야.'

빈이가 아픈 흔적들이 나의 약점은 아니었는데. 나는 왜 그걸 늘 마음 한구석에 아픈 손가락으로 만들어놨을까. 빈이는 내가 생각한 것보다 훨씬 더 밝고 명랑하고 사랑스럽고 고마운 아이인데, 어쩌면 내 인생의 가장 큰 스승인 것인데….

'너무 미안해. 샛별 빈아! 엄마가 아직도 너를 담을 마음그릇이 작아서 너를 너무 힘들게 했어. 진심으로 사과할게. 하지만 렌즈는 엄마랑 아빠랑 소독할 때만 빼는 거야.'

그날 나는 앞으로 샛별 빈이를 키우며 의연해야 한다는 또 한 가지의 과제와 방법을 배웠다. 다음엔 이런 상황이 되면 주변이 아닌 빈이에게 온전히 집중할 것이다.

"빈아! 많이 불편했니? 엄마가 도와줄게. 괜찮아. 그럴 수 있어." 이렇게 말이다.

세상에 빈이와 나만 있는 것처럼 이 말을 그날부터 매일매일 연습하고 연습한다. 다섯 살 아이보다 못한 엄마의 가슴으로….

6살, 두 번째 샛별

우리집에서는 의안을 '렌즈'라고 부른다. 내가 콘텍트렌즈를 착용하는 것을 본 빈이는 내게 그것이 무엇이냐고 물었던 적이 있다. 그래서 렌즈라고 알려주었더니 그 후로 빈이는 자신의 의안을 렌즈라고 불렀다. 그래서 우리도 빈이의 의안을 렌즈라고 부른다.

2016년 8월 수술 후, 빈이는 상처가 아물 때까지 아이패치를 붙이고 3개월을 지냈고, 연습의안으로 1개월을 지낸 뒤, 그해 12월이 되어서야 본의안을 착용할 수 있었다. 수술 후 본의안까지 약 4개월이 걸린 셈이다. 의안은 1개월에서 3개월에 한 번씩 의안소에 들러 점검을 받았다. 빈이는 어린 편이라서 성장에 따라 의안 교체시기를 3개월, 6개월, 1년, 2년 정도로 예상해 볼 수 있다고 의안사 선생님이 처음 만난 날 설명해주셨다. 어른의 경우는 5년마다 그 주기를 보지만 안구가 성장하는 어린아이들의 경우는 그 시기가 다르다고 말씀해주셨다.

빈이가 첫 번째 의안을 착용한 후 2년이라는 세월이 지났다. 2년 동안 훌쩍 자란 빈이가 렌즈를 교체하는 날, 엄마 아빠 손을 잡고 서울 나들이를 가는 빈이는 기분이 좋다. 어느새 이만큼 컸는지 맑은 눈망울을 볼 때마다 뭉클하다. 이제는 아무렇지도 않은 일상이 된 오늘이 고맙다.

의안사 선생님이 오랜만에 본 우리를 반겨주신다. 오늘은 우리 빈이를 위해서만 시간을 내주시는 날이다. 의안사 선생님은 자신의 직업에 대한 자긍심이 높은 분이다. 그만큼 일에 대한 애착과 즐거움, 열정이 있다. 첫 번째 의안이 맘에 들었는데도 두 번째는 더 자연스럽게 만들어주겠다면서 빈이의 눈에 초집중해 주신다. 그 마음이 고스란히 우리에게도 전해진다. 오전 시간 내내 빈이 눈을 따라 색을 넣고 입히고 그린 의안 초본이 완성되었다. 얼핏 본 초본이 어떻게 나올지 벌써부터 기대 반 설렘 반이다. 점심시간을 포함해서 2시간 동안 우리가 외출한 사이 의안은 예쁘게 본연의 모습을 찾아 구워지고 있었다. 깨끗하게 완성된 의안을 선생님이 직접 조심스럽게 빈이 눈에 넣어주신다. 우리 모두 빈이가 어떤 모습일지 기대하면서 지켜보았다. 샛별처럼 반짝인다. 두 번째라서 더욱 익숙하다. 첫 번째보다 더 자연스러웠다. 그만큼 선생님이 섬세하게 신경 쓰신 게 느껴진다. 빈이는 그동안 작았던 의안에서 딱 맞는 의안을 착용하고 나니 인물이 난다. 선생님도 칭찬일색이다. 엄마, 아빠, 선생님까지 감탄을 연발해대니 시크한 표정으로 서 있는 빈이가 귀엽다. 최고의 의안을 한 모습을 사진으로 안 남길 수가 있나? 멋진 모습을 사진으로 남기는데 흐뭇하다.

꼬박 3년의 시간이 주마등처럼 지나간다. 다시 돌아가서 그 시간을 보내라고 해도 못할 일이다. 빈이처럼 다름을 가진 사람들에게는 수술도 중요하지만 수술 이후 자연스러운 생활을 위해 무엇보다 중요한 것이 특수기구인 보장구(의안) 착용이다. 빈이가 가진 다름을 자연스러움으로 이겨낼 수 있게 해 준 의안소 선생님은 우리에게 평생 은인이다. 오늘도 빈이에게 딱 맞는 자연스러움을 선물 받았다. 빈이만 가질 수 있는 것. 남들은 없는 것에 도리어 감사하다.

　빈이 같은 망막아들의 수술 후는 늘 불안하고 예상할 수 없는 걱정들로 불안하다. 수술을 하고 앞으로 어떻게 살지에 대한 삶의 고민과 시름들을 마음 한가득 상처처럼 갖게 된다. 그런 어둠 속에서 의안사 선생님의 손길은 한줄기 빛처럼 희망을 안겨주고, 모든 시름들이 한순간에 씻긴 듯이 함박웃음을 짓게 해준다. 안구적출을 결정한 것에 대해 정말 잘한 일이라는 확신과 위로를 주었다. 그런 면에서 의안사라는 직업은 존경받아야 마땅하다. 그러나 의안사라는 직업이 있는지도 모르는 사람들이 많다. 소수의 사람들에게 필요한 분야이기 때문이다. 나도 빈이가 아프기 전에는 그런 직업이 있는지도 몰랐다. 그런데 빈이에게 닥치고 보니 이런 아름답고 보람된 일을 하는 직업이 있다는 것에 진심으로 감사했다. 세상에는 보이지 않는 곳에서 빛과 소금의 역할을 해나가는 멋진 분들이 많다. 그러므로 빈이 같은 특별한 사람들이 더 행복하게 일상으로 돌아갈 수 있게 되는 것이다.
　의안은 빈이처럼 눈의 질병으로 적출 수술을 받거나 안구는 있지만 미용상 필요한 사람들이 착용한다. 의안이 필요한 사람들은 필요에 따라 자신에게 꼭 맞는, 세상에 단 하나밖에 없는 자신의 의안을 갖게 된다. 그래서 의안도 종류가 다양하고, 만드는 의안사마다 특징도 다양하다. 의안사는 기본적으로 착용하는 사람에게 맞춰야 하기 때문에 정교하고 숙련된 기술이 있어야 한다. 무엇보다 욕심 없이 선한 마음으로 돕고자 하는 마음이 기본이 되어야 하는 직업임에는 틀림없다.

이 책을 내면서 특수기구인 의안에 대해서 언급하는 것은 참 조심스러운 일이다. 의안은 눈에 보이는 다른 특수보조기구와는 약간 다르다. 의수족과는 다르게 의안을 착용하는 특별한 사람들은 스스로 말하는 것을 꺼려한다. 자신의 다른 눈과 비슷하게, 완전히 구분할 수 없을 정도로 똑같게 제작하기 때문에 잘 만들어진 의안은 육안으로도 구분하기가 쉽지 않다. 의안을 착용하는 사람들을 전체적으로 놓고 말하기보다는 빈이가 착용하는 의안이라는 점에서만 조심스럽게 이야기 하고 싶었다.

해마다 두 번의 생일

6월 19일. 빈이의 생일이다.
8월 19일. 빈이의 두 번째 생일이다.

우리에게 선물같이 다가 온 아이, 우리에게 축복으로 다가온 아이. 샛별 빈이가 그랬다. 우리 가족의 축복의 통로가 될 거라고 태명도 '축복'이었다. 빈이는 태어나던 날 엄마 힘들까 봐 큰 진통 없이 편안히 세상에 나와 주었다. 아이 셋을 낳았지만 가장 수월한 출산이었다. 신생아일 때도 손이 안 가는 순둥이 효자 아들이었다. 여동생의 말을 빌리자면 빈이는 코를 빚어놓은 듯 잘생긴 조카라고 나중에 크면 배우 현빈같이 멋있을 거라고 했다. 어느 것 하나 흠잡을 데 없이 완벽 그 자체라면서, 막둥이로 얻은 아들이 우리 가정의 완성작이라면서 칭찬을 아끼지 않았다. 여동생과 그런 대화를 주고받으면서 우리끼리 마냥 행복했다. 그런 우리의 칭찬을 아는지 방실방실 잘도 웃는 빈이를 우리는 늘 물고 빨고 난리였다.
어른들만 그런 것이 아니었다. 당시 여동생네 아이 둘, 우리집 꽃남매까지 넷이던 집안에 서열 다섯째가 태어났으니 아이들도 그저 신기해하며 잘 돌봐주고 예뻐해 주었다. 당시만 해도 여동생네 셋째가 없었으니 막내라서 마냥 예쁨만 받았다. 첫 생일 돌잔치를 하고 모든 가족과 지인들의 사랑을 듬뿍 받으면서 건강하게 자라주기만 하면 되었다. 그런 완벽한 예쁨을 받은 빈이가 참으로 '완벽하게' 아팠다. 꼬박 일 년을 아팠다. 두 번째 생일은 병원에서 보냈고, 어린이집에서 하는 생일파티도 참여하지 못했다. 생일케이크에 촛불불기를 좋아하는 빈이 또래의 아이들은 매일매일이 생일이다. 빈이도 병원생활 동안 장난감 케이크에 촛불을 켜놓고 생일축하 노래를 부르고 촛불을 불어 끄고 박수치며 즐기는 생일파티 놀이를 좋아했다. 그래서 우리는 매번 빈이가 병원에서 퇴원하는 날이면 케이크에 초를 켜고 축하해주었다.

빈이는 내게서 두 번 태어났다. 6월 19일이 첫 번째 생일, 적출수술을 받던 8월 19일이 두 번째 생일이었다. 다른 소아암 환아들의 경우 무균실에서 이식을 받고 나오면 온몸의 균을 모두 죽이고 신생아처럼 새로 태어난다고 해서 그날을 생일로 기념하는 경우가 더러 있다. 망막모세포종은 눈이기 때문에 이식이 불가하므로 나는 빈이가 암세포와 이별하고 새로운 안구를 갖게 된 날을 두 번째 생일이라고 생각했다. 빈이는 엄마 뱃속에서 나올 때와 같은 고통을 충분히 겪으며 다시 태어났다. 이제 건강하고 씩씩하게만 자라면 될 일이었다.

빈이의 적출수술은 빈이를 우리 곁에 두고자 하는 우리 가족 모두의 결정이었다. 앞으로도 빈이는 해마다 두 번의 생일을 맞이할 것이다. '다른 아이가' 아닌 '특별한 아이'로.

고맙습니다

빈이가 치료받던 1년은 나에게 최고의 한해였다.
작년 이맘때 내가 받은 가장 기억에 남는 새해 인사는,
"올해는 내가 받을 복까지 너 다 받아"였다.
그 말대로 나는 올 한해 많은 복을 받았다.
물론 정말 마음 아픈 일이 있었지만
나는 그 대가 이상으로
앞으로 씩씩하게 살아가야 할 이유와
또 다른 어려움이 온다고 하여도 이겨낼 귀한 선물을 받았다.

라오스 여행 중 우리 가족을 위해 풍등을 띄워준 이들
가족 말고는 처음으로 나를 위해 기도해 준 친구
우리 가족을 위해 40일 동안 새벽예배를 드렸던 친구
한 달 생활비를 기꺼이 내게 송금해 준 언니
책 선물을 끊이지 않게 보내준 친구
혹여 부담 될까 전화는커녕 메시지도 어려워하던 속 깊은 친구
빈이 소식에 내내 울고 다녔다면서 말을 잇지 못하던 친구
손 편지를 곱게 써준 친구

생각을 비울 수 있게 단순게임이라도 하라며 게임머니를 사주던
언니
빈이가 피부트러블로 고생할 때 천연화장품을 끊임없이 보내준
동생
멀리 상해, 미국, 터키, 베트남, 영국, 캐나다에서
나보다 더 안타까워하며 마음 써준 친구들

내 말에 귀기울여주고 내 글에 응원을 보내준 따뜻한 손길
자기가 먹고 써도 부족한 생필품을 보내 준 온정
기분 전환하라며 틈틈이 케이크를 보내준 이
"나는 네가 제일 걱정되니 너부터 챙기라"며 울먹이던 목소리
먼 걸음으로 시시때때 나에게 달려와 준 사람들
나를 부둥켜안고 함께 울어 준 이들
무엇보다 언제나 그 자리에 있어주고
힘이 되고 삶의 원동력이 되는
우리 가족
내가 가장 고맙고 감사한 분은 오직 하나님!

일일이 다 나열하기도 힘든 올 한 해
내가 받은 사랑은 또 넘치고 넘쳤다.
1년 동안 찍은 2만 장이 넘는 스마트폰 속
올해의 사진들을 정리하면서

3부

울다가 웃다가 하느라 밤새 잠이 오지 않았다.
그 과분한 사랑이 고마워서, 눈물겹게 고마워서….
내가 평생을 살며 보답해야 할 사랑들이다.

아직은 미비하고 미약해서
여전히 자주 울컥해 하는 것도 사실이지만
시간이 흐르듯
내가 여기 이렇게 잘 지내고 있다고
내가 여기 이렇게 잘 살고 있다 답하며
하루하루 보답하고 싶어진다.
나도 받은 만큼 베풀면서
우리 꽃남매들과 행복하게
그렇게 다가오는 새해를 맞이하고자 한다.
정말 사랑하고, 정말 고맙습니다.

2016년 12월 마지막 밤.

긴 터널을 빠져나왔다.

투병한 시간 이상으로 시간이 흘렀으니 이제 괜찮다고 생각했다. 이제 글로 남겨도 될 만큼 마음이 많이 단단해진 줄 알았다. 매일 아침저녁으로 세척하고 소독해서 넣어주는 의안이 이젠 아무렇지도 않아서 익숙해진 줄 알았다. 아직 아니었다. 아직 탈피하지 못한 뱀의 허물처럼 내게 남아 있음을 이 책을 쓰면서 알았다. 이 책을 쓰는 동안 그 시절을 회상하고 하루하루의 일기들을 읽다보니 다시 그때의 감정들이 올라와서 몸살 앓기가 몇 번이었다. 많이 흘러왔다고 생각했던 시간들이 아직도 마음속에 아픔으로 남아 있음을 알았다. 평생을 보내도 시간의 길이만큼 이 사건의 기억만이 흐릿해질 뿐 결코 잊혀질 수는 없을 것이다. 하지만 떠오르는 시간들을 또 하나씩 받아들이고 익숙해지고 더 성숙해질 것을 안다. 그리고 어느 날 그때 그렇게 대처하지 않았더라면 어쩔 뻔했느냐며 가슴을 쓸어내리고 안도의 한숨을 쉬는 날도 올 것이다. 책을 마무리하면서 개인적으로는 아픔에서 한 번 더 빠져나오는 계기가 되었고, 아픈 마음을 치료받았다고 확신한다. 이 글을 읽는 우리 가족들과 지인들에게도 회복의 통로가 되리라고 생각한다. 훗날 샛별 빈이가 자라 이 책을 읽고 이해할 때쯤, 자신이 남과 조금 다름을 넘어서 특별하다는 것을 알게 될 때쯤 이 책 한 권이 샛별 빈이에게 걸림돌이 아니라 디딤돌이 되길 소망한다. 더 나아가 어딘가에서 한때의 나처럼 오열하며 힘들어 하고 있을 망막아 엄마에게 작은 토닥임이 되길 진심으로 바란다.

오른쪽 눈을 내어주고 기적처럼 돌아온 아들.
두 번 태어나 나와 우리 곁에 와준 샛별 빈이.
별명처럼 내 가슴 속에서 언제나 샛별같이
빛나는 인생의 스승 같은 아이.
네가 지금 내 곁에 없었다면 나 역시도 없을 거야.
다음 생이 있어서 다시 엄마가 된다면
꼭 너의 엄마가 되고 싶고, 특별한 너를 꼭 내 아이로 선택할 거야.
고마워. 태어나줘서.
네가 우리 곁에 있어줘서 더 고마워.
사랑한다. 샛별 빈이.

부록

망막모세포종에 관해 비전문가인 저자가 정리한 내용입니다. 소아
혈액종양과 한정우 교수를 비롯하여 연세의료원 안과 및 영상의학
과 의료진들께서 감수해주셨습니다. 정확한 의학 정보가 필요하신
분은 전문의에게 문의하시기 바랍니다.

망막모세포종(retinoblastoma)에 관하여

 증상체크

혹시 이런 증상이 우리 아이에게 나타났나요?
눈부심이 자주 있다.
플래시를 터뜨려 사진을 찍을 때 눈이 백색으로 보인다.
충혈이 자주 된다.
눈의 초점이 잘 맞지 않는다.
코너를 돌 때 부딪힘이 잦다.
시력이 약해져서 멀리 있는 것을 잘 보지 못한다.
공을 찰 때 헛발질을 한다.
물건을 잡을 때 물건의 위치가 아닌 다른 곳을 더듬어 잡으려 한다.
아이의 연령이 5세 이내이다.
안과 질환 관련 유전력이 있다.
사시 증상이 있다.
눈의 찡그림이 잦다.
위의 증상이 한두 가지라도 있다면 꼭 병원을 내원하여 의사의 진료를 받아 볼 것을 권한다. 또한 출생 후 3개월 이내 첫 번째, 6~12개월 이내 두 번째 안과 정기검진을 권한다.

1. 개요

　망막모세포종은 빛을 받아들여 뇌로 전달하는 망막에서 발생하는 악성 종양으로 소아암의 3~4%를 차지합니다. 약 2만 명당 1명 정도에서 발생하는 드문 질환입니다. 90% 이상이 5세 이하 어린 나이에 발견됩니다. 국내에서는 1년 20~30명 정도의 환자가 발생합니다. 60~70%의 환자들은 일측성(한쪽 눈)이며, 30~40%는 양측성(양쪽 눈)입니다.

2. 증상 및 증후

　어릴 때 발생하므로 주관적 증상보다는 대개 부모나 주변 사람들에 의해 발견됩니다. 가장 흔하고 특징적인 증후는 눈동자가 하얗게 보이는 백색 동공입니다. 어두운 곳에서 사진 촬영 시 동공으로 빛이 반사되는 적목현상이 정상적인 것임에 비해 망막모세포종이 있으면 동공이 종양으로 인해 흰색으로 보이게 됩니다. 환자의 50~60%에서 나타난다고 알려져 있습니다. 사시 나 시력저하로 눈맞춤을 잘 못하거나, 안구 통증, 홍채 색깔의 변화, 안구 주변 염증, 안구 돌출 등도 나타날 수 있습니다.

　가장 흔한 전이는 시신경을 따라 뇌 및 척수강 내로 진행하는 중추신경계 전이이며, 전이가 될 경우 적절한 치료에도 생존율이 10% 미만으로 매우 위험합니다. 혈행성으로는 주로 뼈, 골수, 림프절 등으로 전이됩니다.

3. 유전성 망막모세포종

망막모세포종이 관련된 RB1 유전자는 인류가 처음으로 발견한 암억제유전자(tumor suppressor gene)의 하나로 13번째 염색체에 정상적으로 존재합니다. 암억제유전자가 손상될 경우 암이 나타납니다. 유전성 망막모세포종은 전체의 약 40%를 차지하며 양측성 망막모세포종의 80%, 일측성의 15% 정도가 유전성입니다.

환아의 유전자에 이상이 있는 경우에도 부모 등 가족에게 같은 유전자 이상이 발견되는 경우는 25% 정도일 뿐입니다. 즉, 유전성 망막모세포종의 75%는, 아이가 태내에서 수정될 때 발생한 신생(de novo)돌연변이에 의한 것이므로 부모로부터 유전된 것이 아닙니다.

유전성망막모세포종 환자의 경우, 골육종, 악성흑색종, 유방암, 폐암 등의 다른 종양이 발생할 가능성이 높기 때문에 주의해야 합니다. 방사선 치료 후에는 발생 위험이 더욱 높아집니다. 또한, 반대쪽의 건강한 나머지 안구에 새로 망막모세포종이 발생할 수 있습니다. 환자의 가족에서 유사한 종양이 생길 수 있으므로 관리해야 합니다.

부록

4. 진단

안저검사는 가장 중요한 진단적 검사로 환자가 대개 어려, 전신 마취 후 도상검안경을 이용하여 중심부 망막뿐 아니라 주변부까지 철저히 검사합니다. 눈 초음파는 안구 내 출혈이 동반되거나 혼탁하여 안저검사가 어려운 경우 유용합니다. 이외에 세극등검사 및 형광안저혈관조영술 등이 있습니다.

전산화단층촬영(CT)와 자기공명영상(MRI), 양성자방출단층촬영(PET-CT)가 감별진단 및 뇌 및 전신 전이를 확인하는 데 쓰입니다. 일반적으로 종양을 확진하기 위해 조직검사를 필요로 하지만, 망막모세포종에서는 예외적으로 금기로 간주되며 꼭 필요한 경우 제한적으로 시행합니다. 안구 밖으로 종양이 파종될 가능성이 있기 때문입니다.

백색동공을 보이는 선천백내장, 일차유리체증식증, 눈개 회충증, 코오츠병 등을 감별하여야 합니다. 일차유리체증식증은 안구의 크기가 작은 경향이 있습니다.

망막모세포종의 병기는 주로 두 가지 체계가 있습니다. Reese-Ellsworth(RE) 분류법은, 항암약물요법이 발달하지 않아 안구를 보존하기 어려웠던 과거에 사용했던 병기 체계입니다. 국제망막모세포종분류법(international classification of retinoblastoma, ICRB)은, 치료의 발전에 따라, 병기를 보다 세분화한 분류체계입니다. AJCC(American Joint Committee on Cancer)의 TNM분류

체계는 임상적 치료 단계에서는 널리 쓰이지 않으며, 수술 후 병리적 병기를 결정하고 뇌전이 위험여부를 감별할 목적으로 사용됩니다.

5. 치료

방치하면 매우 치명적으로, 제때 치료하지 못하는 나라에서는 생존율이 30~70%에 지나지 않습니다. 의료선진국에서는 생존율이 95% 이상이므로 단순한 생존율보다는 가능하면 자신의 안구를 보존하고 시력을 유지, 삶의 질을 회복하는 것으로 전환되었습니다. 최근에는 안구의 보존율 측면에서, 진행 정도가 낮은 A~C그룹은 90~100%, D~E 그룹은 50~80%의 보존율을 나타내고 있습니다.

종양 침범 양상에 따라 달라 치료 방법을 일률적으로 제시하기는 어렵습니다. 안구 내에 국한 또는 안구 외부로 침범되었는지, 전이되었는지, 종양의 크기, 위치, 양측성 여부, 유전성 여부 등에 따라 치료 방법이 달라집니다. 치료 전문가를 찾기 어려운 희귀 종양이면서 치료 방법이 다양하고 추적 과정이 복잡하므로 안과, 소아혈액종양과, 영상의학과, 방사선종양학과 등 다양한 전문가들이 동시에 소통, 협력해야 합니다.

부록

기본적인 치료는 항암치료입니다. 전신항암약물요법을 기본으로 중재시술요법인 안동맥항암요법도 시행합니다. 안구 내에 직접 항암주사를 시행하기도 합니다. 대부분, 안과적인 종양 국소치료가 병행되며, 때에 따라 방사선 치료를 고려하기도 합니다. 안구를 적출하지 않고 보존하기 위해서는 길고 복잡한 치료의 과정이 수반되며, 장기간 주기적인 안저검사 및 진찰, 영상검사 등을 해나가야 합니다. 정확한 종양 치료 상태의 진단이 안과적 안저검사에 크게 의존하여 결정되므로, 더욱 전문진료팀의 경험과 역량이 중요합니다.

• 수술(안구 적출술)

안구를 완전히 제거하는 안구 적출술은 망막모세포종을 가장 빠르고 효과적으로 근치할 수 있는 치료 방법입니다. 심하게 진행된 상태가 아니어도, 이차성 녹내장, 안구내 출혈 등으로 종양이 안저검사상 종양을 자세히 관찰할 수 없는 경우, 또는 안구전방(anterior chamber)으로 종양이 침범한 경우, 치료의 부작용이나 전이의 위험성 등 여러 가지 이유로 안구 적출술이 시행될 수 있습니다. 안구 적출 후 조직 검사에서 전이 위험 병리소견이 발견되는 경우 뇌 등 중추신경계로의 전이를 예방하기 위해 추가 항암요법을 시행하게 됩니다.

●전신 항암약물요법

안구 종양의 크기를 줄이기 위하여 1차적으로 사용하는 치료로, 전신으로 약물이 투여되기 때문에 안구의 종양은 물론, 전이 병변을 치료하고 뇌와 같은 중추신경계 재발을 막는 효과가 있습니다. 반면, 탈모, 구내염, 면역력 저하와 감염, 간, 신장 등 주요 장기의 합병증을 초래할 수 있는 위험도 있습니다.

●안동맥 항암약물요법

안동맥항암약물요법은 영상의학적 시술을 통해, 안구 내 종양에 혈액을 공급하는 안동맥을 찾아 들어가, 종양분포 혈관에 항암약물을 직접 주입하는 새로운 치료법입니다. 2000년대 중반 Memorial Sloan Kettering 암센터나 Wills Eye 병원 등 미국을 중심으로 확산되었고 2010년 국내에 처음 도입되었습니다. 그룹 D~E의 진행된 병기인 경우, 전신항암약물요법만으로는 20% 내외의 낮은 안구보존율을 보였으나, 안동맥항암약물요법 이후 50~60% 정도로 향상되었습니다.

●안종양 국소치료

안과적인 국소치료로는 온열요법, 냉동술, 레이저 광응고술, 유리체내항암주사(안내주사) 등이 있습니다. 온열요법은 종양에 열을 전달해 온도를 일정 상승시켜 종양을 파괴하며 냉동술은 반대로 종양을 차갑게 하여 치료합니다. 레이저 광응고술은 레이저 화상을 일으켜 치료하며 색소를 가지고 있지 않은 일반적인 망막모세포종은 레이저 화상이 잘 발생하지 않으므로 종양 주변 혈관을 폐쇄하거나 크기가 작은 종양에서 주로 활용됩니다. 유리체에 종양이 파종된 경우는 혈관이 없어 항암약물이 잘 도달되지 않는데, 유리체 내에 직접 항암제 주사를 주입하여 치료할 수 있습니다. 주요 안구보존 실패 사유인 유리체 파종에 대해 이 주사법이 시행된 이후 진행된 망막모세포종의 안구보존율은 60~80%까지 향상되었습니다.

● 외부 방사선치료

과거에는 안동맥항암약물치료, 국소치료, 유리체내 주입 등 다양한 치료가 부족하였고, 치료가 잘 되지 않을 경우, 방사선치료를 하였습니다. 그러나 환자 대부분이 어리고 방사선 후유증이나 이차성 암에 대한 우려로, 현재는 대안이 없는 경우를 제외하고는 거의 시행하고 있지 않습니다.

● 국소방사선(근접방사선) 치료

국소방사선 또는 근접방사선 치료는 방사선이 나오는 작은 방사선 판을 종양이 위치한 부위 안구 바깥에 부착하여, 외부 방사선치료와 달리 종양 조직에만 국소적으로 많은 양의 방사선이 전달되도록 하는 치료입니다.

● 양측성 망막모세포종

과거에는, 심하게 침범된 한쪽 안구를 적출하고, 보다 경한 나머지 안구를 살려 보존하기 위한 치료를 하였습니다. 최근에는 치료 방법이 발전함에 따라 양쪽 안구 모두를 살리기 위한 시도를 진행하다가, 어려운 경우에는 불가피하게 한쪽 안구를 적출 고려하는 방향으로 치료 추세가 변화하고 있습니다.

● 안구 외 망막모세포종

표준적인 치료에도 생존율이 매우 낮습니다. 전신항암약물요법을 기반으로 고용량항암요법 및 조혈모세포이식, 두개척추방사선 치료(craniospinal irradiation) 등을 사용하게 됩니다.

6. 가족 관리와 조기 검진

다른 암과 마찬가지로 조기에 진단이 되면 생존율이나 보존율을 높일 수 있으며 실명을 예방할 수 있다는 점에서 조기 검진은 매우 중요합니다. 가족력이 있는 경우에는 생후 8주 내에 안과 검진을 받고, 3세까지는 매 2~3개월마다, 3~7세까지는 매 4~6개월마다 검진을 받도록 추천하고 있습니다. 소아과학회나 안과학회에서는 위험인자나 가족력이 없는 정상아에서도, 최소한 출생 시 안과적 검진과, 6개월~1세 사이에 두 번째 검진이 이루어지도록 추천하고 있습니다. 이는 망막모세포종뿐만 아니라 안과적인 다른 질환을

부록

확인하는 데도 중요한 검진입니다.

7. 의안

안구 제거술을 시행한 경우에는 일정 시간이 지난 후에 의안을 하게 되는데, 수술 부위 상태에 따라 1~3개월 이후면 할 수 있습니다. 의안은 미용적으로도 중요하지만, 정상적인 안구 주위 뼈 성장을 돕고 안와의 함몰을 방지하는 역할을 하므로 전문가의 도움을 받아 잘 관리해야 합니다. 최근 의안 제작 기술이 발달되어 잘 관리되면 비교적 만족스런 외모를 확보할 수 있습니다. 이는 심리적으로도 중요하고 장애를 극복하고 정상적인 사회 복귀를 하는 데도 도움이 됩니다.

수술 시, 안와에 임플란트를 삽입할 때 눈을 움직이는 외안근을 모두 임플란트에 연결하지만 그 움직임이 의안으로 전달되지 않으므로 안구를 움직일 수는 없습니다. 따라서 의안을 착용한 후에는 주시 방향으로 고개를 돌려서 눈 움직임이 부자연스러운 것을 최소화해야 합니다. 주시하는 방향으로 따라 움직이는 의안이 미용상 좋아 보이지만, 최근에는 수술 후 부작용이 많이 발견되므로, 시행하고 있지 않습니다.

3세 이전 어린 나이에 수술을 할 경우에도 가능한 18-20mm의 임플란트를 삽입하려고 하며, 임플란트가 안와 성장을 유도할 수 있으므로 안와가 비대칭적으로 성장이 멈추지는 않습니다. 다만 완전히 반대쪽과 똑같지는 않을 수 있습니다. 방사선치료를 할 경우 얼굴 골격 성장이 멈추어, 미용적으로 심각한 비대칭이 발생할 수 있습니다.

소아의 경우, 협조가 부족하고 관리가 잘 안 되어, 혹은 오랜 기간 항암치료를 하면서 혈액공급이 원활하지 않아 임플란트가 결막 밖으로 노출이 되는 경우가 아주 간혹 있습니다. 이때 안에 삽입한 임플란트의 종류에 따라, 노출의 범위에 따라 임플란트를 제거하기도 하고, 진피지방이식을 통해 노출 부위를 덮기도 합니다.

● 의안의 관리

의안 착용은 성인이 된 후에도 지속적으로 크기를 조정하거나, 표면 폴리싱(polishing)을 해주어야 결막낭이 보호가 됩니다. 의안은 2~3년 주기로 교환해 주는 것이 좋습니다. 의안을 착용하다 보면 겉표면에 흠집이 생기는 경우가 많고 민감한 눈에 상처를 줄 수 있기 때문입니다.

의안을 착용하는 경우, 인공눈물이나 항생제 안약을 점안하여 감염이 되지 않도록 합니다. 의안에 콘택트렌즈 같은 것을 사용할 때에는 매일 의안을 제거하여 청소를 해주어야 합니다. 청소할 때에는 피부나 점막에 영향이 적은 중성 비누나 세제 등으로 깨끗이 씻고 거즈 등으로 닦아 주면 됩니다. 의안은 대개 반영구적이지만 속살이 차오르거나 눈꺼풀이 처지는 등, 눈의 상태에 변화가 오거나 의안 자체의 균열이 생기면 교환을 해야 합니다. 통증이나 이물감, 분비물의 증가는 감염이 되었거나 안와 삽입물이 노출되었을 때 나타나는 증상으로 병원을 찾아야 합니다. 의안을 장기간 착용하지 않는 경우 결막낭이 위축되어, 나중에 의안이 잘 끼워지지 않거나 빠질 수 있으니 주의가 필요합니다.